MW00980998

Im Urlaubslesebuch unterhalten Sie hochkarätige Autoren mit spannenden, anrührenden und heiteren Geschichten. Da genießt z. B. Dora Heldt den perfekten Sommer, während Sandra Lüpkes auf den Spuren einer Giftmischerin wandelt. Ewald Arenz will eigentlich nur pünktlich ins Theater kommen, T. C. Boyle wird vorübergehend Vegetarier, und Rafik Schami macht sich Gedanken über deutschen Nudelsalat.

Dreißig Autoren
Dreißig Geschichten
Dreißig Mal allerbeste Unterhaltung

Mit Erzählungen von Ewald Arenz, Bettina Balàka, Dörthe Binkert, Dietmar Bittrich, T. C. Boyle, Alex Capus, Osman Engin, Max Frisch, Arno Geiger, Daniel Glattauer, Dora Heldt, Paulus Hochgatterer, Mascha Kaléko, Sandra Lüpkes, Harald Martenstein, Judith Merchant, Guðrún Eva Mínervudóttir, Milena Moser, Angela Murmann, Matthias Politycki, Anne B. Ragde, Rafik Schami, Asta Scheib, Hansjörg Schertenleib, Daniel Schnorbusch, Frank Schulz, Ernő Szép, Petra Tessendorf, Michael Viewegh und Renate Welsh.

Urlaubslesebuch

Herausgegeben von
Karoline Adler

Deutscher Taschenbuch Verlag

Ausführliche Informationen über
unsere Autoren und Bücher
finden Sie auf unserer Website
www.dtv.de

Originalausgabe 2012
© 2012 Deutscher Taschenbuch Verlag GmbH & Co. KG,
München
Alle Rechte vorbehalten
(siehe Quellenhinweise S. 273 ff.)
Umschlagkonzept: Balk & Brumshagen
Umschlaggestaltung: Ruth Botzenhardt
Gesamtherstellung: Druckerei C. H. Beck, Nördlingen
Gedruckt auf säurefreiem, chlorfrei gebleichtem Papier
Printed in Germany · ISBN 978-3-423-21361-5

Inhaltsverzeichnis

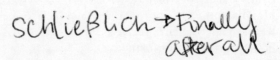

schließlich → Finally
after all

DORA HELDT

Der perfekte Sommer

Ich gelte in meinem Freundeskreis als Reisemuffel. Das kommt daher, dass ich mich weigere, meinen Sommerurlaub woanders als auf Sylt zu verbringen. Es ist nicht so, dass ich es nicht schon versucht hätte, aber an der Algarve, auf Fuerteventura oder auf Sizilien habe ich nie das gefunden, womit ich aufgewachsen bin: dieses perfekte Sommergefühl. Das habe ich nur auf Sylt.

Wie fast alle Sylter hatte meine Großmutter früher in ihrem Haus, in dem heute übrigens meine Eltern leben, Zimmer vermietet. Für heutige Verhältnisse unvorstellbar, waren die hundert Quadratmeter Wohnfläche doch so aufgeteilt, dass zehn Feriengäste gleichzeitig mit uns ihre Ferien dort verbringen konnten. Meine Familie wohnte damals auf dem Festland, aber in den Ferien waren wir immer bei meiner Großmutter. Meine Eltern schliefen dann mit meiner jüngeren Schwester in einem Einzelzimmer, und mein Bruder und ich hatten ein Etagenbett im ehemaligen Kohlenschuppen. Das war ein winziger Raum, in den nur dieses eine Bett passte. Die Tür des Zimmerchens ging nach außen auf. Bevor sich die Gäste morgens an uns vorbei zum Frühstücken ins Gartenhaus begaben, schloss meine Großmutter uns kurzerhand ein, aus Furcht, einer von uns könnte einem zahlenden Urlauber aus Versehen die Tür vor den Latz knallen. Ich wachte also jeden Morgen von dem Geräusch eines sich drehenden Schlüssels auf. Dann war es acht Uhr. Aber das war in Ordnung so. Wir fuhren schließlich nicht nach Sylt, um zu schlafen.

Der erste morgendliche Anblick war immer meine Mutter, die in der Küche zwischen drei laufenden Kaffeemaschinen saß und Brötchen schmierte. Massen an Brötchen. Die wurden übrigens beim Milchmann um die Ecke gekauft, damals gab es ihn noch. Er hieß Willy und kannte jeden Kunden mit Namen. Eine Zeit lang hatte er einen Brötchenbringdienst angeboten, doch der wurde nach kurzer Zeit wieder eingestellt, weil die freilaufenden Schafe die Brötchentüten vor den Haustüren klauten. Danach ging man wieder zu Willy in den Laden.

Zwischen dem Frühstücksdienst für die Gäste und der Tagesvorbereitung meiner Eltern entstand jeden Morgen eine leichte Hektik, in der meine Geschwister und ich uns bemühten, niemandem im Weg zu stehen. Am besten setzte man sich schon ins Auto, in das mein Vater die Taschen schob, die von meiner Mutter nach und nach auf die Straße gestellt wurden. Spätestens um halb neun fuhren wir los. Zum Strand. Jeden Tag, wenn das Wetter es halbwegs zuließ. Deshalb waren wir hier. Darüber gab es keine Diskussion.

Es war auch äußerst wichtig, dass man am Tag der Anreise, gleich nach dem Auspacken, sofort Richtung Ellenbogen fuhr. Das war einfach so, da gab es keine Ausnahme. Immerhin ging es um die beste Stelle am Strand. Um den Ort, an dem sich in den nächsten Wochen der Großteil unseres Lebens abspielen würde. Die Stelle musste perfekt sein. Berücksichtigt wurden die Strandbreite, also die Entfernung zum Flutsaum, die Anzahl der Sandbänke bei Ebbe, die Länge des Übergangs vom Parkplatz, die Sandbeschaffenheit, die Form der Dünen und das Vorhandensein von Buhnenresten. Wir haben selten länger als fünfzehn Minuten dafür gebraucht, was wohl an der Dichte dieser besten Stellen lag, aber auch an unserer Erfahrung.

Die Stelle wurde sofort mit irgendwelchem Strandgut

markiert und danach wochenlang gegen Fremde vertei-
digt. Deshalb mussten wir auch immer um halb neun los.
Damit wir die Ersten waren. Tag für Tag.

Natürlich waren wir nicht allein. Wir hatten durchaus
etwas übrig für Geselligkeit, es waren schließlich Ferien.
Wir waren elf Kinder und vierzehn Erwachsene. Neben
meinen Eltern, meinen Geschwistern und mir, traf sich
auch der Rest der Sylter Familie an der perfekten Stelle:
nämlich meine Tante, mein Onkel, meine beiden Cousi-
nen, die Hamburger Feriengäste meiner Tante (zwei Erwachsene, zwei Kinder), die Sylter Freunde meiner Tante
(zwei Erwachsene, drei Kinder) und deren Dortmunder
Gäste (zwei Erwachsene, ein Kind) und weitere Freunde
(zwei Erwachsene, manchmal ein Hund).

Alle sammelten sich etwa zeitgleich auf dem Parkplatz
an der perfekten Stelle. Wir Kinder standen in einer Reihe
und wurden mit den leichteren Taschen, Schwimmringen
und Bademänteln behängt. Die Erwachsenen teilten die
schweren Säcke mit Windschutzplanen, Stangen, Heringen und Werkzeug, die Kühltaschen (pro Familie zwei
plus eine für Getränke), die Badetaschen (deren Gewicht
ich mir auch nach all den Jahren nicht erklären kann) und
die Sachen, die kaputtgehen konnten (Sonnenbrillen, Fo-
toapparate und Super-8-Kamera), unter sich auf. Dann
zogen wir in einer Karawane über die Dünen. Eine end-
lose Schlange, in der das eine oder andere Kind sich schon
mal vor lauter Erschöpfung im weichen Sand zur Seite
kippen ließ. Man blieb aber nur einen kleinen Moment
liegen. Wenn der letzte Erwachsene mit dem knappen
Satz »Wir holen dich heute Abend dann wieder hier ab«
über einen hinweggestiegen war, war die Aussicht auf den
Sprung ins kalte Wasser doch größer als die Unlust, die
immer schwerer werdenden Taschen durch den Sand zu
schleppen.

An der perfekten Stelle angekommen blieben wir Kinder in angemessenem Abstand im Sand sitzen, während die Väter generalstabsmäßig die Stangen, Heringe, Seile und Windschutzplanen in Reihe brachten. Unterbrochen von Anweisungen wie: »Also, wenn du das weiter so blöde hältst, sind wir heute Abend noch nicht fertig«, oder: »Der Wind kommt von der anderen Seite, die erste Stange kommt da vorn hin«, oder: »Nimm den Fuß weg, da soll der Hering rein«, wurde ein Areal abgesteckt, in dem anschließend zehn Decken, zwanzig Handtücher, Unmengen von Taschen und Strandspielzeugen verteilt wurden. Schaufeln mussten wegen der Verletzungsgefahr draußen bleiben. Die Aufbauzeit reduzierte sich im Laufe des Sommers von fünfundvierzig auf zwanzig Minuten. Alles Übungssache.

Und dann begann der Strandtag. Wir hatten genug Programm, es war nie langweilig. Wir sammelten Steine, aus denen abends Männchen geklebt wurden, Seesterne, die dann auf den Fensterbänken trockneten und nicht besonders gut rochen. Die älteren Kinder schwammen bis zu den Sandbänken, wo wir auf Schollen traten und später den immer länger gewordenen Weg zum Strand zurück mussten. Zwischendurch wurde man mit Sonnemilch aus gelben Flaschen eingerieben, spuckte die Kerne von Wassermelonen in den Sand und wischte mit Handtüchern Eier und Brötchen sauber, weil immer mindestens eine Kühltasche umkippte.

Burgen bauen war eine der Hauptbeschäftigungen. Neben den normalen Strandburgen der kleinen Kinder gab es auch architektonische Wunderwerke der Größeren, die aber nie richtig gewürdigt wurden.

»Mama, Petra hat meine Küchenwand eingetreten.«

»Kind, geh doch außen rum.«

»NEIN. Das ist ein Wintergarten.«

Die Erwachsenen sammelten Strandgut und errichteten damit einen Holzverschlag, auf den meine Tante später gelbe Tintenfische und rote Fische malte. Als sie auch noch zwei Sonnenschirme aufstellte, sah es aus wie eine kubanische Strandbar, einige Strandbesucher wollten bei uns Getränke kaufen, sie bekamen sie umsonst. Wir hatten ja so viel dabei.

Während mein Bruder aus den übrig gebliebenen Heringen und Seilen eine Hochsprunganlage baute, an der er den Fosbury-Flop übte, die Dortmunder anfingen, den diesjährigen Rekord im Beachball aufzustellen, meine Cousine und ich in Jeans baden gingen (in der »Bravo« hatte gestanden, dass sie dann besser sitzen), meine Schwester von den Hamburgern eingegraben wurde (»Nur bis zum Hals, hört ihr, sie soll noch Luft kriegen«) und meine kleine Cousine mit ihren Sylter Freunden alle Bademantelgürtel verknotete, lagen die Erwachsenen hinter dem Windschutz, lasen Zeitungen, lachten, sonnten sich und hoben erst den Kopf, wenn ein Kind so heulte, als ob tatsächlich etwas passiert wäre. Es passierte aber nie etwas Schlimmes, wenn man von Sand in den Augen, versehentliche Treffer beim Quallenweitwurf oder kleinere Handgemenge wegen eingetretener Wände absah. Alle halbe Stunde wurden Kühltaschen geöffnet und Essen verteilt, man wollte ja abends nichts Schweres zurückschleppen. Ab mittags tranken die Erwachsenen Korn-Sauer (Korn mit Bitterlemon), die Stimmung wurde immer fröhlicher, trotzdem vernachlässigte niemand seine Aufsichtspflicht. Onkel Paul blieb nüchtern und erklärte sich bereit, auf die kleinen Kinder aufzupassen, die baden wollten. Er lief am Strand auf und ab und zählte ständig die orangefarbenen Schwimmflügelpaare durch, die in den Wellen tanzten. Er war übrigens der einzige Nichtschwimmer. Ging aber immer gut.

An manchen Tagen sah das Wetter morgens so schlecht aus, dass andere Pläne gemacht wurden. Wir sind in Regenjacken über die Wanderdüne marschiert, haben am Morsumer Kliff Mauersegler beobachtet und ein tagelang am Strand gebautes Modellflugzeug fliegen lassen (nach drei Metern am Kliff zerschellt), haben am Bahndamm die Farben der Autos auf dem Autozug gezählt (damals gab es tatsächlich nicht nur große schwarze Autos, sondern auch noch kleine bunte), sind nacheinander die eingegrabenen Stufen am Roten Kliff in Kampen hinuntergeklettert und haben bei diversen Kinderfesten Preise abgeräumt. Meine Schwester wurde tatsächlich Kurkönigin in ihrer Altersklasse. Mit sieben. Da war das auch einfach. Ich wurde nur Dritte beim Fischestechen. Manchmal sahen wir »Dumbo, der fliegende Elefant« im Lister Urwaldkino oder kauften Krabben auf dem Kutter, die wir dann im Gartenhaus meiner Tante stundenlang pulten.

Aber egal, wo wir gerade waren und was wir taten, sobald der Himmel aufriss und die Sonne kam, ließen wir alles stehen und liegen, fuhren in einer affenartigen Geschwindigkeit nach Hause, packten unsere Sachen und kamen alle zeitgleich und aufgeregt am Parkplatz vor der perfekten Stelle an. Ohne Absprache. Aber deshalb waren wir ja hier. Das war Sommer.

In den letzten Jahren hat sich viel verändert. Es werden keine Strandburgen mehr gebaut, der altmodische Windschutz ist kaum noch zu sehen, das Urwaldkino ist geschlossen. Die Insel wird jedes Jahr voller, die Restaurants teurer und die Hotels größer. Wir Kinder von damals brauchen keine Schwimmflügel mehr, und meine Schwester wird seit Jahren nicht mehr eingegraben. Aber in jedem Sommer geht es wieder los. Die Suche nach der perfekten Stelle. Und wir finden sie jedes Jahr wieder. In höchstens fünfzehn Minuten. Und dann ist Sommer.

HARALD MARTENSTEIN

Das Reisen

Vor allem auf eine Sache sollte man achten, wenn man mit Kindern verreist. Man sollte sorgfältig Gegenden vermeiden, die versuchen, mit dem Prädikat »Babydorf« oder »besonders kinderfreundlich« für sich zu werben. Da ist der Wurm drin. Wir waren mal in dem sogenannten Babydorf Trebesing in Österreich. Der Wurm, der in Trebesing drin ist, besteht aus der Autobahn. Es liegt direkt neben der Autobahn, und mit »direkt« meine ich: circa zwanzig bis dreißig Zentimeter. Ja, sie haben da eine pittoreske Lärm- und Sichtschutzwand mit Alpin-Touch hingebaut, die kann sogar jodeln und Schuhplattler tanzen, man kriegt fast nichts mit von der Autobahn, außer einem leichten Vibrieren. Trotzdem, wer will da hin?

Die Trebesinger sind babyfreundlich bis an die Grenze der Selbstaufgabe, aber manchmal kriegen sie so ein Glitzern in den Augen. Dieses Glitzern besagt: Wenn wir zwanzig Zentimeter neben dem Wolfgangsee liegen würden statt zwanzig Zentimeter neben der Autobahn, dann wären wir jetzt kein »Babydorf«, sondern ein »Millionärsdorf« oder wenigstens ein »Besserverdienendendorf« oder zumindest ein »Dorf mit super Landschaft drum herum«, und das würd uns schon ein bissel besser gefallen, gell.

Außerdem – es ist so furchtbar, all diese Leute mit den vielen Kindern. Links vibriert die Autobahn, rechts vibrieren die Babyfone, und überall ist ein Gesabber und Gegreine und Spinatausgespucke, wie man es allenfalls bei der eigenen Brut reizend findet. Im Babydorf gibt es das gleiche Problem wie im Altenheim oder bei »Gute Zeiten, schlechte Zeiten«, zu monothematisch, was die Altersstruktur betrifft. Man wird an solchen Orten alten- oder jugend- oder kinderfeindlich im Lauf der Zeit, dagegen lässt sich nichts machen.

Deswegen spielt diese Geschichte nicht im Babydorf, sondern im Griechendorf.

Die früheste Erinnerung des Kindes besteht aus einem Felsen auf Kreta, etwa vierzig Zentimeter hoch, an dem es sich im Alter von zweidreiviertel das Füßchen gestoßen hat. Das war am Strand der Gemeinde Georgiopoulos. Dabei haben wir bei der gleichen Reise eine echte Wasserschildkröte gesehen und sind in echte Lebensgefahr geraten und haben eine Menge gut aussehende ältere Damen kennengelernt.

Die gut aussehenden älteren Damen haben uns schon beim Frühstück auf der Terrasse komisch angeschaut. Es waren, na, so sechs bis sieben, alle aus Deutschland. Einige reisten gemeinsam, andere waren alleine gekommen, jetzt waren sie ein Team. Ein gut aussehendes älteres Team, genau gesagt.

Die gut aussehende ältere Frau aus Griechenland existiert ja praktisch nicht, außer vielleicht in Athen oder Saloniki. Griechinnen sind jung und schön und tragen Miniröcke, oder sie sind alt und knorrig wie ein Olivenbaum und tragen schwarze Kutten, dazwischen gibt es nichts. Die ältere Frau in Minirock und tief ausgeschnittenem Pulli, die gesundheitsbewusst lebt und »Kim« raucht und am Strand einen Bikini in der Farbe ihres Lidschattens trägt, ist eine Errungenschaft der Industriegesellschaft, bei deren Konstruktion die Deutschen besonders erfolgreich waren, ähnlich wie beim Automobilbau.

Wir waren zu zweit, das Kind und ich. Jedes Jahr verreisen wir einmal gemeinsam. Das hat sich irgendwie so entwickelt. Auf Kreta waren wir mit zwei Rucksäcken unterwegs, einem sehr großen und einem sehr kleinen. Aber wir sind schon am zweiten Tag in Georgiopoulos hängen geblieben.

Die älteren Damen haben mir immer gute Ratschläge gegeben. Jeden Tag zwei bis drei. »Sie müssen das Kind aber auch eincremen«, sagten sie. Und: »Vergessen Sie das Hütchen nicht, wenn Sie mit dem Kind an den Strand gehen.« Dabei lächelten sie. Es war ein falsches Lächeln. Ich lächelte zurück. Die Gesichter der älteren Damen spiegelten sich auf dem Bäuchlein des Kindes, denn das Bäuchlein glänzte unter einer zwei Zentimeter dicken Ölschicht.

Viele Männer hätten gerne ein Kind oder auch zwei und haben keines, weil die Frau fehlt. Daran gibt es leider nichts zu deuteln: Ohne Frau geht in Hinsicht Fortpflanzung noch immer wenig. Wer dieses Partnersuche-Problem hat, der sollte sich einfach ein kleineres Kind ausleihen, so etwa achtzig bis einhundert Zentimeter, und mit diesem Kind eine Reise machen. Es ist erstaunlich, wie die Attraktivität des männlichen Reisenden wächst, sobald er sich in Begleitung eines kleinen Kindes befindet. Vermutlich löst die Kombination aus erwiesener Zeugungsfähigkeit plus Fürsorglichkeit in der weiblichen Zirbeldrüse eine chemische Reaktion aus. Dieses Phänomen ist bekannt. Weniger bekannt ist die Tatsache, dass sich das emotionale Verhältnis der Frau zum allein reisenden Mann mit Kind etwa ab dem fünfzigsten Geburtstag ins Gegenteil verkehrt. Sobald die Frau das Fortpflanzungsalter hinter sich lässt, sieht sie in dem allein reisenden Vater, der in aller Öffentlichkeit die traditionelle Mutterrolle übernimmt, nicht mehr den potenziellen biologischen Partner, sondern den biologischen Rivalen. Sie gibt ihm gern zu verstehen, dass er es in Sachen Mütterlichkeit nicht so gut kann wie sie. Das kränkt ihn. Denn wir Männer sind in Sachen Mütterlichkeit mittlerweile Spitzenklasse.

Wir saßen beim Frühstück. Die älteren Damen sagten: »Passen Sie auf, dass er auch genug isst! Verträgt er auch das griechische Öl? Manche Kinder haben eine Allergie dagegen. Passen Sie aber auch auf, dass er nicht zu viel isst, das kann beim Baden gefährlich sein! Und immer an das Mützchen denken! Vergessen Sie nicht die Sandflöhe!«

Es gibt einen Terror der Hilfsbereitschaft. Irgendwann im 21. Jahrhundert wird es irgendwo in der Dritten Welt den ersten Volksaufstand gegen die Hilfsorganisationen geben. Das Volk wird sich zusammenrotten, und sie werden die Helfer der FAO, der UNICEF, von »Médecins Sans Frontières« und sämtlichen anderen abgefuckten NGOs auf ihren staubigen Dritte-Welt-Straßen vor sich hertreiben, Richtung Flugplatz. Help yourself, werden sie rufen, we don't need no education, I would rather go blind, und was man sonst noch so ruft in solchen Situationen.

»Buddelzeug, Buddelzeug«, sagte das Kind. Also gingen wir zurück aufs Zimmer. Unser Hotel lag am Strand, ein paar Meter hinter den Dünen, Blick aufs Meer, sehr hübsch und dabei wunderbar wohlfeil. Es war zehn oder elf Uhr. Eher elf. Das Buddelzeug lag auf dem Balkon. Ein rotes Eimerchen und ein gelbes Schäufelchen. Wir betraten den Balkon. In diesem Moment ging ein für die Jahreszeit ungewöhnlich heftiger Windhauch durch die südliche Ägäis. Die Balkontür flog zu. Dann herrschte wieder Windstille. Wir waren gefangen.

Unser Balkon lag zu einem Parkplatz hin. Der Parkplatz war menschenleer. Die Zikaden sangen ihr ewiges Lied. Ich klopfte gegen die Balkontür. Was hieß überhaupt »Hilfe, wir werden gebraten« auf Griechisch? Ich rief laut »Kalimera! Ochi! Jamas!«, das heißt alles nicht »Hilfe«, aber es würde die Menschen vielleicht neugierig machen und herbeilaufen lassen. In dem »Sprachführer

Griechisch« unseres Reiseführers stand, was »Schuhgeschäft« und »Hafenamt« und »Bitte überprüfen Sie die Bremsen« heißt, aber so etwas Praktisches wie »Hilfe!« stand nicht darin.

Unsere Ausrüstung bestand aus zwei Badehosen, einem Plastikeimer und einem Plastikschäufelchen. Eingecremt waren wir noch nicht. Die griechische Sonne stieg und stieg. Obwohl es mir ein bisschen peinlich war, schrie ich mehrfach und mit verzweifeltem Unterton den Satz »Bitte überprüfen Sie die Bremsen« und das Wort »Schuhgeschäft« vom Balkon hinab. Doch die Rufe verhallten ungehört.

»Strand gehen«, sagte das Kind. »Setz dich mal da in die Ecke«, erwiderte ich. »Jetzt darfst du vor allem keinen Sonnenbrand kriegen. Und ich muss vor allem die Ruhe bewahren.« Mit meinem Körper gab ich dem Kind Schatten. Gleichzeitig versuchte ich, mit dem Plastikschäufelchen die Balkontür zu öffnen. Man muss die Kante des Griffs vorsichtig in das Schlüsselloch einführen ... nein, besser mit der Schaufel aufstemmen ... oder vielleicht unten, wenn man unter dem Türschlitz nach dem Riegel angelt ... griechische Siebzigerjahre-Balkontüren gegen deutsche Neunzigerjahre-Plastikschaufeln, material- und verarbeitungstechnisch war es ein Kampf der Giganten. Nicht vergessen, dem Kind während des An-der-Türe-Herumbastelns mit dem Rumpf Schatten zu geben! Und die Sonne stieg.

Am Abend, auf der Hotelterrasse, machte das Kind einen tadellosen Eindruck. Fröhlich. Weißhäutig, mit einem ganz leichten Braunstich. Es hat gar nicht mitgekriegt, in welcher Gefahr wir schwebten. Es war ja noch klein. Ich dagegen war rot verbrannt. Geschwollene Nase, tränende Augen. Der Kampf gegen die Tür hatte fast zwei Stunden gedauert, währenddessen hatte ich dem Kind Geschichten aus der griechischen Mythologie erzählt. Die

Argonauten. Troja. Odysseus. Ikarus, der Junge, der zur Sonne flog.

»Sie müssen aber auch daran denken, sich selber einzucremen«, sagten die gut aussehenden älteren Damen. »Das mit dem Kind klappt ja schon recht gut.«

Es war ein Punktsieg. Aber sie werden uns nie wirklich respektieren. Niemals.

Am nächsten Tag stieß sich das Kind an dem Felsen das Füßchen, es schrie, es blutete, und ich trug es an den älteren Damen vorbei hoch in unser Zimmer, um das Füßchen zu kühlen und zu verbinden und um zu trösten und all das. Die älteren Damen sahen mich verächtlich an. Ein blutendes Kind.

Das Volk der Apachen und der weiße Mann haben Frieden geschlossen. Eines Tages wird auch Frieden herrschen zwischen Serben und Albanern. Aber zwischen den älteren Damen und den allein reisenden Vätern mit Kind wird niemals Friede sein.

ALEX CAPUS

Der Ernst des Lebens

An jenem Tag war Großvater genau fünfundneunzig Jahre und fünfundneunzig Tage alt. Natürlich war es auch diesmal dasselbe – es war jedesmal dasselbe, wenn Vater und ich Großvater im Altersheim »Alpenblick« besuchten.

»Faß nichts an! Faß ja nichts an, hörst du?« schärfte Vater mir ein, während wir im Regen über den Parkplatz zum Haupteingang liefen.

Ich sagte: »Ja, Vater.«

Vater hatte einen Tick. Er war felsenfest überzeugt, daß das Altersheim hoffnungslos verseucht war mit Krankheitserregern aller Art. Dabei war der »Alpenblick« ein freundlicher weißer Neubau mit großen Fenstern, viel Naturstein, Holz allenthalben und einem Pingpongtisch für die Junggebliebenen auf dem Vorplatz; alles in allem eine komfortable Seniorenresidenz, wie man das heute nennt, ganz nah beim Stadtzentrum und doch am Waldrand.

»Hier drin lebt alles«, pflegte Vater zu sagen, »alles lebt, mit Ausnahme vielleicht der Menschen. Jede Türklinke, jeder Stuhl, die Wände, Böden, Decken, ganz zu schweigen von den Betten und dem Eßgeschirr – alles lebt! Überall wimmelt es von Krankheitserregern: Milliarden von Bazillen, Mikroben, Bakterien, Viren ...«

Mein Vater war Sekundarlehrer. Vermutlich war das genetisch bedingt: Sein Vater war ebenfalls Sekundarlehrer gewesen und dessen Vater auch. Von all meinen Ahnen väterlicherseits war Ururgroßvater der letzte gewesen, der nicht Sekundarlehrer war. Er war Steuerbeamter –

und das vermutlich auch nur, weil es vor 1848 noch keine Sekundarschulen gab. Gott sei Dank gibt es die Geschichte, dachte ich manchmal; zum Glück gibt es immer wieder Erdbeben, Revolutionen, Sintfluten, Weltkriege, technischen Fortschritt und all das. Sonst wären womöglich alle meine Vorfahren ausnahmslos Sekundarlehrer gewesen, seit Anbeginn der Zeit. Ich selbst wäre dann auch Sekundarlehrer, mein Sohn würde es auch und meine Kindeskinder und meine ... meingottwieschrecklich. Das dachte ich manchmal.

Am schwersten wog für mich das Sekundarlehrertum meines Vaters. Wie die meisten seiner Berufskollegen glaubte er sich überall und lebenslänglich umzingelt von schwachsinnigen Schülern und verblödeten Erwachsenen. Und wenn er wie jetzt seinen steifen Schulmeisterfinger hob, war er kaum mehr zu bremsen.

»Ich weiß über die Krankheitserreger Bescheid, Vater«, sagte ich.

»Du sollst mich ernst nehmen, verdammt noch mal! Denk daran: Hier wohnen alte Menschen, Achtzig-, Neunzig-, Hundertjährige; die haben ein Leben lang Zeit gehabt, sämtliche Mikroben einzusammeln, die es auf dieser Welt überhaupt gibt! In diesem Haus ist zusammengezählt eine jahrtausendealte Krankheitsgeschichte versammelt. Diese Krankheitsgeschichte lagert sich ab an allen Wänden, auf jedem Kissen, an jeder Türklinke ...«

»Ja, Vater.«

»Sei nicht frech! Und was, glaubst du, haben diese Mikroben im Sinn? Meinst du etwa, die gehen friedlich und widerstandslos zugrunde wie all die verblödeten Greise hier drin? Das kannst du vergessen! Die Viecher sind schlau, mußt du wissen!«

»Ich weiß es, Vater.«

»Die Viecher sind Jahrmillionen alt. Hast du das gewußt? Jahrmillionen! Ist dir das klar? Um den ganzen Erdball sind die gereist in den Körpern unserer Ahnen, immer und immer wieder, tausend mal tausend Jahre lang – glaubst du da im Ernst, daß sie ausgerechnet hier im Altersheim ›Alpenblick‹ wehrlos verrecken, an einem regnerischen Septembertag im Jahr 1994?«

»Nein, Vater.«

»Na also. Auf uns beide warten die Viecher, mein Sohn! Auf uns! Die wollen mit dir und mir raus aus diesem Loch! Hinaus auf unseren Buckeln und in die weite Welt zurück wie Millionen von Generationen vor ihnen! Und darum sage ich dir: Faß nichts an! Faß ja nichts an!«

So ging das jedesmal. Ich dankte meinem Schöpfer für die Antibabypille und die sinkenden Schülerzahlen, die mich den Sekundarlehrerberuf hatten meiden lassen. Der ungeschriebenen Gesetze unserer Familie entbunden, war ich eher versehentlich Redakteur beim katholischen Lokalblättchen geworden. Vater hatte sich seine Enttäuschung darüber nie anmerken lassen, aber Großvater nahm mir diesen Bruch mit der Familientradition ausdrücklich übel. Den »katholischen Schreiberling« nannte er mich gerne, oder den »Postillion von Rom«.

Es regnete also in Strömen, während wir auf den Haupteingang zuliefen. Wie immer behielt Vater den Autoschlüssel in der Hand, nachdem er ihn aus dem Zündschloß gezogen hatte. Er schob ihn vor sich her, als ob er die erstbeste Pflegerin damit erstechen wollte.

»Und wenn dir jemand Kekse oder Schokolade anbietet, dann lehnst du höflich, aber bestimmt ab. Hast du mich verstanden?«

Ich sagte: »Ja, Vater«, wenngleich die Gefahr recht gering war, daß mir jemand Schokolade anbieten würde –

ich war vor zwei Monaten dreiunddreißig Jahre alt geworden.

Dann erreichten wir die gläserne Eingangstür. Vater setzte wie jedesmal den Autoschlüssel sorgfältig am Aluminiumrahmen an und schob damit die Tür auf.

»Du zerkratzt mit dem Schlüssel die Tür, Vater«, sagte ich. Wie jedesmal.

»Mir egal«, knurrte er. »Sollen sie eine automatische Schiebetür montieren oder eine Drehtür oder meinetwegen einen Triumphbogen. Ich fasse hier nichts an. Schließlich bezahle ich genug für das verdammte Siechenheim.«

Als die Tür hinter uns zufiel, blieb Vater stehen und schloß die Augen. »Da, riechst du es? Sag, was du willst: Hier stinkt's nach schlecht ausgeheilten Krankheiten, nach Moder, Verwesung und altem Urin. Urin, vor allem.« Dann schob Vater seinen Autoschlüssel vorbei an der Pflegerin, die am Empfang Dienst tat und uns stirnrunzelnd nachschaute. Es war mir sehr peinlich.

Vater drückte mit dem Autoschlüssel auf den Liftknopf. Die Schiebetür ging auf, wir traten ein, Vater spießte den Knopf mit der aufgedruckten 3 auf, und wir schwebten hinauf ins dritte Stockwerk. Unterwegs schaute er mir durch seine Lehrerbrille scharf in die Augen – das konnte er immer noch, trotz seiner zweiundsechzig Jahre.

»Du sagst kein Wort von Kakteen.«

»Wie bitte?« Das war neu.

»Kein Wort von Kakteen und kein Wort über Agaven.«

»Du meinst Großvaters Agave?« Auf der Veranda von Großvaters Haus stand seit Jahrzehnten eine gewaltige Agave, die er ein halbes Leben lang liebevoll gepflegt hatte. Vater hatte schwören müssen, sich gut darum zu kümmern, als er nach Großmutters Tod das Haus samt Veranda übernahm.

»Egal. Du sagst, was du willst. Aber auf gar keinen Fall

sprichst du von Agaven und/oder Kakteen. Am besten sagst du gar nichts über das Pflanzenreich. Tust du mir den Gefallen?«

Ich zuckte mit den Schultern. »Ja, Vater.«

Im dritten Stock ging die Schiebetür wieder auf. Wir traten hinaus auf einen lichtdurchfluteten, mit toskanischen Bodenkacheln ausgelegten Gang. Links und rechts reihten sich Buchenholztüren aneinander, hinter denen die sogenannten Seniorenstudios lagen. Vor Großvaters Tür blieben wir stehen. Eine Klingel gab es nicht, an der Vater seinen Autoschlüssel hätte ansetzen können. Man mußte anklopfen, und das ging mit dem Schlüssel schlecht. Aber Vater hatte auch dafür eine Lösung gefunden, vor zwei Jahren etwa: Er klopfte mit der Schuhspitze an. Er machte das sehr geschickt, locker aus dem Fußgelenk, ein Unterschied zum herkömmlichen Knöchelklopfen war nicht zu hören. Mutter hatte sich sehr darüber empört, als sie davon erfuhr. Meine Mutter und mein Vater hatten einander seit vielen Jahren nicht mehr gesehen. Sie besuchte Großvater jeweils mittwochs, er jeweils samstags.

Vater klopfte ein zweites Mal an. Dann hörten wir schlurfende Schritte, und die Tür ging auf. Eine dichte Wolke Tabakrauch rollte auf den Flur hinaus, und dahinter erschien keuchend mein Großvater mit seiner ewigen Zigarette unter dem nikotingelben Schnauzbart. Die Zigarette gefiel mir. Immerhin hatte Großvater in den fünfundneunzig Jahren und fünfundneunzig Tagen seines Lebens nur unbedeutend wenige Jahre auf Tabakrauch verzichtet – und das auch bloß ganz zu Beginn, als er noch nicht im Vollbesitz seiner Kräfte war. Kurz vor Ausbruch des Ersten Weltkriegs aber hatte er sich die erste Zigarette in den Mundwinkel gesteckt, und seither räuchelte es quer durch die Jahrzehnte unter Großvaters Schnauzbart, allen Ermahnungen seiner Eltern und seiner Lehrerkollegen und seiner Frau und seines Arztes zum Trotz; das machte sein Sekundarlehrertum etwas menschlicher, fand ich.

»Schau an, mein Sohn und der Herr von der katholischen Presse«, begrüßte er uns. Dann hustete er grollend und tief aus der Lunge, schloß wie unter Schmerzen die Augen und wandte sich ab. Vater und ich folgten ihm in sein Seniorenstudio. Es roch wie im Raucherabteil eines Regionalzugs, aber im übrigen glich das Studio einem x-beliebigen Hotelzimmer: Dusche/WC gleich neben dem Eingang, dann ein Zimmer mit Bett, Schreibtisch, Fauteuil und Fernseher. Das Beste war das große Fenster mit Ausblick zum Waldrand. Die Alpen sah man nicht, nicht von Großvaters Fenster aus und überhaupt nirgends im ganzen Altersheim; keine Ahnung, woher der Name »Alpenblick« kam.

Großvater setzte sich schwer atmend in den Fauteuil, Vater ließ sich auf die Bettkante fallen. Ich ging zum Fenster und machte es eine Handbreit auf, um Frischluft in den Zigarettennebel zu lassen.

Dann fragte Großvater meinen Vater: »Und? Wie läuft's in der Schule?«, und ich wußte, daß es langweilig werden würde. Es war immer dasselbe: Jetzt würden die beiden exakt eine Stunde über Lehrpläne und Schüler und Inspektoren und Turnhallen-Bodenbeläge plaudern, und dann würde Großvater einen Blick auf seine Armbanduhr werfen und sagen: »Es ist Viertel nach drei. Zeit für euch zu gehen.«

Bis kurz nach drei folgten wir dieser lang eingeübten Routine. Aber dann fragte Großvater plötzlich und ungewohnt lebhaft: »Wie geht's meinem alten Kaktus?«

Vater stand vom Bettrand auf, ging die paar Schritte zum Fenster, blieb neben mir stehen und schaute hinüber zum Waldrand.

»Welchem Kaktus?«

»Welchem Kaktus wohl! Der Agave auf der Veranda natürlich!«

»Also strenggenommen sind Agaven ja keine Kakteen«, sagte Vater. »Kakteen sind in ihrer Mehrzahl Stammsukkulenten; das heißt, sie speichern das Wasser im Stamm. Agaven hingegen sind Blattsukkulenten und speichern das Wasser in den …«

»Du sollst mich nicht belehren, verdammt noch mal!« rief Großvater. »Diese Dinge habe ich schon unterrichtet, als du dir noch in die Hosen gemacht hast. Alles, was ich wissen will, ist: Wie geht es meinem Kaktus?«

»Wie soll's ihm schon gehen?« sagte Vater zum Fenster hinaus. »Steht auf der Veranda wie seit sechzig Jahren schon.«

»Unverändert?«

»Unverändert.«

»Dir ist nichts Ungewöhnliches aufgefallen?«

»Nein.«

»Seltsam. Sehr seltsam.«

Großvater ließ das Kinn auf die Brust sinken. Vater starrte angestrengt aus dem Fenster, und es blieb lange, lange still, bis Großvater sich eine neue Zigarette anzündete.

»Habe ich euch eigentlich schon erzählt, wie die Agave auf unsere Veranda kam?« Natürlich hatte Großvater uns das schon erzählt. Oft. Und natürlich wußte er das ganz genau.

»Das war vor genau dreiundsechzig Jahren, auf unserer Hochzeitsreise. Deine Mutter und ich machten eine Kreuzfahrt durchs Mittelmeer …« – Großvater sprach jetzt nur noch zu seinem Sohn, ich war nicht mehr da –, »… und es war schrecklich langweilig, wie du dir vorstellen kannst. In Tunis gingen wir an Land. Deine Mutter wollte ums Verrecken die Ruinen von Karthago besichtigen. Bei der Gelegenheit hat sie am Wegesrand einen fingergroßen Agavensprößling ausgerissen.«

»Und das ist die Agave, die heute so riesig auf der Veranda steht.«

»Richtig, mein Sohn. Das Agavenbaby hat die ganze schreckliche Kreuzfahrt bis zum bitteren Ende in der Handtasche deiner Mutter mitgemacht – Tripolis, Alexandria, Beirut, Ankara, Athen, Dubrovnik, Venedig –, um schließlich im Nebel der Alpennordseite zu landen. Und dort steht sie nun auf meiner Terrasse, seit dreiundsechzig Jahren.«

»Wir wissen das, Großvater«, sagte ich. Ich hatte meinen aufwallenden Zorn nicht länger bändigen können. Welches Recht hatte der alte Mann, uns immer und immer wieder dieselben Geschichten aufzutischen? Großvater stand mühsam auf, schlurfte zu mir herüber und klopfte mir nachsichtig lächelnd auf die Schulter.

»Soso, mein Enkel weiß das.« Er schürzte die Lippen, daß die Borsten seines nikotingelben Schnauzbartes waagrecht nach vorne standen, und wandte sich meinem Vater zu. »Und du weißt das auch, mein Sohn, was?«

»Ja, Vater.«

Großvater nahm die Zigarette aus dem Mund und schlurfte zurück zu seinem Sessel.

»Ihr wißt das alles schon, wie? Tausendmal gehört, nicht wahr? Dann kommt es auf einmal mehr oder weniger auch nicht mehr an.«

»Nichts für ungut«, sagte mein Vater.

»Entschuldigung«, sagte ich.

Großvater hob sachte die Hand, in der er die Zigarette hielt.

»Egal. Ich wollte nur wissen, wie es meinem alten Kaktus geht.«

Dann sank sein Kinn wieder auf die Brust. Und von neuem breitete sich diese Stille aus.

»Dreiundsechzig Jahre – und die Agave ist ganz unverändert, hast du gesagt?«

»Ja, Vater.«

»Sie hat keinen Stamm getrieben in der Mitte?«

»Nein.«

»Etwa drei Meter hoch?«

»Nein.«

»Und Fruchtstände, am Ende des Stamms?«

»Nein, Vater, weder Stamm noch Fruchtstände.«

»Seltsam, sehr seltsam.«

Plötzlich erinnerte sich Großvater, daß ich auch noch da war.

»Weiß der Herr von der katholischen Presse eigentlich, daß eine Agave nur einmal in ihrem Leben blüht?«

Ich hob zum Zeichen geheuchelten Interesses die Brauen.

»Weiß mein Pfaffen-Enkel, daß eine Agave in Tunesien zwanzig Jahre braucht, um zur Blüte zu gelangen? Daß sie dann binnen einem Sommer einen drei Meter hohen Stamm hochtreibt, an dem im Herbst die Fruchtstände hängen? Und daß sie dann nach wenigen Wochen abstirbt? Wissen Hochwürden das?«

Ich antwortete nicht.

Großvaters Kinn sank wieder auf die Brust, und er sprach nur noch zu sich selbst.

»Zwanzig Jahre braucht sie dazu normalerweise, und meine Agave ist schon dreiundsechzig Jahre alt. Seit bald fünfzig Jahren warte ich darauf, daß sie blüht. Sommer für Sommer erwarte ich, daß jetzt endlich ein Stamm in die Höhe schießt – aber nichts geschieht. Jahrzehnt um Jahrzehnt vergeht in Ereignislosigkeit. Seit mehr als zehntausend Tagen warte ich auf den unausweichlichen Moment, der einfach nicht eintreffen will.«

Plötzlich wurde Großvater lebhaft. Er sprang aus seinem Fauteuil auf und blitzte uns an.

»Und warum diese Langsamkeit? Woher diese Zähflüssigkeit? Ich will es euch sagen: Die Kälte ist schuld!

Es ist zu kalt in unserem Land! Die Agave ist ein Geschöpf des Mittelmeers, müßt ihr wissen. Dort trägt alles schnell Blüten und stirbt leicht wieder ab. Bei uns ist es dafür zu kalt. Hier ist Wachstum schwere Arbeit; entsprechend hart ist das Holz der Bäume, entsprechend lang ist das Leben, entsprechend schwer nimmt alles seinen Abschied. Drei Meter hohe Fruchtstände kurz vor dem Tod! Solche Kapriolen gibt es hierzulande nicht!«

Mein Vater stand unverändert am Fenster. Er hatte die Arme hinter seinem breiten Rücken verschränkt.

»Deine Agave wird eines Tages schon noch blühen«, sagte er.

»Ich hoffe es, mein Sohn, ich hoffe es! Es wäre mein Fehler, wenn das arme Ding nicht so weit käme! Schließlich hätte ich vor sechzig Jahren verhindern können, daß diese rothaarige Frau den kleinen Schößling in ihrer Handtasche aus seiner freundlichen Heimat entführte. Schlimm genug, daß er wegen mir das Dreifache seiner Lebenserwartung in unserem nebligen Land dahinsiechen mußte.«

Dann schaute Großvater uns geradewegs in die Augen, erst Vater, dann mir.

»Es ist Viertel nach drei. Zeit für euch zu gehen.«

Den langen Gang zurück zum Lift konnte ich Vaters großen Schritten kaum folgen. Seinen Autoschlüssel hatte er schon wieder zur Hand, um alle nötigen Liftknöpfe zu drücken und Türen aufzuschieben. Auf dem Parkplatz regnete es immer noch in Strömen. Bevor wir in den Wagen stiegen, fragte ich ihn über das Autodach hinweg: »Sag mal, was sollte denn das ganze Theater um die Agave?«

Da schaute Vater mich an. Zum ersten Mal sah ich, daß er alt geworden war. Ein Tropfen rann ihm über die linke Wange.

»Der alte Kaktus blüht, mein Sohn. Der Stamm ist drei Meter und zwölf Zentimeter hoch.«

DÖRTHE BINKERT

Simon der Zauberer

Er läuft wieder weg. Nicht weit, sein Fahrrad ist ja hier und die rote Luftmatratze, über die er sein Badetuch gebreitet hat. Auf die Luftmatratze muss er aufpassen, das hat ihm seine Mutter am Morgen gesagt, und so steht er nach ein paar Minuten wieder da.

Am Strand überragt er alle. Wenn er nur einfach groß wäre, würden die Blicke vom Kopf bis zu den Füßen und dann wieder weiterwandern; bei ihm bleiben sie aber am Oberkörper hängen, weil aus seinem dünnen langen Körper, der nicht braun wird, ein Bauch wächst, wie bei einer schwangeren Frau.

Manchmal streichelt er mit seinen Händen darüber und lacht: »Mama sagt, ich bin dick. Aber is' doch schön!«

Und sein Lachen scheint zu sagen: Mama, sei nicht böse, aber mir gefällt mein Bauch.

Seit Jahren kommt Simon hierher. Die Mutter, die Tante und er wohnen immer in demselben Ferienhaus, und Simon darf mit dem Rad allein zur nächsten Bucht fahren und den ganzen Tag am Meer bleiben, bis zum Abend. Die Mutter hat ihm eine Uhr mit einem bunten großen Zifferblatt geschenkt, das behält er im Auge, damit er ja nicht zu spät nach Hause kommt und Schimpfe kriegt.

Er ist am Morgen einer der Ersten am Strand. Seine Luftmatratze liegt immer am gleichen Fleck, im Schatten einer Pinie, ganz nahe bei der Strandtaverne. Dort arbeitet Maria. Bei ihr ist er am liebsten, bei der kleinen, müden und verhärmten Maria mit der Brille und der von Akne vernarbten Haut.

Sie ist Kellnerin, und was Maria sagt, wird gemacht. Wenn sie die dunklen Augenbrauen zusammenzieht und das Tablett mitten auf die Theke knallt, dass die Teller dabei zittern, dann haben die andern auf einmal viel zu tun, und der Chef verschwindet in die Küche.

Was Maria sagt, sagt sie mit ungeschminktem Mund und meistens ohne Lächeln.

Sie kommt vom Innern der Insel, aus dem Dorf. Danke und Bitte hat sie erst hier gelernt. Alle verlassen sich auf Maria, aber sie verlässt sich auf niemanden und macht, was zu tun ist, allein.

Nur Simon malt ein Herz für sie in den Sand. Das sieht zwar etwas ungleichmäßig aus, aber man erkennt, dass es ein Herz ist, und er verwischt es nicht, wenn Maria hinschaut.

Später läuft er achtlos darüber, weil er das Herz vergessen hat. Das sieht Maria dann auch.

Simon hat schon oft ein Herz für sie gemalt, er ist schon zum achten Mal hier. Und jedes Mal war Maria da.

»Hallo Simon«, sagt sie dann, »dein Bauch ist wieder dicker geworden.« Darüber muss er lachen, und er streichelt seinen Bauch, weil sie das nicht macht.

Simon muss so früh am Strand sein, weil Maria ihn braucht. Er verkauft Eis, schneidet Zitronenschnitze für die Drinks und sorgt dafür, dass Eiswürfel in die hohen Gläser klirren. Wenn die Gäste gegangen sind, wischt er die weißen Plastiktische mit einem nassen Lappen ab.

Manchmal müssen Maria oder die andern Kellner ihn beim Namen rufen, weil er plötzlich nur noch dasteht und gedankenverloren in die Ferne sieht, die Hände auf den Bauch gelegt.

Dreimal am Tag geht Simon schwimmen, mit der roten Luftmatratze unter dem Arm. Simon geht und schaut dabei unbeirrt geradeaus aufs Meer. Die Wellen scheinen seinen Blick mit sich davonzutragen. Seine Augen haben die Farbe des Wassers – durchsichtig und verloren, wie eine Welle unter all den anderen. So lässt er das Getuschel der Urlauber hinter sich zurück.

Nach dem Schwimmen muss er zuerst die Badehose wechseln, wie die Mutter es ihm eingeschärft hat. Die Shorts zum Wechseln hängt im Baum und flattert, als ob die Taverne geflaggt hätte. Dann setzt sich Simon zu den Gästen in der Taverne, unter das Sonnendach, ein Stirnband in den feuchten Haaren.

Heute hat er Spielkarten mitgebracht. Er kann mit Karten zaubern. Ungeduldig führt er seine Kartentricks vor, und keiner kommt dahinter. Maria sieht von der Theke herüber. Wenn sie mit dem Tablett an ihm vorbeikommt, guckt sie etwas zweifelnd auf seine Hände, die die Karten halten. Erst an den Gesichtern der Gäste bemerkt sie, dass Simon wirklich zaubern kann. Sie nickt kurz mit dem Kopf. Und weil Maria nickt, zaubert Simon immer weiter.

Nach einer Weile packt er, ohne etwas zu sagen, seine Karten ein und geht.

In seinem kurzärmeligen Hemd sieht er aus wie ein Amerikaner auf Hawaii. »Ja«, sagt er, »is' aus Hawaii … von meiner … Schwester.«

In den Pausen, zwischen den Wörtern, sammelt er, was er sagen möchte, und das scheint ihm Spaß zu machen. Maria hat ihn nach seinem Hemd gefragt. Bevor er gezaubert hat, hat sie ihn nicht viel gefragt. Jetzt möchte sie Simons Kunststücke sehen. Maria kann nämlich auch mit Karten zaubern, nur nicht so gut wie Simon. Als Simon gehen will, hält sie ihn am Arm fest und sagt: »Bleib jetzt da und lass mich mal sehen, wie du das machst.«

Das ist Simon noch nie passiert, dass man ihn nicht weggehen lässt, außer bei seiner Mama. Seine wasserhellen Augen sehen in Marias braune, und in seinem Kopf scheinen sich auf einmal viele kleine Rädchen ruckartig in Bewegung gesetzt zu haben.

»Wie alt bist du?«, fragt ihn Maria. Zum ersten Mal.

»Rat mal!«, sagt er.

»Achtzehn?«, antwortet sie, und da freut er sich.

»Und du?«, fragt er. »Bist du ... achtzehn?«

Das stimmt schon eher.

Aber nun schreibt er auf den Rand einer Papierserviette sein Alter und zeigt dabei auf seine flache Brust. Zweiunddreißig steht da. Maria klopft ihm auf die Schulter und deutet dann auch auf seine Brust: Zweiunddreißig! Hinter ihrem Lachen versteckt sich nichts.

Simons Gesicht glänzt vor Glück.

Maria möchte Simons Zauberkunststücke lernen. Tagsüber hat sie keine Zeit, sich zu ihm zu setzen, sie legt aber manchmal im Vorübergehen die Hand auf seinen Arm und sagt, wenn er sich wieder mal ein Bier gezapft hat: »Simon, dein Bauch wird zu dick.«

Dann lacht er und scheint seinen Bauch noch mehr zu mögen als sonst.

Eines Tages dann darf Maria das Zaubern bei ihm lernen. Alles verrät er nicht, aber als sie das erste Zauberkunststück kann und ihn schnell auf die Backe küsst, wendet er den Kopf ab.

»Das is' wohl schön«, sagt Simon, »das is' wohl schön.«

Plötzlich steht er auf und geht zu seiner Luftmatratze. Da hat er was versteckt, den zerknitterten Plastikbeutel, in den die Mama einen Knoten gemacht hat, wie früher beim Einpacken des Pausenbrotes, als er noch klein war. Jetzt legt sie ihm jeden Morgen Bonbons hinein. Die holt er, und Maria darf sich eins aussuchen. Da kriegt er von Maria noch einen Kuss.

»Simon«, fragt sie, »gibst du mir morgen noch mal eins?«

»Vielleicht«, antwortet er, »vielleicht«, und zögert mit Absicht ein bisschen.

»Gehst du mit mir ... schwimmen?«, fragt er.

Maria nickt und sagt: »Nachher, wenn ich hier fertig bin. Aber nur, wenn du mir morgen noch ein Bonbon gibst!«

Da dreht er sich um, als sei es genug für diesen Tag, sagt dann aber doch noch im Gehen: »Morgen ... ja.«

Maria hat ihm ein kleines Notizbuch geschenkt, mit einem Einband aus Kork, das trägt er in seinem Hawaiihemd bei sich, über dem großen Bauch, genau auf seinem Herzen, denn da sitzt die Hemdtasche.

Maria kriegt jeden Tag ein Bonbon, manchmal zwei. Dann legt er die knittrige Plastiktüte ganz schnell wieder unter das Badetuch, das über der roten Luftmatratze liegt.

Am frühen Abend, der Strand ist schon leer, versucht Simon eine Sandburg zu bauen. Aber Simons Hände können keine Sandmauer machen. Maria sieht ihm zu. Sie lehnt am Eingang der Taverne, weil ihr Rücken so müde ist. Abends, wenn die Gäste gegangen sind, braucht sie einen Gin und raucht dazu. Ihr Gesicht sieht morgens schon müde aus, aber jetzt ist es blass und erschöpft. Simon steht auf und streichelt ihr über das Haar, doch Maria nimmt seine Hand weg, ohne zu lächeln, aber auch ohne die dunklen Augenbrauen tadelnd zusammenzuziehen.

»Maria, kommst du mit mir, wenn wir nach Hause fahren? Du musst nicht arbeiten. Simon arbeitet. Simon macht alles, arbeiten, aufstehen, wenn wir ein Baby haben ...«

»Simon, Simon«, sagt Maria bloß.

Dann packt sie sein Fahrrad in den Kofferraum ihres Autos, die Hälfte ragt heraus, und fährt ihn nach Hause.

Am andern Tag spricht Simon nicht mit Maria. Er hat sein Spielbrett dabei und spielt mit Gästen Schach und Dame. Niemand kann gegen ihn gewinnen, das sieht Maria genau. Er sitzt da, mit seinem Bier, das Hawaiihemd hat er ausgezogen. Auf seiner Brust stehen Schweißtropfen. Er gewinnt mit schlafwandlerischer Sicherheit, solange er keine Kopfschmerzen hat und seine Wasseraugen durch alles hindurchsehen, während er den nächsten Zug überdenkt.

»Katastrophe«, sagt er, wenn er länger nachdenken muss, »Katastrophe.« Bis er aufsteht und mit seiner roten Matratze zum Wasser geht.

Einmal fährt er mit dem Rad zwei, drei Dörfer ab, weil er für Maria eine Rose kaufen möchte. Nirgendwo gibt es Rosen. Aber am Tag vor seiner Abreise hat Simon dann doch ein Päckchen dabei.

»Das schöne Papier!«, sagt Maria. Das haben ihm die andern in der Taverne geschenkt. Während Maria das Päckchen auspackt, schreibt Simon mit dem Kugelschreiber auf seine Hand: »Simon liebt Maria«, mit einem Herz, von einem Pfeil durchbohrt.

In dem Päckchen ist die Plastiktüte mit Simons ganzer Bonbonration. Erwartungsvoll sieht er Maria an, aber sie sagt nichts, guckt auf den Boden, malt mit der Spitze ihrer Sandale Kreise in den Sand, schiebt dann ihren Arm unter seinen.

Simon gibt Maria auch seine Adresse. Das macht er jedes Mal, wenn er abfährt. Er schreibt langsam, ganz langsam. Die kleinen und großen Buchstaben tanzen in den Wörtern durcheinander, aber Maria kann es lesen. Diesmal schreibt er noch seinen Geburtstag darunter, damit Maria ihn nicht vergisst.

Er gibt ihr den Zettel mit leuchtendem Gesicht. Maria merkt gar nicht, dass sie weint.

Maria wird bald heiraten. Simons Liebe berührt das nicht.

»Nicht weinen, Maria«, sagt er, »komm, ich zaubere für dich.«

Maria nickt.

Sie nickt noch einmal. Und jetzt lächelt sie sogar ihr wohlbehütetes, rares Lächeln.

T. Coraghessan Boyle

Fleischeslust

Über Fleisch hatte ich mir nie viel Gedanken gemacht. Es war einfach da, im Supermarkt, in der Plastikfolie; es steckte zwischen Sandwichscheiben mit Mayo und Senf und Gewürzgurken; es rauchte und spritzte auf dem Grill, bis jemand es umdrehte, und dann lag es auf dem Teller, zwischen der Kartoffel in Alufolie und den Karottenstreifen, sauber eingeschnitten und in einer Pfütze aus rotem Saft. Rind, Lamm, Schwein, Wild, triefende Hamburger und saftige Rippchen – es war mir alles einerlei, es war eben Essen, der Brennstoff des Körpers, etwas, das man kurz mit der Zunge kostete, ehe das Verdauungssystem sich darüber hermachte. Was nicht heißen soll, daß mir die damit einhergehenden Implikationen völlig unklar gewesen wären. Hin und wieder kochte ich mir selbst etwas, ein halbes Huhn mit Instantsauce und dazu Tiefkühlerbsen, und wenn ich dann auf die pockige gelbe Haut und das rosa Fleisch so eines keimfreien Vogels einhackte, bemerkte ich durchaus die dunklen Organfetzen, die da an den Rippen baumelten – was war das, Leber? Niere? –, aber letzten Endes verleidete mir das keineswegs den Appetit auf Kentucky-Fried-Imbisse oder Chicken McNuggets. Sicher, auch ich sah die Anzeigen in den Zeitschriften, die Fotos von in ihrem eigenen Dreck angeketteten Kälbern, mit atrophierten Gliedmaßen und so vollgepumpt mit Antibiotika, daß sie ihren Darm nicht mehr unter Kontrolle hatten, aber wenn ich mit einer neuen Freundin ins Anna Maria ging, konnte ich den Kalbsmedaillons trotzdem nicht widerstehen.

Und dann lernte ich Alena Jorgensen kennen.

Es war letzten November, zwei Wochen vor Thanksgiving – ich erinnere mich an das Datum, weil es mein Geburtstag war, mein dreißigster; ich hatte mich krank gemeldet und war an den Strand gegangen, um mir die Sonne ins Gesicht scheinen zu lassen, ein Buch zu lesen und mich ein wenig zu bemitleiden. Es wehte ein heißer Santa-Ana-Wind, und die Sicht reichte bis nach Santa Catalina Island, aber man spürte etwas in der Luft, den Geruch des Winters, der schon über Utah hing, und so weit ich in beiden Richtungen sehen konnte, hatte ich den Strand so ziemlich für mich. Ich suchte mir einen geschützten Platz zwischen Felsen, breitete eine Decke aus und machte es mir bequem, um erst einmal das Pastrami-Sandwich zu verputzen, das ich als Verpflegung mitgebracht hatte. Dann wandte ich mich meinem Buch zu – ein tröstlich apokalyptisches Traktat über den Untergang unseres Planeten – und ließ mich von der Sonne wärmen, während ich über den Kahlschlag der Regenwälder, die vergiftete Atmosphäre und die rasche, lautlose Ausrottung der Arten las. Über mir zogen die Möwen dahin. In der Ferne sah ich Düsenflugzeuge blinken.

Ich muß wohl eingedöst sein, hatte den Kopf nach hinten gelegt, das Buch aufgeschlagen im Schoß, denn als nächstes erinnere ich mich daran, daß ein fremder Hund über mir stand und die Sonne hinter den Felsen verschwunden war. Es war ein großer, wuschliger Hund, der mich aus einem blauen Auge starr fixierte, die Ohren leicht gespitzt, als erwartete er ein Plätzchen oder so etwas. Ich war durcheinander – nicht daß ich Hunde nicht mochte, aber da war dieses haarige Ding, das mir die Schnauze ins Gesicht stupste –, und ich muß wohl eine Art Abwehrgeste gemacht haben, denn der Hund tappte einen Schritt zurück und erstarrte. Selbst in der Verwirrung des Augenblicks merkte ich, daß irgend etwas mit

37

diesem Hund nicht stimmte, da war eine Unsicherheit, ein Wanken, eine Schwäche der Beine. Ich empfand eine Mischung aus Mitleid und Abscheu – war er von einem Auto angefahren worden? –, als mir plötzlich die Nässe auf meinem Anorak bewußt wurde und mir ein unverwechselbarer Geruch in die Nase stieg: ich war soeben angepinkelt worden.

Angepinkelt. Während ich so nichtsahnend dalag, die Sonne, den Strand und die Einsamkeit genießend, hob dieses dumme Vieh das Bein und benutzte mich als Pissoir – und jetzt stand es erwartungsvoll am Rand meiner Decke, als hätte es gern eine Belohnung. Plötzlich wallte Wut in mir auf. Fluchend setzte ich mich auf, und erst jetzt schien in das andere Auge des Hundes, das braun war, ein vages Begreifen zu sickern; das Tier taumelte und fiel vornüber, direkt neben mir. Dann rappelte es sich hoch, fiel erneut um und schleppte sich auf diese Weise im Sand davon, wie ein Seehund im Trockenen. Ich war jetzt auf den Beinen, voller Mordgier, und sah mit Freuden, daß das Vieh hinkte – so konnte ich es leichter einholen und totschlagen.

»Alf!« rief eine Stimme, und während der Hund vor mir im Sand zappelte, drehte ich mich um und sah, auf dem Felsen hinter mir, Alena Jorgensen. Ich will den Augenblick jetzt nicht allzusehr aufbauschen, will ihn weder mythologisieren noch die Szenerie mit Anspielungen an die Schaumgeburt der Aphrodite oder die Überreichung des goldenen Apfels durch Paris überladen, aber sie war ein mächtig beeindruckender Anblick. Nackte Beine, ebenmäßig gebaut, groß und aufrecht wie ihre skandinavischen Vorfahren, bekleidet mit einem Gore-Tex-Bikini und einem Kapuzen-Sweatshirt, dessen Reißverschluß bis zur Hüfte offenstand ... auf jeden Fall haute sie mich glatt um. Vor Pisse triefend und völlig benommen starrte ich sie wortlos an.

»Du schlimmer Junge«, sagte sie tadelnd, »los, geh weg da.« Sie sah zwischen dem Hund und mir hin und her. »O du schlimmer Junge, was hast du da bloß gemacht?« schimpfte sie, und ich hätte jede Schandtat zugegeben, aber ihre Schelte galt dem Hund, welcher daraufhin in den Sand stürzte, als hätte ihn eine Kugel getroffen. Alena hüpfte lässig von dem Felsen herunter, und im nächsten Moment, bevor ich noch protestieren konnte, rieb sie mit dem Saum ihres Sweatshirts an dem Fleck auf meinem Anorak herum.

Ich versuchte sie zu bremsen – »Schon gut«, sagte ich, »macht doch nichts«, als pinkelten pausenlos Hunde auf meine Garderobe –, aber sie wollte nichts davon hören.

»Nein«, sagte sie, rieb weiter, und ihr Haar wehte mir ins Gesicht, die nackte Haut ihres Oberschenkels preßte sich unbewußt gegen mein Bein, »nein, das ist schrecklich, es ist mir so peinlich – Alf, du schlimmer Junge! –, ich komme selbstverständlich für die Reinigungskosten auf, das ist doch das mindeste – nun sehen Sie sich das an, es geht durch bis auf Ihr T-Shirt ...«

Ich konnte sie riechen, den Fönschaum in ihrem Haar, eine Seife oder ein Parfum mit Fliederduft, das salzig-süße Aroma ihres Schweißes – sie war joggen gewesen, deshalb. Ich murmelte irgend etwas davon, daß ich die Sachen selbst zur Reinigung bringen wollte.

Sie hörte mit dem Reiben auf und erhob sich. Sie hatte meine Größe, war vielleicht sogar ein kleines Stück größer, und ihre Augen waren etwas verschiedenfarbig, so wie die des Hundes: ein ernstes Tiefblau in der rechten Iris, eine meergrüne türkise Schattierung in der linken. Wir waren uns so nahe, als würden wir miteinander tanzen. »Ich sag Ihnen was«, meinte sie, und ein Lächeln hellte ihr Gesicht auf, »da Sie bei der ganzen Sache so nett reagieren, und das würden wohl die wenigsten, auch wenn sie wüßten, was der arme Alf alles durchgemacht hat, warum lassen Sie mich den Anorak nicht für Sie waschen – und das T-Shirt auch?«

Ich war momentan etwas aus der Fassung – immerhin war ich gerade angepißt worden –, doch mein Ärger war verflogen. Ich fühlte mich schwerelos, schwebend, wie ein Fussel, der im Wind trieb. »Hören Sie«, sagte ich und konnte ihr dabei gar nicht in die Augen sehen, »ich möchte Ihnen keine Umstände bereiten …«

»Ich wohne zehn Minuten von hier am Strand, und ich hab Waschmaschine und Trockner. Kommen Sie, das macht keine Umstände. Oder haben Sie etwas vor? Ich meine, ich zahle Ihnen auch die Reinigung, wenn Sie wollen …«

Ich war damals gerade solo – die Frau, mit der ich das letzte Jahr hindurch öfter zusammengewesen war, rief mich nicht einmal mehr zurück –, und meine Vorhaben für diesen Tag bestanden darin, allein am späten Nachmittag ins Kino zu gehen, als Geburtstagsgeschenk, und danach meine Mutter zu besuchen, bei der es Abendessen und einen Kuchen mit Kerzen geben würde. Meine Tante Irene wäre dort und meine Großmutter auch. Sie würden aufjuchzen, wie groß ich doch geworden war und wie gut ich aussah, und dann würden sie mein jetziges Ich mit meinen früheren, kindlicheren Inkarnationen vergleichen, um sich schließlich in eine Flut von Reminiszenzen hineinzusteigern, die mit unverminderter Heftigkeit anhalten würden, bis meine Mutter die beiden nach Hause fuhr. Danach würde ich vielleicht noch in eine Single-Bar gehen, wo ich, wenn ich Glück hatte, die Bekanntschaft einer geschiedenen Programmiererin von Mitte Dreißig mit Mundgeruch und drei Kindern machte.

Ich zuckte die Achseln. »Ob ich was vorhabe? Nein, eigentlich nicht. Ich meine, nichts Besonderes.«

Alena hütete das Haus nur, einen Einzimmer-Bungalow, der wie ein Baumstumpf aus dem Sand aufragte, keine zwanzig Meter von der Flutlinie entfernt. Ein paar Bäume standen in dem Gärtchen dahinter, das zwischen gläsernen Festungen mit zinnenbewehrten Flachdächern, flatternden Fahnen und massigen Betonpfeilern eingezwängt war. Wenn man im Haus auf dem Sofa saß, spürte man die dumpfe Vibration jeder einzelnen brechenden Welle am Strand – ein stetiger Puls, mit dem mir dieses Haus für immer verbunden bleiben sollte. Alena gab mir ein verblichenes Uni-Sweatshirt, das beinahe paßte, sprühte Fleckenentferner auf T-Shirt und Anorak und schloß dann in einer einzigen gleitenden Bewegung die Klappe der Waschmaschine und holte zwei Bier aus dem Kühlschrank daneben.

Einen Moment lang herrschte verlegenes Schweigen, als sie es sich in dem Sessel mir gegenüber behaglich machte und wir uns auf unsere Biere konzentrierten. Mir fehlte der Gesprächsstoff. Ich war verwirrt, mir schwindelte, und ich hatte immer noch Mühe zu verstehen, was geschehen war. Vor einer Viertelstunde hatte ich am Strand gedöst, allein an meinem Geburtstag und voller Selbstmitleid, und nun saß ich bequem in einem gemütlichen Häuschen am Meer, in Gegenwart von Alena Jorgensen und ihren endlosen nackten Beinen, und trank ein Bier. »Also, was machst du so?« fragte sie und stellte ihre Flasche auf dem Tisch ab.

Ich war dankbar für die Frage, womöglich zu dankbar. Ausführlich beschrieb ich ihr, wie langweilig meine Arbeit war, fast zehn Jahre war ich schon bei derselben Agentur, wo ich Werbetexte schrieb und mein Hirn vor lauter Nichtgebrauch immer abgestumpfter wurde. Ich war mitten in einem detaillierten Bericht unserer derzeitigen Kampagne für einen ghanaischen Wodka, der aus den Schalen des Kalebassenkürbisses hergestellt wurde, als sie einwarf: »Ich versteh, was du meinst«, und mir dann erzählte, sie selbst habe das Veterinärmedizinstudium hingeworfen. »Nachdem ich gesehen habe, was sie mit den Tieren machen. Ich meine, kannst du dir vorstellen, daß man Hunde sterilisiert, nur weil es bequemer so ist, nur weil es einfacher für uns ist, wenn sie kein Sexualleben haben?« Sie ereiferte sich. »Es ist immer dieselbe Geschichte: Artenfaschismus hoch zehn.«

Alf lag leise schnaufend zu meinen Füßen und blickte schwermütig aus seinem starren blauen Auge auf; eine unschuldigere Kreatur hatte ich noch nie gesehen. Ich machte ein mattes Geräusch der Zustimmung und brachte das Thema auf Alf. »Und dein Hund?« fragte ich. »Hat er Arthritis? Oder Hüftdysplasie oder so was?« Ich war stolz auf diese Frage – »Hüftdysplasie« war, abgesehen von »Bandwurm«, der einzige veterinärmedizinische Terminus, den ich in der Gedächtnisdatenbank ausgraben konnte, und es war klar, daß Alf größere Probleme als Würmer hatte.

Alena fuhr plötzlich zornig auf. »Wenn's nur so wäre«, sagte sie. Verbittert holte sie tief Luft. »Alles, worunter Alf leidet, wurde ihm zugefügt. Sie haben ihn gefoltert, verstümmelt, verkrüppelt.«

»Gefoltert?« echote ich und fühlte die Empörung in mir aufwallen – so eine schöne Frau, so ein unschuldiges Tier. »Wer?«

Alena beugte sich vor, und ihre Augen funkelten vor Haß. Sie nannte mir eine bekannte Schuhfirma – spie den Namen geradezu aus. Es war ein banaler, vertrauter Name, und nun hing er in der Luft zwischen uns, unvermittelt unheilvoll. Alf hatte an einem Experiment teilgenommen, bei dem die Vermarktungschancen von Stiefeletten für Hunde getestet worden waren – Wildleder, Sämischleder, Lackleder, das volle Programm. Die Hunde mußten dabei in den Stiefeletten auf einem Laufband marschieren, um die Verschleißdauer zu überprüfen; Alf hatte zur Kontrollgruppe gehört.

»Kontrollgruppe?« Ich spürte, wie sich meine Nackenhaare aufrichteten.

»Sie haben die Laufbänder mit Achtziger-Sandpapier beschichtet, um die Sache zu beschleunigen.« Alena sah kurz zum Fenster hinaus, wo die Brandung auf den Strand einhämmerte; sie biß sich auf die Lippe. »Alf war einer von den Hunden ohne Schuhe.«

Ich war wie gelähmt. Ich wollte aufstehen und sie trösten, aber ebensogut hätte ich auf den Sessel aufgepfropft sein können. »Ich fasse es nicht«, sagte ich. »Wie kann denn nur irgendwer …«

»Glaub's mir«, sagte sie. Sie fixierte mich einen Augenblick, dann stellte sie ihr Bier weg und ging durch das Zimmer, um in einem Pappkarton in der Ecke zu wühlen. Mochte ich auch sehr berührt sein durch die Emotionen, die sie wachgerufen hatte, noch stärker berührte mich der Anblick, wie sie sich in ihrem Gore-Tex-Bikini über den Karton beugte; ich klammerte mich an die Sessellehne, als wäre es eine Achterbahn in voller Sturzfahrt. Gleich darauf knallte sie mir ein Dutzend Aktenordner in den Schoß. Auf dem obersten stand der Name der Schuhfirma, und er war vollgestopft mit Zeitungsausschnitten, einer seitenlangen Aufzeichnung von Arbeitsabläufen und Schichtplänen der Fabrik in Grand Rapids sowie einem Grundriß des Laboratoriums. Die Ordner darunter waren mit den Namen von Kosmetikfirmen, Kürschner- und Lederbetrieben, biomedizinischen Forschungszentren und Fleischgroßhändlern beschriftet. Alena saß auf dem Rand des Beistelltischchens und sah mir zu, wie ich darin blätterte.

»Kennst du den Draize-Test?«

Ich sah sie fragend an.

»Sie injizieren Chemikalien in die Augen von Kaninchen, um zu prüfen, welche Menge nötig ist, damit sie blind werden. Die Kaninchen sind in Käfigen, Tausende von ihnen, und die nehmen eine Nadel und rammen sie ihnen in die Augen – und weißt du auch, warum? Weißt du, im Namen welches großen humanitären Anliegens so etwas geschieht, auch jetzt, während wir hier sitzen?«

Ich wußte es nicht. Das Meer pulsierte unter meinen Füßen. Ich sah zu Alf und dann wieder in ihre wütenden Augen.

»Für Mascara. Nur für Mascara. Sie foltern Abertausende Kaninchen, damit Frauen wie Nutten aussehen können.«

Ich empfand diese Interpretation als etwas hart, doch als ich ihre blassen Wimpern und den schmalen, ungeschminkten Mund betrachtete, sah ich, daß sie es ernst meinte. Auf jeden Fall brachte sie der Gedanke in Fahrt, und sie legte los mit einem zweistündigen Vortrag, bei dem sie mit ihren makellosen Händen gestikulierte, Zahlen zitierte, in ihren Unterlagen nach einzelnen Fotos von Ratten ohne Beine oder von morphiumsüchtigen Wüstenspringmäusen wühlte. Sie erzählte mir, wie sie Alf gerettet hatte: bei einem Überfall auf ein Labor, gemeinsam mit sechs weiteren Mitgliedern der Animal Liberation Front, der militanten Tierbefreiungsgruppe, nach der Alf benannt worden war. Anfangs hatte sie sich damit begnügt, Petitionen zu verschicken und Transparente zu schwenken, doch inzwischen, da das Leben so vieler Tiere bedroht war, hatte sie sich konkreten Taten verschrieben: Störaktionen, Vandalismus, Sabotage. Sie schilderte mir ihre Einsätze: Mit der Gruppe »Earth First!« hatte sie in einem Holzfällergebiet in Oregon Bäume mit Stahlnägeln gespickt, in Nevada viele Kilometer Stacheldrahtzaun um Rinderfarmen durchgeknipst, die Akten von biomedizinischen Forschungslabors entlang der ganzen Westküste zerstört, und in den Bergen von Arizona hatte sie sich zwischen die Jäger und die Dickhornschafe gestellt. Ich konnte nur nicken und staunen, betrübt lächeln und leise pfeifen, wie um »Alle Achtung« zu sagen. Schließlich hielt sie inne, um den Blick ihrer beunruhigenden Augen auf mich zu richten. »Weißt du, was Isaac Bashevis Singer gesagt hat?«

Wir waren beim dritten Bier. Die Sonne war untergegangen. Ich hatte keine Ahnung.

Alena beugte sich ein Stück vor. »›Für die Tiere ist jeder Tag wie Auschwitz.‹«

Ich senkte den Blick in die bernsteinfarbene Öffnung meiner Bierflasche und nickte traurig. Der Trockner stand seit anderthalb Stunden still. Ich fragte mich, ob sie wohl mit mir ausgehen würde, und wenn ja, was sie überhaupt essen konnte. »Äh, ich überlege gerade«, sagte ich, »ob … ob du mit mir irgendwo was essen gehen möchtest.«

Diesen Augenblick wählte Alf dazu, sich schwankend zu erheben und an die Wand hinter mir zu urinieren. So hing mein Vorschlag in der Luft, während Alena vom Tischrand hochschoß, um den Hund zu schelten und ihn dann behutsam zur Tür hinaus ins Freie zu schubsen. »Armer Alf«, seufzte sie und wandte sich achselzuckend wieder mir zu. »Übrigens, tut mir leid, wenn ich dich hier so vollquatsche – das habe ich nicht vorgehabt, aber man trifft eben selten jemanden, der auf der gleichen Wellenlänge ist.«

Sie lächelte. *Auf der gleichen Wellenlänge:* die Worte waren wie eine Erleuchtung für mich, sie erregten mich, durchzuckten mich mit einem Beben, das ich bis in die Tiefe meines Fortpflanzungstrakts verspürte. »Also, wie steht's mit dem Essengehen?« beharrte ich. Diverse Restaurants gingen mir durch den Kopf – es würde ja wohl vegetarisch sein müssen. Durfte auch nur der geringste Hauch von gegrilltem Fleisch in der Luft liegen? Vergorene Ziegenmilch und Tabbouleh, Tofu, Linsensuppe, Sojasprossen: *Für die Tiere ist jeder Tag wie Auschwitz.* »Kein Fleisch natürlich.«

Sie betrachtete mich wortlos.

»Ich meine, ich esse selbst kein Fleisch«, log ich, »also, jedenfalls nicht *mehr*« – seit dem Pastrami-Sandwich, um genau zu sein –, »aber ich kenne eigentlich kein Restaurant, das …« Ich ließ den Satz lahm in der Luft hängen.

»Ich bin Veganerin«, sagte sie.

Nach zwei Stunden mit geblendeten Karnickeln, niedergemetzelten Kälbern und verstümmelten Hundewelpen konnte ich mir den Witz nicht verkneifen: »Und ich komm von der Venus.«

Sie lachte, aber ich merkte, daß sie es nicht besonders lustig fand. Veganer aßen weder Fleisch noch Fisch, erläuterte sie, und auch Milch, Käse und Eier nicht, und sie trugen weder Wolle noch Leder am Leib – und Pelz natürlich sowieso nicht.

»Natürlich«, sagte ich. Wir standen einander gegenüber, zwischen uns der Beistelltisch. Ich kam mir allmählich etwas albern vor.

»Warum essen wir nicht einfach hier«, schlug sie vor.

Das dumpfe Pulsieren des Meeres vibrierte in meinen Knochen, als wir in dieser Nacht im Bett lagen, Alena und ich, und ich mich mit der Gelenkigkeit ihrer Gliedmaßen und der Süße ihrer Gemüsezunge vertraut machte. Alf lag auf dem Boden, im Schlaf schnaufend und ächzend, und ich liebte ihn um seiner Inkontinenz und seiner hündischen Blödheit willen. Etwas passierte mit mir – ich spürte es, während die Dielen unter mir knackten, spürte es mit jedem Pulsschlag der Brandung –, und ich war bereit, mich darauf einzulassen. Am Morgen meldete ich mich wieder krank.

Alena sah mir vom Bett aus zu, wie ich im Büro anrief und genau beschrieb, wie die Grippe von meinem Kopf in den Darm und noch weiter gewandert war, und sie musterte mich mit einem Blick, der mir verhieß, daß ich den Rest des Tages dort neben ihr zubringen, Weintrauben schälen und eine nach der anderen zwischen ihre geöffneten, erwartungsvollen Lippen fallen lassen würde. Ich irrte mich. Eine halbe Stunde später, nach einem Frühstück aus Bierhefe und etwas, das an Baumrinde in Joghurtmarinade erinnerte, fand ich mich unversehens auf einem Gehsteig in Beverly Hills wieder, marschierte vor einem luxuriösen Pelzgeschäft auf und ab und schwenkte ein Transparent mit dem Text WIE FÜHLT MAN SICH MIT EINER LEICHE AM LEIB? in Buchstaben, die wie Blut trieften.

Es kam wie ein Schock. Protestmärsche, Antikriegsdemos und Bürgerrechtsversammlungen kannte ich aus dem Fernsehen, aber noch nie hatte ich selbst meine Sohlen auf dem Straßenpflaster gewetzt, Parolen skandiert oder einen rauhen Holzgriff in der Hand gespürt. Wir waren etwa vierzig, größtenteils Frauen, fuchtelten mit unseren Transparenten vor den vorbeifahrenden Autos herum und blockierten den Fußgängerverkehr vor dem Laden. Eine der Frauen hatte sich Gesicht und Hände mit Hautcreme beschmiert, die mit roter Farbe versetzt war, und Alena hatte irgendwo eine verrottete Nerzstola aufgetrieben – die Sorte, bei der mehrere Tiere Schnauze an Schweif miteinander vernäht sind, die Miniaturbeinchen schlaff herabbaumelnd – und die Mäuler karminrot angesprayt, so daß sie wie eben getötet aussahen. Dieses grausige Banner steckte an der Spitze eines Stockes, und sie schwenkte es und johlte dabei wie ein Krieger: »Pelz ist Mord, Pelz ist Mord«, bis es den Demonstranten zu einem Mantra wurde. Es war für November ungewöhnlich warm, die Jaguars blinkten im Sonnenlicht und die Palmen neigten sich im Wind, und niemand – bis auf einen einsamen, schmallippigen Verkäufer, der uns finster durch die blitzblanken

Fenster des Pelzgeschäfts anstarrte – schenkte uns auch nur die geringste Aufmerksamkeit.

So demonstrierte ich dort, fühlte mich exponiert und unübersehbar, aber ich demonstrierte – Alena zuliebe, den Füchsen und Mardern und all diesen Biestern zuliebe, und auch mir zuliebe; mit jedem Schritt, den ich tat, spürte ich, wie mein Bewußtsein größer wurde wie ein Ballon, und mehr und mehr durchflutete mich der Atem der Heiligkeit. Bis zu diesem Tag hatte ich Leder, ob rauh oder glatt, wie jeder andere getragen, Halbstiefel und Laufschuhe und meine geliebte Fliegerjacke, die ich schon seit der High-School hatte. Wenn ich bei Pelz eine Grenze gezogen hatte, dann nur deshalb, weil ich keine Verwendung dafür hatte. Hätte ich in Yukon gelebt – und manchmal, wenn ich in der Agentur bei einer Besprechung halb einnickte, stellte ich es mir vor –, wäre ich wohl in Pelzmänteln herumgelaufen, ohne Reue, ohne groß nachzudenken.

Nun aber nicht mehr. Jetzt war ich ein Protestierer, ein Spruchbandschwenker, kämpfte für das Recht auch noch des letzten Wiesels und Luchses, in Frieden alt werden und sterben zu können, ich war jetzt mit Alena Jorgensen zusammen und ein Faktor, mit dem man rechnen mußte. Natürlich taten mir die Füße weh, ich war schweißnaß und betete, es möge niemand von meiner Firma vorbeifahren und mich hier auf dem Gehsteig sehen, in dieser durchgedrehten Schar und mit den anprangernden Slogans.

Stundenlang demonstrierten wir dort, marschierten hin und her, bis ich glaubte, wir würden eine Furche ins Pflaster graben. Wir brüllten und johlten, und niemand sah uns auch nur zweimal an. Wir hätten auch Hare-Krischnas sein können, Obdachlose, Abtreibungsgegner oder Leprakranke, wo lag der Unterschied? Für den Rest der Welt, für die ahnungslose Mehrheit, deren kläglicher Zahl ich vierundzwanzig Stunden vorher noch angehört hatte, waren wir unsichtbar. Ich war hungrig, erschöpft, entmutigt. Alena beachtete mich nicht. Selbst die Frau mit der roten Schminke ermattete jetzt, ihre Parolen nur noch ein heiseres Flüstern, das vom Verkehrslärm aufgesogen und zunichte gemacht wurde. Und dann, als der Nachmittag allmählich in die Rushhour überging, stieg am Bordstein eine verschrumpelte, silberhaarige alte Frau, die vielleicht ein früherer Filmstar oder die Mutter eines Filmstars oder gar die erste, fast vergessene Frau eines Studiobosses sein mochte, aus einer langen weißen Limousine aus und stolzierte unerschrocken auf uns zu. Trotz der Hitze – es mußten immer noch über fünfundzwanzig Grad sein – trug sie einen knöchellangen Silberfuchsmantel, eine buschige, breitschultrige, wehende Masse aus Pelz, die die Füchse in der Tundra deutlich dezimiert haben mußte. Das war der Moment, auf den wir gewartet hatten.

Ein Schrei erhob sich, schrill und klagend, und wir nahmen die einsame Greisin in die Zange, wie ein Trupp Cheyenne auf dem Kriegspfad. Der Mann neben mir ließ sich auf alle viere nieder und heulte wie ein Hund, Alena wirbelte ihren schlaffen Nerz durch die Luft, und mir rauschte das Blut in den Ohren. »Mörderin!« brüllte ich und steigerte mich hinein. »Folterknechte! Nazi!« Meine Nackensehnen waren angespannt, ich wußte nicht, was ich schrie. Die Menge raunte. Die Transparente tanzten. Ich war der alten Dame so nahe, daß ich sie riechen konnte – ihr Parfum, ein Hauch von Mottenkugeln aus dem Mantel –, und es berauschte mich, machte mich glatt verrückt, und ich ging auf sie los und versperrte ihr den Weg mit der ganzen bedrohlichen, militanten Macht meiner dreiundachtzig Kilo aus Muskeln und Sehnen.

Den Chauffeur bemerkte ich gar nicht. Alena sagte mir später, daß er ein ehemaliger Champion im Kickboxen war, den man wegen übermäßiger Brutalität aus dem

Sportverband ausgeschlossen hatte. Der erste Schlag schien von oben zu kommen, wie eine Bombe, abgefeuert aus tiefstem Feindesland; die nächsten trafen mich wie von einem Sturm angetriebene Windmühlenflügel. Jemand kreischte. Ich erinnere mich noch an die makellosen Bügelfalten in den Hosen des Chauffeurs, danach wurden die Dinge ein bißchen schummrig.

Ich erwachte zum dumpfen Dröhnen der Brandung, die auf den Strand eindrosch, und zu Alenas Lippen, die sich auf meine preßten. Ich fühlte mich, als hätte man mich gerädert, auseinandergenommen und wieder zusammengesetzt. »Nicht bewegen«, sagte sie, und ihre Zunge glitt über meine geschwollene Wange. Ich konnte nur schmerzverzerrt den Kopf auf dem Kissen drehen und in die Tiefen ihrer zweifarbigen Augen blicken. »Jetzt gehörst du zu uns«, flüsterte sie.

Am nächsten Morgen rief ich nicht einmal mehr an, um mich krank zu melden.

Gegen Ende der Woche hatte ich mich genügend erholt, um Appetit auf Fleisch zu entwickeln – wofür ich mich zutiefst schämte – und um beim nächsten Protestmarsch ein Paar Strandsandalen aus Vinyl abzuwetzen. Gemeinsam mit Alena – und diversen Koalitionen aus Antivivisektionisten, militanten Veganern und Katzenfreunden – schritt ich hundert Kilometer Bürgersteig ab, sprühte aufrührerische Slogans an die Fenster von Supermärkten und Hamburgerbuden, protestierte gegen Gerbereien, Hufschmieden, Geflügelfarmen und Wurstfabriken und fand irgendwie sogar die Zeit, einen Hahnenkampf in Pacoima zu sprengen. Es war aufregend, faszinierend, gefährlich. Wenn ich in der Vergangenheit abgeschaltet gewesen war, dann stand ich jetzt voll unter Strom. Ich fühlte mich rechtschaffen – zum erstenmal im Leben kämpfte ich für eine gute Sache –, und ich hatte Alena, vor allem Alena. Sie bezauberte und entzückte mich, verlieh mir das Gefühl eines Katers, der durch ein Fenster im Obergeschoß hinaus- und wieder hineinschlüpft, ohne an den freien Fall und den Staketenzaun zu denken. Natürlich, sie war schön, ein Triumph der Evolution, der gelungenste Genaustausch seit den Zeiten der Höhlenmenschen, aber es war mehr als das – so richtig unwiderstehlich machte sie ihre Hingabe an die Tiere, an den Kampf gegen alles Unrecht und für die Moral. War es Liebe? Das ist ein Wort, mit dem ich schon immer meine Probleme hatte, aber vermutlich war es das. Sicherlich. Liebe, schlicht und einfach. Liebe war in mir, ich war in ihr.

»Weißt du was?« sagte Alena eines Abends, als sie an ihrem Miniaturherd Tofu in Öl und Knoblauch schmorte. Am Nachmittag hatten wir vor einer Tortillafabrik demonstriert, die ausgelassenes tierisches Fett als Bindemittel verwendete; danach waren wir von dem übergewichtigen Geschäftsführer eines Supermarktes, der etwas dagegen hatte, daß Alena über die Sonderangebote auf seinem Schaufenster den Slogan FLEISCH IST TOD gesprayt hatte, drei Häuserblocks weit gejagt worden. Mir war richtig schwindlig von der pubertären Lust an alldem. Jetzt sank ich mit einem Bier in der Hand auf die Couch und sah zu, wie Alf heranhinkte, seitlich umfiel und an einem verdächtigen Fleck auf dem Fußboden leckte. Die Brandung dröhnte wie dumpfer Donner.

»Was?«

»Bald ist Thanksgiving.«

Ich überlegte einen Augenblick, ob ich Alena zu meiner Mutter einladen sollte, zu dem mit Austern aus der Dose und in Butter geschwenkten Semmelbröseln gefüllten, in leckerer Bratensoße schwimmenden Truthahn, doch dann wurde mir klar, daß das wohl keine gute Idee war. Also sagte ich gar nichts.

Sie sah über die Schulter. »Die Tiere haben nicht viel, wofür sie dankbar sein können, das ist mal sicher. Das Ganze ist nur eine Ausrede für die Fleischindustrie, um ein paar Millionen Truthähne niederzumetzeln, sonst nichts.« Sie hielt inne; heißes Distelöl brutzelte in der Pfanne. »Ich glaube, es ist Zeit für einen kleinen Ausflug«, sagte sie. »Können wir dein Auto nehmen?«

»Klar, aber wohin fahren wir denn?«

Sie schenkte mir ihr Lächeln der Gioconda. »Truthähne befreien.«

Am Morgen rief ich meinen Chef an, um ihm zu sagen, daß ich Bauchspeicheldrüsenkrebs hätte und eine Zeitlang nicht kommen würde, dann warfen wir ein paar Sachen in den Wagen, halfen Alf dabei, auf den Rücksitz zu krabbeln, und nahmen die Schnellstraße 5 zum San Joaquin Valley. Wir fuhren drei Stunden lang durch so dichten Nebel, daß die Fenster ebensogut in Watte hätten verpackt sein können. Alena tat geheimnisvoll, aber ich spürte ihre Erregung. Ich wußte nur, daß wir bald einen gewissen »Rolfe« treffen sollten, einen alten Freund von ihr, der inzwischen eine wichtige Rolle in der Öko-Szene und bei »Rechte für Tiere« spielte, und danach würden wir eine verzweifelte, gesetzwidrige Handlung begehen, für die uns die Truthähne ewig dankbar wären.

Ein Lastwagen verdeckte das Schild, das die Abfahrt nach Calpurnia Springs anzeigte, und ich mußte abrupt bremsen und das Lenkrad zweimal herumreißen, um auf der Fahrbahn zu bleiben. Alena fuhr auf dem Sitz hoch, und Alf knallte gegen die Armlehne wie ein Mehlsack, aber wir schafften die Kurve. Bald danach glitten wir durch die gespenstische Leere der Ortschaft, in einem Nimbus aus Nebel zogen Lichter vorbei und glühten rosa, gelb und weiß, dann waren nur noch der schwarze Asphalt da und die bleiche Leere, die alles verschluckte.

Nach etwa fünfzehn Kilometern bat mich Alena, langsamer zu fahren, und musterte mit scharfem, unverwandtem Blick die rechte Straßenbankette.

Die Erde atmete Dunst. Ich spähte angestrengt in das weiche, wabernde Licht unserer Scheinwerfer. »Da, da!« rief sie, ich bog scharf nach rechts ab, und wir rumpelten einen mit Schlaglöchern übersäten Feldweg entlang, der von der Asphaltstraße abzweigte, eine Art Ziegenpfad, der den Berg hinaufführte. Fünf Minuten später setzte sich Alf auf der Rückbank auf und fing an zu winseln, dann schälte sich ein primitiver, roh gezimmerter Schuppen aus der Unschärfe rings herum.

Rolfe empfing uns vor dem Haus. Er war groß und wettergegerbt, um die Fünfzig, schätzte ich, mit einem wilden Haarschopf und zerfurchten Zügen, die mich an Samuel Beckett erinnerten. Er trug Gummistiefel, Jeans und ein verblichenes kariertes Holzfällerhemd, das aussah, als wäre es hundertmal gewaschen worden. Alf pinkelte hastig das Haus an, dann wackelte er die Verandastufen hinauf, um sich geifernd vor Rolfes Füßen zu rollen.

»Rolfe!« rief Alena, mit für meinen Geschmack etwas zuviel Begeisterung und Vertrautheit in der Stimme. Sie nahm alle Stufen auf einmal und warf sich in seine Arme. Ich sah ihnen beim Küssen zu, und das war kein Vater-Tochter-Kuß, ganz und gar nicht. Es war ein Kuß, in dem Bedeutung lag, und die gefiel mir überhaupt nicht. Rolfe, dachte ich, was ist denn das für ein Name?

»Rolfe«, keuchte Alena, immer noch außer Atem, weil sie die Stufen wie zu einer Siegerehrung hinaufgehetzt war, »ich möchte dir Jim vorstellen.«

Das war mein Stichwort. Ich ging die Treppe hinauf und streckte die Hand aus. Rolfe betrachtete mich aus tiefliegenden Augen und packte dann meine Hand mit festem, schwieligem Griff, einem Griff, mit dem man Holz hackte, Zaunpfosten einschlug und gepeinigte Truthähne oder weiße Labormäuse befreite: »Freut mich sehr«, sagte er mit einer Stimme, die wie Sandpapier kratzte.

Im Haus brannte ein Feuer, und Alena und ich setzten uns davor und wärmten uns die Hände, während Alf winselte und jaulte und Rolfe uns in fingerhutgroßen japanischen Täßchen Früchtetee kredenzte. Seit wir eingetreten waren, hatte Alena mit dem Plappern nicht aufgehört, und Rolfe brabbelte mit seiner hölzernen Kratzstimme: die beiden tauschten Namen und Neuigkeiten und Klatsch aus, als hätten sie eine Art Geheimcode. Ich studierte Reproduktionen von Krick- und Pfeifenten, die an den abblätternden Tapeten hingen, und registrierte eine Kiste mit vegetarischen Heinz-Bohnendosen in der Ecke sowie eine Riesenflasche Jack Daniel's auf dem Kaminsims. Endlich, nach der dritten Tasse Tee, lehnte sich Alena in ihrem Sessel zurück – einem gewaltigen alten Ding mit fleckigem Schonbezug – und fragte: »Also, wie sieht dein Plan aus?«

Rolfe warf mir wieder einen Blick zu, ein rasches, raubtierhaftes Huschen seiner Augen, als wäre er nicht sicher, ob er mir vertrauen könne, dann ging er auf Alenas Frage ein. »Wir nehmen uns die Freilandputenranch ›Toller Koller‹ vor«, sagte er. »Und nein, ich finde den Namen nicht witzig, überhaupt nicht.« Er musterte mich jetzt, lange, stetig und prüfend. »Die verarbeiten die Köpfe zu Katzenfutter, und den Hals und die Innereien wickeln sie in Papier ein und stopfen das Ganze in die Körperhöhle, wie bei irgendwelchen Kriegsgreueln. Was in aller Welt hat ein Truthahn getan, um so ein Schicksal zu verdienen?«

Obwohl er mich direkt ansprach, war es wohl eine rhetorische Frage, deshalb reagierte ich darauf nur, indem ich eine Miene machte, in der sich Kummer, Empörung und Entschlossenheit vermengten. Ich dachte an die vielen Truthähne, die ich selbst ins Jenseits befördert hatte, an die abgenagten Brustknochen, die fetten Bürzel und die knusprige braune Haut, die ich als Kind am liebsten gemocht hatte. Es verursachte mir einen Klumpen in der Kehle, und noch etwas: ich merkte, daß ich Hunger hatte.

»Ben Franklin wollte den Truthahn zum nationalen Wahrzeichen machen«, flötete Alena, »wußtet ihr das? Aber die Fleischfresser waren dagegen.«

»Es geht um fünfzigtausend Vögel«, sagte Rolfe, sah kurz zu Alena und ließ dann seinen brennenden Blick wieder auf mir ruhen. »Ich habe Informationen, daß sie morgen mit dem Schlachten anfangen wollen, für das Frischfleischgeschäft.«

»Yuppie-Geflügel!« In Alenas Stimme schwang Ekel mit.

Eine Zeitlang sprach niemand. Ich hörte das Knistern des Feuers. Der Nebel drängte gegen die Fenster. Es wurde dunkel.

»Man kann die Farm von der Straße aus sehen«, sagte Rolfe schließlich, »aber hin kommt man nur über Calpurnia Springs. Es sind gut fünfunddreißig Kilometer – siebenunddreißig Komma neun, um genau zu sein.«

Alenas Augen leuchteten. Sie starrte Rolfe an, als wäre er soeben vom Himmel gefallen. Ich spürte, wie sich mir etwas im Magen umdrehte.

»Wir schlagen noch heute nacht zu.«

Rolfe bestand darauf, daß wir mein Auto nahmen – »Meinen Pick-up kennt jeder in der Gegend hier, und wegen einer so kleinen Aktion kann ich kein Risiko eingehen« –, aber wenigstens verdeckten wir die Kennzeichen hinten und vorn mit einer dicken Schicht Schlamm. Dann schwärzten wir uns die Gesichter, als wären wir Mitglieder eines Spezialkommandos, und luden aus dem Schuppen hinter Rolfes Haus das Werkzeug ein: Drahtschere,

Brecheisen und zwei 25-Liter-Kanister voll Benzin. »Benzin?« fragte ich und hob das schwere Gefäß probeweise an. Rolfe fixierte mich unverwandt. »Als Ablenkungsmanöver«, sagte er. Alf blieb aus verständlichen Gründen in der Hütte zurück.

War der Nebel am Tag schon dicht gewesen, so schien er jetzt undurchdringlich: der Himmel stürzte einfach auf die Erde herab. Sogar die Scheinwerfer wurden davon gepackt und auf mich zurückgeworfen, bis mir von der Anstrengung, den Wagen auf der Straße zu halten, die Augen tränten. Wären die Spurrillen und Schlaglöcher nicht gewesen, hätte man meinen können, wir trieben im Nichts. Alena saß vorn zwischen Rolfe und mir, merkwürdig schweigsam. Auch Rolfe hatte wenig zu sagen, gelegentlich knurrte er Anweisungen: »Da vorne rechts«, »Scharf links jetzt«, »Langsam, langsam«. Ich dachte an Fleisch, ans Gefängnis und an die heroischen Dimensionen, die ich in Alenas Augen bald annehmen würde, und daran, was ich mit ihr tun würde, wenn wir doch irgendwann ins Bett kämen. Die Uhr am Armaturenbrett zeigte zwei Uhr früh.

»So«, sagte Rolfe so abrupt, daß ich davon aufschreckte, »fahr hier rechts ran – und mach das Licht aus.«

Wir stiegen aus, in die Stille der Nacht, und drückten leise die Türen hinter uns zu. Sehen konnte ich nichts, aber ich hörte das nicht so ferne Rauschen des Verkehrs auf der Straße – und ein anderes Geräusch, gedämpft und undeutlich, das leise, unbewußte Atmen von Tausenden und Abertausenden meiner Mitgeschöpfe. Und ich konnte sie riechen: den gärenden, ranzigen Gestank nach Kot und Federn und nackten schuppigen Füßen, der mir in der Nase brannte und in die Kehle fuhr. »Puhh!« flüsterte ich. »Ich kann sie riechen.«

Rolfe und Alena waren verschwommene Gestalten neben mir. Rolfe öffnete den Kofferraum, und im nächsten

Moment spürte ich das Gewicht eines Brecheisens und eines Seitenschneiders in der Hand. »Hör zu jetzt, Jim«, raunte Rolfe, packte mit eisernem Griff mein Handgelenk und führte mich ein halbes Dutzend Schritte vorwärts. »Spürst du das?«

Ich spürte Maschendraht, den er im selben Moment zerschnitt: *knips, knips, knips.*

»Das hier ist ihre Umfriedung – tagsüber sind sie hier draußen und scharren im Dreck. Wenn du dich verirrst, folg einfach diesem Draht. Also: du wirst jetzt den Zaun in dieser Richtung aufschneiden, Alena geht nach Westen und ich nach Süden. Wenn wir fertig sind, gebe ich ein Zeichen mit der Taschenlampe, und wir treten die Tür zu den Truthahnställen ein – das sind diese niedrigen weißen Bauten, du wirst sie sehen, wenn du nahe dran bist – und scheuchen die Vögel hinaus. Hab keine Angst um mich oder Alena. Wichtig ist nur, daß du so viele Truthähne rausscheuchst wie möglich.«

Ich hatte aber Angst. Vor praktisch allem: vor einem halbverrückten Bauern mit einer Schrotflinte, einer Kalaschnikow oder was immer die heutzutage mit sich rumschleppten, davor, daß ich Alena im Nebel verlieren könnte, und vor den Truthähnen selbst. Wie groß waren die eigentlich? Waren sie aggressiv? Immerhin hatten sie ja wohl Klauen und scharfe Schnäbel? Was würden sie wohl davon halten, wenn ich mitten in der Nacht in ihr Schlafzimmer eindrang?

»Und wenn die Benzinkanister hochgehen, dann rennst du zurück zum Wagen, verstanden?«

Ich konnte die Puten im Schlaf zappeln hören. Auf der Schnellstraße wechselte ein Lastwagen krachend den Gang. »Glaube schon«, flüsterte ich.

»Und noch was – laß auf jeden Fall den Zündschlüssel stecken.«

Dies ließ mich innehalten. »Aber …«

»Zum Abhauen.« Alena war mir so nahe, daß ich ihren Atem im Ohr spürte. »Ich meine, wir wollen doch nachher nicht lange nach den Schlüsseln wühlen müssen, wenn da draußen die Hölle los ist, oder?«

Ich öffnete die Tür noch einmal und steckte den Zündschlüssel wieder ein, obwohl mich der Automatiksummer davor warnte. »Gut«, murmelte ich, aber sie waren schon weg, aufgesogen von den Schatten und vom Nebel. Inzwischen hämmerte mein Herz so laut, daß ich kaum noch das Kratzen der Tiere hörte – das ist Wahnsinn, sagte ich mir, es ist falsch und verkehrt, und illegal ist es obendrein. Aufgesprayte Slogans waren eine Sache, aber das hier war etwas völlig anderes. Ich dachte an den schlafenden Truthahnfarmer in seinem Bett: ein Kleinunternehmer, der mit seiner Arbeit Amerika stark machte, ein Mann mit Frau und Kindern und einer Hypothek im Nacken ... aber dann dachte ich an all die unschuldigen Puten und Puter, die dem Tode geweiht waren, und schließlich dachte ich an Alena, an ihre langen Beine und ihre zärtliche Art und wie sie aus dem Dunkel des Badezimmers und dem Rauschen der Brandung zu mir kam. Ich setzte die Blechschere am Drahtzaun an.

Ich mußte wohl eine halbe oder dreiviertel Stunde lang drauflosgeschnitten haben und näherte mich langsam den großen weißen Ställen, die sich inzwischen vor mir aus der Dunkelheit schälten, als ich links von mir Rolfes Taschenlampe aufblinken sah. Das war das Signal für mich, zum nächstgelegenen Stall zu laufen, das Schloß aufzubrechen, die Tür aufzureißen und den ganzen Trupp mißtrauischer, griesgrämiger Kollerer in die Nacht hinauszuscheuchen. Jetzt oder nie. Ich blickte mich zweimal um und lief dann linkisch und leicht gebückt auf den nächsten Stall zu. Die Puten dürften gespürt haben, daß etwas im Busch war – hinter der langen weißen, fensterlosen Mauer erhob sich ein argwöhnisches Brabbeln, das

Geraschel von Federn brauste auf wie ein Windstoß in den Baumwipfeln. *Harret aus, ihr Puter und Puten,* dachte ich, *die Freiheit ist nah!* Ein kurzer Ruck mit der Brechstange, und das Vorhängeschloß fiel zu Boden. Während mir das Blut in den Ohren pochte, packte ich die Schiebetür und riß sie mit einem mächtigen, dumpfen Donnern auf – und da waren sie auf einmal: Truthähne, Tausende und Abertausende von ihnen, aufgeplustertes weißes Gefieder im Schein einer Reihe mattgelber Glühbirnen. Das Licht funkelte in ihren Reptilienaugen. Irgendwo begann ein Hund zu bellen.

Ich stählte mich und hechtete mit einem Schrei durch die Tür, die Brechstange wild über dem Kopf schwenkend: »Also los!« brüllte ich, und das Echo wiederholte meinen Ruf gleich mehrere hundert Male, »es ist soweit, Truthähne! Macht euch auf die Beine!« Nichts. Keine Reaktion. Hätten sie nicht mit den Federn geraschelt und die Köpfe so wachsam emporgereckt, hätten es Skulpturen sein können, ausgeschüttelte Kissen, sie hätten ebensogut längst tot und geschlachtet sein können, auf einer Servierplatte angerichtet mit Yams und Zwiebeln. Das Hundegebell wurde eine Spur lauter. Ich glaubte, Stimmen zu hören.

Die Truthähne kauerten auf dem Betonfußboden, Welle um Welle von ihnen, dumpf und ungerührt; sie hockten auf den Dachsparren, auf Brettern und Vorsprüngen, drängten sich in hölzernen Gestellen. Wild entschlossen stürmte ich auf die vorderste Reihe zu, meine Brechstange schwenkend, mit den Füßen stampfend und johlend wie der Knochennager, der ich einst gewesen war. Das war genug. Der erste Vogel stieß einen Schrei aus, den die anderen sofort aufnahmen, bis ein unheiliges Krakeelen den Stall erfüllte, und jetzt kamen sie in Bewegung, torkelten von ihren Schlafplätzen herunter, flatterten mit den Flügeln und wirbelten dabei getrocknete Exkremente und zerpickte Körner auf, ergossen sich über den Betonboden, bis nichts mehr davon zu sehen war. Mit neuem Mut brüllte ich noch einmal – »Yiii-ha-ha-ha!« – und klapperte mit der Brechstange gegen die Aluminiumwände, während die Truthähne zur Tür hinaus in die Nacht stoben.

In diesem Augenblick flammte in der dunklen Öffnung des Ausgangs grelles Licht auf, und das Krachen der explodierenden Benzinkanister ließ die Erde erzittern. *Renn weg!* schrie eine Stimme in meinem Kopf, Adrenalin schoß ein, und mit einemmal hastete ich auf die Tür zu, inmitten eines Truthahn-Hurrikans. Sie waren überall, flügelschlagend, kollernd und kreischend, in Panik ihren Darm entleerend. Etwas traf mich in der Kniekehle, und plötzlich lag ich auf dem Boden, im Mist, zwischen den Federn und dem feuchten Truthahndreck. Ich war ein Weg, eine Truthahn-Autobahn. Ihre Klauen bohrten sich mir in Rücken und Schultern, in meine Schädelhaut. Selbst in Panik geraten, an Federn, Staub und noch Schlimmerem würgend, kämpfte ich mich auf die Beine, während die großen, schreienden Vögel ringsherum auf mich losgingen, und stolperte in den Hof hinaus. »Da! Wer ist das dort?« rief eine Stimme, und ich rannte los, so schnell ich konnte.

Was soll ich sagen? Ich sprang über Truthähne, andere kickte ich beiseite wie Fußbälle, schlug wild auf sie ein, noch während sie durch die Luft segelten. Ich rannte, bis meine Lungen sich anfühlten, als würden sie sich gleich durch das Brustfell brennen, ich war desorientiert und durcheinander und fürchtete das Krachen der Schrotflinte, die mich jeden Moment niederstrecken mußte. Hinter mir toste das Feuer und erhellte die Nacht, bis der Nebel blutrot und höllisch glühte. Aber wo war der Zaun? Und das Auto?

Irgendwann hatte ich wieder Kontrolle über meine

Beine und blieb stocksteif stehen, um in die Nebelwand zu spähen. Dort vorn? War das mein Auto? In diesem Augenblick hörte ich irgendwo hinter mir einen Motor starten – ein vertrautes Geräusch mit einem vertrauten gurgelnden Spotzen in der Kehle des Vergasers –, dann waren dreihundert Meter weit entfernt kurz die Scheinwerfer zu sehen. Der Motor heulte auf, dann hörte ich hilflos zu, wie der Wagen in entgegengesetzter Richtung davonraste. Einen Moment lang stand ich noch einsam und verlassen da, bevor ich blindlings in die Nacht losrannte, um das Feuer, die Schreie, das Bellen und das pausenlose, geistlose Kreischen der Truthähne so weit hinter mir zu lassen wir nur möglich.

Als der Tag endlich anbrach, bemerkte ich es kaum, so dicht war der Nebel. Ich war auf eine Asphaltstraße gestoßen – welche das war und wohin sie führte, wußte ich allerdings nicht – und kauerte zitternd auf einem Unkrautbüschel dicht neben der Bankette. Alena würde mich nicht im Stich lassen, dessen war ich sicher – sie liebte mich, so wie ich sie liebte; brauchte mich so sehr wie ich sie –, und ich war mir auch sicher, daß sie alle Straßen und Feldwege nach mir absuchte. Dennoch war natürlich mein Stolz verletzt, und wenn ich Rolfe nie wiedersehen würde, wäre ich nicht allzu traurig, aber wenigstens hatte ich keine Schrotladung im Körper, war weder von Wachhunden zerrissen noch von erzürnten Putern zu Tode gehackt worden. Mir tat alles weh, mein Schienbein schmerzte, weil ich damit auf meiner nächtlichen Flucht gegen etwas Massives gekracht war, ich hatte Federn in den Haaren, und Gesicht und Arme waren ein Mosaik aus Schrammen, Kratzern und langgezogenen Dreckspuren. Während ich scheinbar stundenlang so dasaß, verfluchte ich Rolfe, verdächtigte Alena und stellte wenig schmeichelhafte Theorien über die Öko-

Bewegung im allgemeinen auf, bis ich endlich ein vertrautes Schlürfen und Spotzen hörte und mein Chevy Citation sich aus dem Nebel vor mir schälte.

Rolfe saß am Steuer, mit ungerührter Miene. Ich sprang auf die Straße wie ein zerlumpter Bettler, fuchtelte mit den Armen in der Luft, um meiner Freude Ausdruck zu verleihen, und er hätte mich beinahe überfahren. Alena stürzte aus dem Wagen, ehe er noch richtig hielt, schlang die Arme um mich, schob mich auf den Rücksitz zu Alf, und schon waren wir auf der Rückfahrt zu Rolfes Versteck. »Was war denn bloß los?« rief sie, als wäre das nicht leicht zu erraten. »Wo warst du nur? Wir haben gewartet, solange wir konnten.«

Ich fühlte mich mürrisch und sitzengelassen und meinte, mir weit mehr verdient zu haben als eine flüchtige Umarmung und eine Serie banaler Fragen. Trotzdem: während ich meine Geschichte erzählte, fand ich sie sogar aufregend – sie waren im Auto geflüchtet, Heizung und Gebläse auf vollen Touren, und ich war zurückgeblieben, um gegen die Truthähne, die Farmer und die Elemente zu kämpfen, und wenn das nicht heroisch war, was dann? Ich blickte in Alenas bewundernde Augen und stellte mir Rolfes Baracke vor, ein oder zwei Schlückchen aus der Jack-Daniel's-Flasche, vielleicht ein Sandwich mit Erdnußbutter und Tofu, und dann das Bett, mit Alena drin. Rolfe sagte kein Wort.

Bei ihm angekommen, duschte ich und schrubbte mir den Putendreck aus den Poren, dann genehmigte ich mir etwas von dem Bourbon. Es war zehn Uhr vormittags, und im Haus war es stockdunkel – wenn die Welt je ohne Nebel existiert hatte, hier merkte man davon nichts. Als Rolfe auf die Veranda hinaustrat, um eine Ladung Brennholz zu holen, zog ich Alena auf meinen Schoß. »He«, murmelte sie, »ich dachte, du wärst invalide.«

Sie trug knallenge Jeans und einen übergroßen Pullover

ohne Unterwäsche. Ich fuhr mit der Hand darunter und bekam etwas zu fassen. »Invalide?« fragte ich und rieb mir die Nase an ihrem Ärmel. »Was denn, ich bin doch der Truthahnbefreier und Öko-Guerillero, ein Freund der Tiere und der Umwelt dazu.«

Sie lachte, doch zugleich entzog sie sich mir, ging durch das Zimmer und starrte aus dem verhangenen Fenster. »Hör mal, Jim«, begann sie. »Was wir letzte Nacht getan haben, war großartig, echt großartig, aber es ist erst der Anfang.« Alf sah erwartungsvoll zu ihr auf. Auf der Veranda hörte ich Rolfe herumwursteln, das Schlagen von Holz auf Holz. Sie wandte sich um und sah mich jetzt direkt an. »Also, äh – Rolfe will, daß ich eine Zeitlang nach Wyoming gehe, an die Grenze zum Yellowstone-Nationalpark …«

Ich? Rolfe will, daß ich? Darin lag keinerlei Aufforderung, kein Plural, keine Würdigung dessen, was wir miteinander unternommen hatten und füreinander bedeuteten. »Warum?« fragte ich. »Was soll das heißen?«

»Da gibt es diesen Grizzlybären, eigentlich sind es zwei, die haben außerhalb des Parks ein paar Häuser heimgesucht. Neulich hat einer von ihnen den Dobermann des Bürgermeisters zerfleischt, und jetzt bewaffnen sich die Leute dort. Wir – also, ich meine Rolfe und ich und ein paar Leute von den alten Öko-Kämpfern aus Minnesota –, wir wollen hinfahren, um dafür zu sorgen, daß die Park Ranger – oder die Kerle aus dem Ort – sie nicht einfach abknallen. Die Bären, meine ich.«

Meine Stimme klang ätzend. »Du und Rolfe?«

»Zwischen uns läuft nichts, wenn du das meinst. Hier geht es nur um Tiere, um nichts anderes.«

»Tiere wie wir?«

Sie wiegte langsam den Kopf. »Nicht wie wir, nein. Wir sind der Pesthauch dieses Planeten, weißt du das nicht?«

Plötzlich wurde ich zornig. Kochte vor Wut. Da hatte

63

ich die ganze Nacht in den Büschen gekauert, über und über voll mit Truthahnkacke, und jetzt war ich Teil eines Pesthauchs. Ich stand auf. »Nein, das wußte ich nicht.«

Sie warf mir einen Blick zu, der mich davon unterrichtete, daß ihr das egal war, daß sie bereits fort war, daß ich, jedenfalls für die nächste Zeit, nicht in ihrem Plan vorkam und daß es keinen Sinn hatte, deswegen zu streiten. »Also«, sagte sie, jetzt etwas leiser, denn Rolfe polterte wieder zur Tür herein, eine Ladung Holz im Arm, »wir sehen uns in L. A. wieder, ja? So in einem Monat ungefähr.« Sie lächelte mich bittend an. »Gießt du meine Pflanzen?«

Eine Stunde später war ich wieder auf der Straße. Ich hatte Rolfe geholfen, das Brennholz neben dem Ofen zu stapeln, ließ meine Lippen von Alenas Abschiedskuß streifen und sah dann von der Veranda aus zu, wie Rolfe die Hütte abschloß, Alf auf die Ladefläche seines Pickups hob und über die ausgefahrene Piste davonrumpelte, Alena an seiner Seite. Ich sah ihnen nach, bis ihre Bremslichter im treibenden grauen Nebel verloschen, dann ließ ich den Citation aufröhren und schlingerte ihnen hinterher. *In einem Monat ungefähr:* ich fühlte mich innerlich hohl. Ich stellte sie mir mit Rolfe vor, wie sie Joghurt und Weizenkeimmüsli aßen, in Motels übernachteten, mit Grizzlys rangen und Stahlnägel in Baumstämme hämmerten. Die Hohlheit wurde größer und entkernte mich geradezu, bis ich mir vorkam, als hätte man mich gerupft, ausgenommen und auf einer silbernen Platte serviert.

Ich fand den Rückweg durch Calpurnia Springs ohne Zwischenfall – keine Straßensperren, keine blinkenden Lichter oder grimmigen Streifenpolizisten, die Kofferräume und Rückbänke nach einem schlaksigen, dreißigjährigen Öko-Terroristen durchsuchten, dessen Rücken von Truthahnkrallen gezeichnet war –, doch nachdem ich auf die Schnellstraße nach Los Angeles eingebogen war, erlebte ich einen Schock. Nach etwa fünfzehn Kilometern schälte sich mein Alptraum aus dem Dunst: überall blinkten rote Warnlampen, waren Absperrungen, und am Straßenrand standen reihenweise Polizeiwagen. Ich war einer Panik nahe, kaum einen Herzschlag davon entfernt, mit Vollgas den Mittelstreifen zu durchbrechen und sie zu einer Verfolgungsjagd aufzufordern, als ich den verunglückten Sattelschlepper weiter vorn sah. Ich wurde langsamer, sechzig, fünfzig, dann mußte ich heftig bremsen. Im nächsten Moment steckte ich in einem Stau, und vor mir war die Straße mit etwas bedeckt, das gespenstisch weiß im Nebel schimmerte. Zuerst dachte ich, es sei die Ladung des LKW, Klopapierrollen oder Kisten mit Waschpulver, die beim Herabfallen aufgeplatzt waren. Aber es war etwas anderes. Als ich im Kriechtempo näher heranfuhr, die pulsierenden Lichter flackerten mir ins Gesicht, sah ich, daß die Straße mit Federn übersät war – mit Truthahnfedern. Ein weißer Sturm. Ein Blizzard. Und nicht nur das: es war auch alles voller Fleisch, glitschig und glibbrig, eine rote Schmiere, die mit dem Straßenpflaster fest verklebt war, von den Rädern meiner Vordermänner wie Schlamm wegspritzte und von den mächtigen Zwillingsreifen der Sattelschlepper zerquetscht wurde. Truthähne, Truthähne überall.

Das Auto rollte langsam weiter. Ich schaltete die Scheibenwischer ein, drückte auf den Knopf der Waschanlage, und einen Moment lang wurde die Scheibe von einem Film aus Blut und Schleim verfinstert, und das Hohle in meinem Innern öffnete sich wieder, so daß ich glaubte, es würde mich in sich aufsaugen. Hinter mir drückte jemand auf die Hupe. Im Zwielicht wurde ein Streifenpolizist sichtbar und winkte mich mit dem toten gelben Auge seiner Taschenlampe vorbei. Ich dachte an Alena, und mir wurde schlecht. Von allem, was zwischen uns gewesen war, blieb das hier übrig: sauer gewordene Hoffnungen, Glitsch auf der Straße. Ich wollte aussteigen und mich erschießen, mich der Polizei stellen, die Augen schließen und im Knast aufwachen, in einem härenen Hemd, einer Zwangsjacke, egal. Aber es ging vorbei. Die Zeit blieb nicht stehen. Nichts rührte sich. Und dann, ganz wundersam, schälte sich vor der schlierigen Scheibe eine Vision aus dem grauen Bauch des Nebels: goldgelb schimmernde Lichter in der Ödnis. Ich sah das Hinweisschild »Tanken – Motel – Restaurant«, und schon war meine Hand am Blinker.

Ich zögerte einen Augenblick, stellte mir den Raum vor, die häßlichen Fliesen, die falsche Fröhlichkeit der Beleuchtung, den Geruch nach verschmortem Fleisch, der schwer in der Luft hing, Big Mac, Grillhähnchen, Carne asada, Cheeseburger. Der Motor spotzte. Die Lichter schimmerten. In diesem Moment dachte ich nicht an Alena oder an Rolfe oder an Grizzlybären, dachte weder an todgeweihte blökende Herden noch an blinde Kaninchen oder krebskranke Mäuse – ich dachte nur an die Höhlung, die sich in mir auftat, und wie ich sie füllen konnte. »Fleisch«, ich sagte das Wort laut vor mich hin, sprach es wie zu meiner eigenen Beruhigung aus, als wäre ich aus einem bösen Traum erwacht, »es ist doch nur Fleisch.«

EWALD ARENZ

Hohe Zeit

Im direkten Vergleich mit den Paaren aus unserer Bekanntschaft haben wir schon mehr Zeit miteinander ver-
bracht, als andere in zwei bis drei Ehen verbrauchen
können. Manchmal allerdings habe ich das Gefühl, dass
ich mehr Zeit in dieser Ehe verbringe als Juliane. Um
genau zu sein: Zeit ist das Problem, das unsere Ehe – vor
allem vor Theaterabenden – an den Rand eines Atom-
kriegs bringt.

»Es fängt um halb acht an, ja?«, fragte Juliane, während
sie die Waschmaschine leerte.

»Ja«, sagte ich, »und wir müssen um sieben weg, weil
ich um Viertel nach die Karten …«

»Ich bin gleich fertig«, sagte Juliane, »ich muss nur
noch die Wäsche in den Trockner tun.«

Sie verschwand im Bad. Ich dagegen nahm mich zusammen, zog schon mal den Mantel über und sah dann im
Bad nach, was Juliane tat. Juliane war nicht im Bad. Gut,
wahrscheinlich war sie im Schlafzimmer und zog sich um.
Ich ging hinaus und ließ das Auto schon mal an. Nach
zehn hoffnungslosen Minuten im Auto erinnerte ich mich
auf einmal daran, dass es vorhin im Haus geplätschert
hatte. Wieso plätscherte es, wenn Juliane sich umzog? Ich
rannte zurück ins Haus. Es war jetzt kurz nach sieben. Im
Haus plätscherte es immer noch, aber nicht im Bad. Eine
böse Ahnung beschlich mich und ich riss die Tür zur
Küche auf. Dort stand Juliane. Sie spülte ab.

»Weib!«, sagte ich mit mühsam unterdrückter Wut. »Es
ist gleich Viertel nach sieben! Wir müssten längst da sein!«

»Die Uhr geht vor«, sagte Juliane leichthin, »ich kann es nicht leiden, wenn ich heimkomme und die Wohnung ist nicht aufgeräumt!«

»Wenn wir nicht bald weggehen«, knirschte ich, »brauchen wir nicht mehr heimzukommen! Los jetzt!«

»Nur noch schnell duschen!«, sagte Juliane und trocknete den letzten Topf ab. Ich überlegte, ob ich sie einfach schnell ins Spülbecken tauchen und dann zum Auto zerren sollte. Juliane aber schlenderte mit zwei oder drei möglichen Abendkleidern ins Bad. Ich versuchte, tief ein- und auszuatmen, was die Ehe-Therapeutin empfohlen hatte, aber ich atmete natürlich viel zu schnell und mir wurde schwarz vor Augen. Es war jetzt 19.13 Uhr.

»Juliane!«, brüllte ich verzweifelt. Draußen hustete das Auto und der Motor ging aus. Im Bad dagegen ging der Fön an. Wahrscheinlich war es auf Julianes Uhr noch Nachmittag.

»Sei nicht immer so hektisch!«, rief Juliane fröhlich zurück. »Das geht sowieso nie pünktlich los. Kannst du mir bitte das Kleid zumachen?«

Ich sah den Tacker, der im Gang auf dem Schrank lag, und hatte für einen Augenblick Lust, das Kleid zuzunageln. Zwei Minuten später saß ich wieder im Auto, ließ den Anlasser gurgeln und sah meiner Frau zu, die barfuß durch den Hof lief, Lippenstift in der linken und Schuhe in der rechten Hand.

»Du hättest schon mal rausfahren können«, sagte sie, als sie einstieg.

»Der Motor«, sagte ich mühsam beherrscht, »springt nicht an!«

Juliane sah mich vorwurfsvoll an: »Du hattest doch jetzt ewig Zeit, dich darum zu kümmern!«

Eine Bergtour, dachte ich rasend vor Wut, im Sommer machen wir eine Bergtour. Aber es muss wie ein Unfall aussehen …

»Zu langsam!«, rief Juliane eine Minute später, »du schiebst zu langsam, so springt er nie an!«

Dann ließ sie die Kupplung kommen und ich fiel der Länge nach hin.

Ich bedeckte voller Angst die Augen, als sie beim Theater in die Bremsen trat, das Auto um die eigene Achse schlitterte und im absoluten Halteverbot zu stehen kam.

»Siehst du?«, wies Juliane fröhlich auf die Uhr, »fast pünktlich.«

Die Uhr zeigte zehn nach acht. Vielleicht ist sie in Wirklichkeit eine Außerirdische, dachte ich resigniert, und kommt von einem Planeten, auf dem die Tage zweiundsiebzig Stunden haben. Das hätte was Gutes, dachte ich weiter, Ehen mit Aliens sind wahrscheinlich ungültig.

Noch einmal blieb sie vor einem Schaufenster stehen, um die Lippen nachzuziehen. Dann betraten wir das Theater. Genau rechtzeitig, um den Rest der Durchsage zu hören, die alle Besucher bat, jetzt ihre Plätze einzunehmen, und sich noch einmal für die technisch bedingte Verspätung entschuldigte. Klugerweise sagte Juliane jetzt nichts, sondern holte einfach vergnügt die Karten ab. Bleich und mit zusammengepressten Lippen folgte ich ihr in die Loge. Gott, fand ich, war nicht gerecht. Aber dann, als das Stück begann, verrauchte meine Wut allmählich, nur die Erschöpfung blieb, und schließlich schlief ich ein. Erst als der Beifall aufrauschte, schrak ich hoch, sah auf die Uhr und fragte verschlafen: »Schon?«

Juliane sah mich streng an.

»Morgen«, sagte sie, »gehen wir ins Kino.«

»Morgen«, sagte ich und lächelte, »ist Lichtjahre weit weg!«

SANDRA LÜPKES

Keiner isst bei Witwe Winkler

Genau an dem Tag, als Josef es einfach nicht mehr aushielt und beschlossen hatte, das Sauerland wieder zu verlassen, weil ihm dort die Berge zu niedrig und der Dialekt
zu fremd waren, griff das Schicksal beherzt ein, um ihn
davon abzuhalten.

Josef war gedrungen, gebräunt und mit Muskeln aus-
gestattet, die an das Gebirge seiner österreichischen Heimat erinnerten. Er wirkte nicht wie ein Kerl, den das
Heimweh aus der Bahn warf, aber tief in ihm steckte eben
ein butterweicher Kern. Hier in Sundern musste er oft an
die Geborgenheit im Schatten des Großglockners denken
und jammerte: »So eine seltsame Gegend. Die Hügel sind
nichts Halbes und nichts Ganzes.«

Seit sechs Monaten teilte er sich mit einem geschwätzi-
gen Tiroler die schräge Kammer unterm Dach der »Grünen
Hoffnung«, wo es im Winter schneidend kalt und jetzt, im
Juli, brütend heiß war – ganzjährig hingegen schien der
Lärm zu sein, der Tag und Nacht aus der Schankwirtschaft
im Erdgeschoss dröhnte. Das nicht ganz preiswerte Zimmer lag schräg gegenüber von dem Papierwerk, in dem Josef als Gastarbeiter zehn Stunden am Tag an der Walze stand.
Ein beachtlicher Teil seines Lohns verschwand jedoch in
den tiefen Taschen des Schankwirtes, den alle Büse Bär
nannten und der zugleich sein Vermieter war. Eindeutig zu
viel Geld für zu wenig Heimeligkeit. Und darum kam Josef
die kleine brünette Frau, die an einem schrecklich heißen
Sommersonntag die »Grüne Hoffnung« betrat und sich
suchend umschaute, auch wie eine göttliche Fügung vor.

»Die Witwe Winkler«, murmelte Büse Bär hinterm Tresen und schickte in seinem Sauerländer Platt ein Stoßgebet hinterher.

Josef konnte nicht verstehen, warum dieser schwarz gekleideten Frau ein so unterkühlter Empfang bereitet wurde. Sie war schlank, fast zierlich, ihr langes Haar löste sich verführerisch aus dem verknoteten Zopf, und die dunkelgrünen Augen, mit denen sie jeden Einzelnen im voll besetzten Schankraum kurz ins Visier nahm, hatten einen Glanz, als sei sie ein junges Mädchen auf der Suche nach der wahren Liebe. Frauen wie sie fanden in dieser Kneipe normalerweise ohne Probleme einen komfortablen Sitzplatz und bekamen dazu noch ein Glas Wein spendiert, wenn nicht sogar zwei. Doch jetzt machte keiner der Gäste Anstalten. Also rückte Josef zur Seite und zeigte auf das frei gewordene Stück Bank neben sich.

Die Witwe schüttelte den Kopf. »Danke, ich bleibe nicht. Ich bin nur hier, weil ich einen neuen Untermieter suche. Auf meinem Hof in Altenhellefeld steht ein großes Zimmer frei, einen Badezuber gibt es im Hof, und ich koche jeden Abend frischen Eintopf, dreimal die Woche mit Fleisch.«

Als niemand reagierte, erhob sich Josef und drehte seine Kappe nervös in den Händen. »Was soll es denn kosten?«

Nun schaute ihn die schöne Frau im schwarzen Kleid lächelnd an. Das tat gut, Josef war schon lange nicht mehr von einem Frauenmund angelächelt worden. »Es kostet nichts. Ich erwarte jedoch als Gegenleistung ein Paar helfende Hände auf meinem Hof. Die Ställe und das Vieh, kleinere Reparaturen hier und dort. Aber fünf bis zehn Stunden pro Woche sollten genügen.«

Auf Josefs Gesicht machte sich ein seliger Gesichtsausdruck breit. Heute war sein Glückstag.

Seltsam nur, dass keiner der anderen Burschen hier

Feuer fing und ein wildes Gerangel um dieses verlockende Angebot gänzlich ausblieb. Die meisten begannen sich wieder zu unterhalten, verdichteten den gelben Dunst mit weiteren Zigaretten oder schauten sich den Boden ihrer Bierkrüge genauer an. Dabei murrten sie doch alle sonst über ihre Unterkünfte: Ratten unterm Bett, Schimmel an der Decke, Gestank von der Hoftoilette.

»Ich tät mich dafür interessieren«, entschied Josef. »Wann darf ich einziehen?«

Eine zauberhafte Fröhlichkeit umspielte den Mund der Frau. »Nächstes Wochenende?«

Noch sechs Nächte, zählte Josef, sechs Nächte Gegröle aus der Kneipe und stickige Luft unter Dachschindeln, aber dann wartete womöglich das Paradies auf ihn.

Josef war einer, der sich schnell verliebte. Schon damals als kleiner Bub am Dorfbrunnen in Heiligenblut: Sobald er ein Mädchen im Dirndl sah, mit Zöpfen womöglich, war es passiert, und er glühte wie ein Kohleofen. Das war jetzt nicht anders, auch wenn er nun schon fast dreißig war. Er hatte die Witwe Winkler gesehen und sein Herz verloren. Seit ihrer Begegnung in der »Grünen Hoffnung« hatte seine Fantasie sechs Tage und Nächte lang die Erinnerung an die schöne Frau auf Hochglanz poliert.

Und als er nun auf dem Altenhellefelder Hof ankam, verschlug es ihm noch zusätzlich die Sprache: Ein schmuckes Anwesen, das untere Stockwerk mit grobem Stein gemauert, oben ein Dachstuhl aus massivem Fachwerk und Schindeln. Zwei der Erdgeschossfenster waren kaputt, und jemand hatte rote Farbe auf die Hauswand geschmiert. Eine neue Scheibe einsetzen, mit Terpentin die Sauerei wegwischen, dann hier und da noch ein bisschen was gerade rücken, klar, das würde Josef übernehmen.

»Hallo? Jemand zu Hause?«, rief er quer über den großen Hof. Ein Hund bellte in einem Verschlag, ein paar

Hühner gackerten. Dann sah er eine Frau auf dem Nachbargrundstück stehen. »Grüß Gott, ist die Witwe Winkler nicht da?«

»Was wollen Sie von der?«, war die Gegenfrage, und die Haltung der Frau ließ darauf schließen, dass neuen Nachbarn nicht unbefangen begegnet wurde.

»Ich wohne dort. Ab heute.« Josef gab sich einen Ruck, ging zum Zaun und streckte der Frau die Hand zur Begrüßung entgegen. Doch die hielt ihre Arme verschränkt, und bevor sie sich abwandte, murmelte sie noch etwas Unverständliches auf Platt. Josef zuckte die Achseln, drehte sich wieder um – und da stand sie: Witwe Winkler. Sie trug einen Wäschekorb vor ihrer Schürze, und Josef fand diesen Anblick noch tausendmal schöner und aufreizender als sämtliche Fantasiebilder der letzten Tage.

»Sind Sie hungrig?«, fragte seine neue Vermieterin und wies ihm mit einem zauberhaften Kopfnicken den Weg durch die Haustür. »Ich habe Potthucke gebacken, eine hiesige Spezialität. Aber erst zeige ich Ihnen das Zimmer!«

Josef betrat sein neues Zuhause, ein heller Raum mit Federbett, so weich wie daheim in Heiligenblut, alles sauber und duftig, wie nur eine Frauenhand es hinbekam.

Die Witwe zeigte ihm auch den Badezuber im Hof. »Sie wollen sich sicher frisch machen von dem langen Marsch. Aber um sechs erwarte ich Sie bei Tisch.«

Josef konnte es kaum erwarten, denn ein appetitlicher Duft drang bereits aus dem Wohntrakt. Brav nutzte er gleich die Wanne im Hof, um sich den Schweiß von der Wanderung und auch die Überbleibsel der Dachstubenzeit mit glasklarem Wasser abzuschrubben. Als er dann wenig später erwartungsfroh zum Abendessen aufbrach, hätte keiner der Kollegen im Papierwerk ihn wiedererkannt, so frisch und gestriegelt kam er daher.

Der Essraum war karg und angenehm kühl, ein großer Holztisch stand in der Mitte. Es waren drei Teller gedeckt, also würde noch ein weiterer Gast zugegen sein – wie schade. Josef schaute sich scheu um. An den Wänden hingen Fotografien, zwei davon waren mit einem schwarzen Band versehen. Gern wäre Josef näher herangetreten, um zu sehen, wie der verstorbene Bauer Winkler ausgesehen hatte und wer wohl das Kind auf dem anderen Bild war. Doch wie hätte das gewirkt, gleich am ersten Abend so neugierig zu sein?

»Schmeckt es?«, fragte die Witwe, nachdem ihre schlanken Hände seinen Teller vollgeladen hatten. Und ob es schmeckte. Dieser seltsame Kuchen aus Kartoffeln und grober Wurst war das Beste, was Josef im Sauerland je gegessen hatte. Er musste sich schwer zusammennehmen, um nicht einen Nachschlag zu erbitten und damit dem sich anscheinend verspätenden Gast die Ration wegzuessen. Er spülte mit Bier ordentlich nach und traute sich schließlich zu fragen: »Wen erwarten Sie denn heute Abend noch?«

»Den Fritz. Meinen Schwager. Manchmal kommt er zum Essen. Manchmal nicht.« Dann lächelte sie wieder. »Aber heute sieht es eher so aus, als blieben wir unter uns. Wenn Sie also mögen, hätte ich noch eine Portion …«

Zum Nachtisch gab es dann noch Pudding mit einer roten Soße, die zwar unerwartet bitter schmeckte, aber nach einem solchen Mahl wollte Josef nicht mäkelig sein. Schließlich war er von der »Grünen Hoffnung« geradewegs im Paradies gelandet.

Es lief gut für Josef, nein, besser als das: Es lief hervorragend.

Inzwischen nannte er die Witwe Mechthild.

Gleich den ersten Samstagnachmittag nutzte Josef, um die Fenster an der Straßenseite zu reparieren. Als er aber am Montag darauf abends vom Papierwerk heimkehrte – auf dem Fahrrad, die Witwe hatte ihm den Drahtesel ihres verstorbenen Gatten für die Fahrt nach Sundern zur Verfügung gestellt –, war die Scheibe erneut zerbrochen und die Farbschmiererei zudem um eine hässliche Totenfratze ergänzt worden.

Die Nachbarin stand wieder auf ihrem Posten und sah nicht so aus, als würde der Vandalismus in ihrem Dorf sie in irgendeiner Weise empören. Das machte Josef wütend. »Haben Sie gesehen, wer das getan hat?«

»Ich habe Besseres zu tun, als den lieben langen Tag hier Wache zu schieben«, fauchte sie ihn an. »Und wer immer das getan hat, wird schon einen Grund dafür haben.«

»Wie meinen Sie das?«, fragte Josef.

Doch statt einer Antwort kam nur wirres Zeug, auf das sich Josef keinen Reim machen konnte: »Jeden Morgen, wenn ich Sie mit Leonhards altem Fahrrad losfahren sehe, danke ich dem Herrgott im Himmel für seine Gnade.«

»Das ist nett, wenn Sie sich um mich sorgen, aber ich bin ein gestandener Mann und kann ganz gut …«

»Sie essen bei ihr«, unterbrach die Nachbarin.

»Mechthild … also Witwe Winkler kocht ausgezeichnet.«

»Gibt es auch den Pudding mit roter Soße?«

»Ja, jeden Tag.«

»Den hat sie auch ihrem Mann vorgesetzt. Und dem kleinen Erwin.« Jetzt überwand die Nachbarin sich doch und kam ein paar Meter näher heran. Ihr Flüstern war kaum zu verstehen: »Keiner hier in Altenhellefeld isst bei Witwe Winkler.«

»Ach ja? Und warum nicht?«

Doch diese Antwort blieb sie ihm schuldig. Stattdessen weiteten sich ihre Augen plötzlich angstvoll und sie verschwand schnell im Hühnerstall. Im selben Moment legte sich eine Hand auf Josefs Schulter. Eine schlanke, warme, weibliche Hand. »Was hat sie dir erzählt?«, fragte Mechthild und zog ihn sanft mit sich. »Die Menschen hier in Altenhellefeld zerstören meine Fenster und beschmieren das Haus. Aber das Bösartigste von allem ist ihr Gerede hinter vorgehaltener Hand.«

Der Esstisch war gedeckt. Wieder für drei, obwohl Schwager Fritz sich noch kein einziges Mal hatte blicken lassen und Josef stets dessen Portion verputzen durfte. Heute gab es Bohneneintopf mit Speckeinlage, dazu frisches Brot und abermals Pudding. Zugegeben, auf den hätte Josef inzwischen auch verzichten können, die bittere rote Soße wurde nicht schmackhafter, wenn man sie Tag für Tag serviert bekam.

Das ansonsten so lieb gewonnene Geplauder bei Tisch wollte an diesem Abend nicht so recht in Gang kommen. Josef war seltsam verunsichert und blickte immer wieder zu den mit Trauerflor versehenen Porträts über der Anrichte. Mechthild folgte seinem Blick und seufzte tief. »Das sind der Leonhard und mein kleiner Erwin. Ich hab sie beide innerhalb von einem Jahr verloren.« Ihre schönen Augen schwammen, und Josef hatte einen Kloß im Hals, der ihm den Eintopf vermieste, auch wenn dieser köstlich war.

»Drei Jahre ist es her. Und noch immer blutet mir das Herz.« Sie nahm seine Hand und legte sie sich auf die Bluse, und Josef konnte durch den Stoff die Wölbung ihres Busens und ihr Herzklopfen spüren. An Essen war jetzt gar nicht mehr zu denken.

»Soll … soll ich dich trösten?«, stotterte er. Und als sie statt einer Antwort ihren Zopf löste und sich von seinen zitternden Fingern den oberen Knopf öffnen ließ, da war Josef sich sicher, hier im Sauerland war der schönste Platz, den man sich wünschen konnte. Gegen diese Brüste war der Großglockner wahrlich ein Nichts.

Josef konnte sein Glück kaum fassen: Nur sechs Wochen nach seinem Einzug im Altenhellefelder Hof war er verlobt! Mechthild schien so angetan von seinem handwerk-

lichen Geschick – und wohl auch von anderen Finger-
fertigkeiten, bildete Josef sich zumindest ein –, dass sie
es ihm sehr einfach gemacht hatte, um ihre Hand anzu-
halten.

Und nun war heute tatsächlich sein letzter Arbeitstag
im Papierwerk. Ab morgen würde er sich ganz und gar
dem Hof widmen. Seinen letzten Lohn wollte er darum
auch in der »Grünen Hoffnung« an den Mann bringen.
Nicht, dass er die Schankwirtschaft und seine Kollegen
schmerzlich vermissen würde. Aber es war ihm ein Bedürfnis, von seinem unfassbaren Glück zu berichten. Also
spendierte er eine Lokalrunde.

Das gab ein großes Hallo, doch als er den Grund für
seine Feierlaune nannte, ebbte die gute Stimmung merk-
lich ab. »Du heiratest also die Witwe Winkler«, hakte
sogar Büse Bär nach und setzte auf Platt hinterher: »*Frig-
gen un Heudroogen geschieh fake ümme süss.*«[*]
Diesen Satz konnte Josef genauso wenig verstehen wie
die mangelnde Bereitschaft, sich mit ihm zu freuen. Grün-
dete diese Missgunst darin, dass er fremd war hier in
Sundern? Wollte man nicht, dass ein österreichischer
Fremdarbeiter in einen stattlichen Hof einheiratete? Waren die Sauerländer wirklich so … so … Ach, was soll's,
Prost! Grundgütiger, wie durstig er in letzter Zeit war,
das kam von diesem lästigen Husten. Er fühlte sich von
innen wie ausgetrocknet. Und seit Neuestem auch von
außen: Seine Haut schuppte sich auf einmal, riss an einigen Stellen auf, bekam dunkle Flecke.

Das Bier trieb ihn dann irgendwann in den Hof, wo die
Latrine stand. Laut war es und stinkend, ganz anders als
in seinem neuen Zuhause, dachte Josef noch und beglück-
wünschte sich zu seiner Entscheidung, vor sechs Wochen

[*] Sauerländer Platt für die Redensart: »Das Freien und das Heu-
trocknen geschehen oft umsonst.«

die Weichen entsprechend gestellt zu haben. Beim Pinkeln musste er sich festhalten, und im Kopf drehte sich alles. Ein bisschen übel war ihm auch, aber sein Magen machte schon seit einigen Tagen Rabatz, vielleicht war das die Aufregung.

Ja, Kruzifix, wie finster es hier auf einmal war. Josef stolperte über ein paar Bretter, fing sich an der Hauswand, richtete sich wieder auf – und starrte in zwei schmale, eng beieinander stehende Augen.

»Sieh an, der Schluchtenscheißer höchstpersönlich«, knurrte der Fremde, der seine Arme links und rechts von Josef an der Hauswand abgestützt hatte und ihm keinen Platz zum Entrinnen ließ. »Besser wäre es, du fährst wieder Richtung Süden, kapiert?«

Vielleicht hätte Josef genügend Kraft gehabt, diesen Kerl zur Seite zu stoßen, die Arbeit an der Papierwalze hatte für ausreichend Muskeln an den richtigen Stellen gesorgt. Doch ihm war speiübel, und seine Beine waren gerade alles andere als zuverlässig. »Was wollen Sie?«

»Finger weg von Witwe Winkler, sonst ...« Die Faust des Mannes führte den Satz zu Ende und traf genau zwischen Josefs Rippenbögen. Der sackte zusammen, kassierte noch einen Tritt in die Seite und hörte dann Schritte, die sich hastig entfernten.

Dreimal versuchte er vergebens, sich wieder aufzurichten. Erst als endlich ein Kneipengast austreten musste – es war der geschwätzige Tiroler, mit dem er früher die Dachkammer geteilt hatte –, schaffte Josef es mit dessen Hilfe in die Senkrechte.

Der Mageninhalt suchte sich prompt den schnellsten Weg nach draußen.

»Wirkt das Gift schon?«, fragte der Tiroler und machte ein besorgtes Gesicht.

»Was für ein Gift?«, hustete Josef.

»Na, das von der Witwe Winkler. Man sagt, sie habe

Mann und Sohn vergiftet. Wahrscheinlich mit Arsen im Essen. Der kleine Bub habe sich wohl immer beschwert, dass er so bitteren Pudding essen müsse …«

»Das ist schierer Unfug, sie isst das Zeug schließlich selbst!« Doch Josef musste zugeben, nach den Andeutungen der Nachbarin bereits etwas vorsichtiger geworden zu sein, allein schon wegen des seltsamen Geschmacks. Doch weil Mechthild stets ebenfalls von dem Pudding nahm – zwar kleinere Portionen, aber sie war ja auch eine Frau, die auf ihre Linie achtete –, hatte er sich wieder beruhigt. »Warum sollte sie so etwas tun?«, fragte er den Tiroler also trotzig.

»Immer wenn ihr Mann aus dem Haus war, hat sie ein weißes Taschentuch ins Fenster gehängt. Das war dann das Zeichen für ihren Schwager.«

»Zeichen? Wofür?«

»Nun stell dich nicht dümmer, als du bist. Der jüngere Bruder ihres Mannes wohnt ein paar Straßen weiter, drei Kinder und eine Frau, die er an der kurzen Leine hält, grau und flach wie ein Schatten. Kaum flatterte das Tuch am Hof, kam er angelaufen. Na ja, den Rest kannst du dir doch nun wirklich denken.«

»Die Witwe Winkler ist eine treue Seele!«

»Es heißt, Mann und Sohn waren ihr lästig geworden …«

Josef stieß seinen ehemaligen Zimmergenossen von sich. »Was redest du für einen Unfug?«

»So erzählt man es sich in der ›Grünen Hoffnung‹.«

»Die Mechthild ist eine wunderbare Frau und keine Ehebrecherin und Mörderin. Das kannst du der netten Gesellschaft da drinnen ausrichten.« Dann drückte Josef ihm das Geld für die Zeche in die Hand und stolperte zum Fahrrad. Die sollten ihn hier nie wieder zu Gesicht bekommen, schwor er sich. Nie im Leben.

Er ahnte nicht, wie recht er behalten sollte.

Am nächsten Abend wurde alles anders. Das Glück schien sich verabschiedet zu haben: Der dritte Platz bei Tisch war auf einmal besetzt.

Schwager Fritz ließ sich zum ersten Mal seit mehr als sechs Wochen beim Essen blicken. Kein angenehmer Besuch, denn seine Essgewohnheiten erinnerten Josef an die Heudrescher auf den Alpenwiesen. Doch das war beileibe nicht sein größtes Problem, denn obwohl es gestern im Hof der »Grünen Hoffnung« stockdunkel und sein Kopf bereits benebelt gewesen war, hätte Josef schwören können, dass die schmalen, eng beieinander stehenden Augen des Gastes denen des nächtlichen Angreifers mehr als ähnlich waren.

Mechthild war wie ausgewechselt, nervös tänzelte sie um den Tisch, und ihre sich immer wiederholenden Phrasen klangen fast, als singe sie ein Lied: »Fritz, schmeckt es dir denn?«, »Willst du noch Nachschlag, lieber Schwager?«, »Schön, dass du mal wieder vorbeischaust!«

Das gefiel Josef überhaupt nicht, und er spürte einen Stich in der Brust, wenn er Mechthilds gerötete Wangen sah, ihre glänzenden Augen und überhaupt ihr ganzes Getue. Er dachte an das, was man sich in der »Grünen Hoffnung« erzählte. Die Sache mit dem Taschentuch am Fenster. Was, wenn an den Gerüchten etwas dran war? Alles in ihm zog sich zusammen und sein Herz brannte.

»Und? Wann soll die Hochzeit sein?«, fragte Fritz scheinheilig.

»In zehn Tagen«, antwortete Josef.

Mechthild hielt den Kopf gesenkt und schaute keinem der beiden Männer in die Augen.

»Und du meinst, du kannst den Hof führen?«

War das hier ein Verhör? Nun gut, dem konnte Josef sich stellen. »Ich habe die Fenster repariert, mehrmals übrigens, weil immer wieder Steine geflogen sind. Dann sind die Schmierereien entfernt, die Apfelbäume gestutzt, der Zaun an der Viehweide geflickt, die Schweinetränke ausgebessert.«

»Dies ist der Hof meiner Eltern. Mein Bruder hat ihn bis zu seinem frühen Tod gewissenhaft geführt. Und wenn ich nicht das Gut meines Weibes übernommen hätte, würde ich mich am liebsten selbst um alles hier kümmern.«

Auch um Mechthild?, fragte sich Josef, sagte aber nichts.

»Der Hof liegt mir sehr am Herzen«, betonte der unangenehme Tischgast noch einmal.

Die Situation war mehr als angespannt. Mechthild versuchte es erträglicher zu machen, indem sie den Nachtisch auftrug. Wieder dieser Pudding. Fritz schob ihn weit von sich: »Hör mir auf mit so 'nem Zuckerkram. Gib's deinem Verlobten, der ist doch sicher ein ganz Süßer!«

Da blieb Josef nichts anderes übrig, als auch die zweite Portion zu essen, selbst als seine Speiseröhre brannte und der Magen sich anfühlte, als würde Fritz ihn in seiner geballten Faust zerquetschen. Er wollte Mechthild beweisen, dass er zu ihr stand, dass ihr Schwager ihn nicht beeindrucken konnte und er auch noch einen dritten oder vierten scheußlichen Pudding verdrücken würde, aus lauter Liebe zu ihr.

Saperlott, war ihm schlecht …

»Josef, was ist mit dir?«, hörte er noch Mechthilds Stimme, dann suchte er schleunigst das Weite, rannte aus dem Speiseraum, durch den Flur, schleppte sich über den Hof und übergab sich direkt an der Rückseite des benachbarten Hühnerstalls. Niemals war es ihm so schlecht gegangen, vielleicht war es das Ende, ja, vielleicht hatten die Leute in Altenhellefeld recht und die Saufkumpanen in der »Grünen Hoffnung« auch … vielleicht war er vergiftet … worden … von … Mechthild …

Aber warum? Warum nur?

Er ... war ... doch ... nur ein ... verliebter ...

Dass die Nachbarin herbeigeeilt kam und wie am Spieß schrie, sie habe es gewusst, sie habe es von Anfang an gewusst, bekam Josef alles nicht mehr mit.

»Du hast wirr geträumt«, war der erste Satz, der wieder in seinem Bewusstsein ankam. Mühsam stemmte Josef die Augenlider nach oben, wurde geblendet, erst vom Tageslicht in seinem Zimmer, dann von Mechthilds Anblick. Sie legte ihm gerade einen kühlen Lappen auf die Stirn.

Er selbst konnte nicht viel sagen, dazu war er zu schwach, also hörte er nur zu, was seine Verlobte berichtete: drei Tage Bewusstlosigkeit, Krämpfe, Fieber, dem Tode näher als dem Leben. Doch jetzt gehe es wieder aufwärts, versuchte sie ihn aufzumuntern. Mechthild schaute so lieb, sie fütterte ihn schlückchenweise mit lauwarmer Brühe, ließ frische Luft in sein Zimmer und schüttelte die verschwitzten Kissen aus. Dass alles, tröstete sich Josef, würde sie doch nicht tun, wenn sie eigentlich vorhatte, ihn zu vergiften. Er hatte da einen ganz anderen Verdacht.

»Sag mal ...,« schaffte er mit Mühe und Not herauszubringen. »Dieser Pudding ...«

»Was ist damit? Glaubst du, deine Krankheit kommt daher?« Mechthild gelang es nicht, ihre Entrüstung zu verbergen. »Ich bereite ihn jeden zweiten Tag frisch, damit kann nichts gewesen sein.«

»Und ... die Soße?«

Man sah, dass ihr Lächeln mühsam war. »Koche ich immer im Sommer ein. Der Fritz hat haufenweise Beeren im Garten und bringt sie mir körbeweise, seit Jahren schon, damit ich Soße daraus koche. Seine Frau kann das nicht, sie ist krank und zudem ungeschickt am Herd.« Mechthild nahm den Lappen von der Stirn, tauchte ihn in frisches Wasser, wrang ihn aus, legte ihn wieder auf sein Gesicht. Sie war ein Engel. »Ich hab halt den ganzen

Keller voll mit den Flaschen. Deswegen gibt es jeden Tag etwas davon, man kann es doch nicht verkommen lassen. Schmeckt dir die Soße etwa nicht?«

»Zugegeben, sie ist ein bisschen … bitter.«

»Das hat Erwin auch oft gesagt. Aber ich nehme doch extra viel Zucker, daran kann es nicht liegen.« Jetzt legte sie den Kopf schief und streichelte seine Wange, gar nicht mehr wie eine Krankenschwester, sondern wie eine liebende Frau. »Aber wenn du wieder gesund bist, Josef, dann werde ich dir etwas anderes vorsetzen. Versprochen. Schließlich soll es nicht an einer Puddingsoße scheitern, dass wir beide glücklich miteinander werden …«

Der Pfarrer musste zu ihm ans Krankenbett treten, doch das war nicht so schlimm, denn das Jawort brachte Josef trotzdem kraftvoll über die Lippen. Und auch in der Hochzeitsnacht war er durchaus in der Lage, seiner Gattin jeden Wunsch zu erfüllen.

Und gleich am ersten Tag, an dem seine Beine ihn wieder trugen, machte Josef sich auf den Weg zum Hof seines Schwagers, der nur ein paar Straßen weiter lag. Wohl war ihm zwar nicht bei dem Gedanken, diesem brutalen Kerl zu begegnen, doch er hatte einen Verdacht, und dem musste er auf den Grund gehen, auch wenn es lebensgefährlich werden könnte. Für sich und seine Ehefrau wollte er das Risiko eingehen.

Inzwischen hatte Mechthild etwas mehr über ihre Familie erzählt, über die beiden Brüder Leonhard und Fritz und den strengen Vater, der den Erstgeborenen stets bevorzugt hatte, was den Jüngeren zeitlebens frustrierte. Und das Taschentuch?, hatte Josef irgendwann nachgefragt. Da hatte Mechthild ihn erst fragend angeschaut und schließlich laut aufgelacht: Das Taschentuch sei ein Zeichen für Fritz gewesen, sich Schinken oder Mehl oder Eier abzuholen, wenn bei ihnen etwas übrig geblieben war. Ihr Schwager mit den drei Kindern und der unfähigen Frau – da habe sie Mitleid gehabt und heimlich, gegen den Willen ihres Mannes, ein paar Vorräte abgezweigt. Sie selbst hatten ja genug. Deswegen decke sie auch immer für den Fritz mit ein, auch wenn er nur selten zum Essen vorbeikäme. Aber wenn es ihm, dem Josef, nicht recht wäre, einen anderen Mann bei Tisch sitzen zu haben, dann sei das auch in Ordnung. Schließlich beginne nun ein neues Leben für sie, und da dürfe es auch mal genug sein mit den Almosen.

Der Hof, auf dem Fritz mit seiner Familie lebte, mochte früher einmal etwas hergemacht haben, jetzt wirkte er heruntergekommen und schmutzig. Rechts neben dem Wohnhaus erstreckte sich ein großer Obstgarten, an dessen Bäumen gerade die Birnen reiften. Vor ein paar Monaten aber musste es hier noch nach Beeren geduftet haben, Himbeeren, Erdbeeren, Johannisbeeren. Franz kletterte über den Zaun und huschte zwischen den Sträuchern hindurch zum Gartenhäuschen, die windschiefe Tür öffnete sich mit einem Jammerlaut, und sofort flüchteten einige Mäuse in die Ecken, die kleinen Spuren waren auf dem staubigen Boden deutlich zu erkennen. Josef sah sich um. Ein Sammelsurium aus Heckenscheren und Gießkannen, Arbeitshandschuhen und einigen Körben, deren Geflecht blau verfärbt war, weil in ihnen Beeren gesammelt worden waren. Hier war er richtig.

Vorsichtig schob er ein paar Utensilien zur Seite und tastete sich bis zur Wand durch. Seine Finger fühlten einen Beutel aus festem Papier, ja, genau danach hatte er gesucht. Er zog das Ding nach vorn, dabei fielen drei Tontöpfe vom Regal und zerschmetterten auf dem Boden. Zu dumm, was machte er nur für einen Lärm?

Der Beutel war nur zu einem Drittel mit weißem Pulver gefüllt und die Aufschrift bestätigte Josefs Verdacht. Er wusste nicht sehr gut Bescheid in solchen Dingen, aber er konnte sich noch erinnern, dass ein Nachbar in Heiligenblut auch Arsenik im Schuppen gelagert hatte, um Nagetiere zu vernichten. Und dass es deswegen Ärger gegeben hatte, weil das Gift verboten und eigentlich nur mit Sondergenehmigung zu bekommen war. Zudem durfte man es nicht zusammen mit Lebensmitteln lagern, wie zum Beispiel mit frischen, eben im Garten gepflückten Beeren ...

»Ich glaub es nicht, der Schluchtenscheißer spioniert auf meinem eigenen Grund und Boden«, hörte Josef die Stimme hinter sich poltern. »Ist dir der Hof meines Vaters etwa noch nicht groß genug, du elender Schmarotzer?«

Josef blieb nichts anderes übrig, als sich umzudrehen. Es machte keinen Sinn, eine irrwitzige Ausrede aus dem Hut zu zaubern, hier zählte nur noch die Wahrheit, und mit der hielt Josef keine Sekunde länger hinter dem Berg: »Du hast deinen Bruder und deinen Neffen umgebracht, indem du Gift in die Beeren gemischt hast.«

Fritz zog die Brauen über seinen schmalen Augen zusammen und spuckte vor Josef auf den Boden. Doch er erwiderte nichts, stritt nichts ab und bestätigte noch weniger. Er sah einfach nur aus, als warte er den richtigen Moment ab, sich auf den ungebetenen Gast zu stürzen.

»Jeder in Altenhellefeld hält Mechthild für eine Giftmörderin, sie schmeißen ihr die Scheiben ein und beschmieren das Haus. Aber in Wirklichkeit hatte sie keine Ahnung, dass sie ihrer Familie Tag für Tag Arsen auf den Pudding gegossen hat. Denn das Zeug war schon drin, bevor sie die Beeren auf den Herd gestellt hat.«

Fritz schnaubte. »Das kannst du nicht beweisen. Und immerhin ist meine Schwägerin noch am Leben, obwohl sie selbst davon gegessen hat.«

»Ja, aber immer nur ganz kleine Portionen. Da kann sich ein Körper dran gewöhnen.« Es gelang Josef, dem Angst einflößenden Blick des anderen Stand zu halten. »Das wurmt dich wahrscheinlich auch, dass du sie nicht ebenfalls aus dem Wege räumen konntest. Immerhin, so-lange sie als Witwe auf dem Hof lebte, hattest du noch gute Chancen, irgendwann alles zu erben, denn darum geht es dir doch schließlich.« Er machte eine kurze Pause. »Aber dann kam ich, setzte mich an Mechthilds Tisch, legte mich in ihr Bett … und als ihr zweiter Ehemann bin ich nun auch der Erbe, sollte ihr etwas passieren.«

»Ich sag's ja, du bist ein elender Schmarotzer, reißt dir den Hof meines Vaters unter den Nagel …« Fritz griff nach einer Spitzhacke, so schnell, dass Josef es gar nicht richtig mitbekam. Mist, er hätte daran denken sollen, sich eben-falls irgendwie zu bewaffnen. Mit einer Tüte Arsen würde er im Zweikampf nicht weit kommen, erst recht nicht, wenn er gegen einen Mann anzutreten hatte, der bereits ein zweifacher Mörder war und über kein Gewissen zu ver-fügen schien. Also suchte Josef sich den erstbesten, halb-wegs stabilen Gegenstand – einen alten Besen – und hielt ihn wie einen Degen vor sich. Den ersten Hieb seines Gegners konnte er abwehren. Den zweiten nicht.

»Jetzt hab ich dich, du verfluchter Witwentröster …« Mit voller Wucht schlug Fritz ihm gegen die Unterarme. Reflexartig löste Josef den Griff, ließ die klägliche Vertei-digungswaffe fallen, wurde umgestoßen, kippte nach hin-ten, stieß sich den Hinterkopf an der harten Kante einer Schubkarre, rutschte das letzte Stückchen tiefer und blieb liegen.

»Du kannst mich nicht einfach umbringen, die Mecht-hild wird mich vermissen …«

Für dieses Argument hatte Fritz nur ein heiseres La-chen übrig. »Auf einem Bauernhof gibt es genügend Ecken, um jemanden verschwinden zu lassen. Und den anderen werde ich sagen, du hättest dich aus dem Staub gemacht, nachdem du erfahren hast, dass du eine Gift-mörderin geheiratet hast. Das funktioniert, glaube mir, du bist nicht der Erste, bei dem ich es so gemacht habe.«

Josef versuchte vergeblich, sich wieder aufzurichten. Unter dem Regal konnte er zwei Mäuse sehen, die sich verängstigt aneinanderdrängten. Sein Blick verschwamm mehr und mehr, und mühsam behielt er die zitternden Tierchen im Blick. Alles war besser, als nach oben zu schauen und zu sehen, wie Franz die Spitzhacke hob, tief Luft holte, das Ziel fixierte, einen Schrei ausstieß und …

Genau an dem Tag, als Fietje es einfach nicht mehr aushielt und er beschlossen hatte, das Sauerland wieder zu verlassen, weil ihm dort die Berge zu hoch und der Dialekt zu fremd waren, griff das Schicksal beherzt ein, um ihn davon abzuhalten.

Fietje war groß gewachsen, mit blondem Haar, so platt wie die Ebene seiner ostfriesischen Heimat. Er wirkte nicht wie ein Kerl, den das Heimweh aus der Bahn warf, aber tief in ihm steckte eben ein butterweicher Kern. Hier in Sundern musste er oft an die Weite jenseits der Deiche denken und jammerte: »So eine seltsame Gegend. Die Berge versperren einem immer die Sicht.«

Und darum kam Fietje die kleine brünette Frau, die an einem schrecklich kalten Wintertag die »Grüne Hoffnung« betrat und sich suchend umschaute, auch wie eine göttliche Fügung vor …

Sommergespräche

Einer der Nachteile, im Juli und August daheim zu sein, besteht darin, dass man zwei Monate lang ununterbrochen gefragt wird, ob man schon im Urlaub war.

Diese Frage lässt sich zwar mit einem klaren »Nein«, allenfalls mit einem erweiterten »Nein, noch nicht!« (gegebenenfalls mit einem erschöpfenden »Nein, noch nicht, aber bald«) niederschmettern. Allerdings zwingen einen die abwartenden Mienen der Fragenden zur Floskel der Höflichkeit: »Und Sie?« – Hoffen Sie nicht auf ein: »Auch noch nicht!« Solche Menschen hätten nicht gefragt.

Vielmehr erfahren Sie jetzt Genaueres über Ort und Zeit eines Ferienaufenthaltes. Danach ist mit einer dramaturgischen Pause zu rechnen, die Sie nötigt, die Schlüsselfrage zu stellen: »Und hatten Sie schönes Wetter?« – Nie erfahren Sie »Ja« oder »Nein«. Immer folgt Analytisches, oft nach Urlaubswochen gegliedert. (Etwa: »In der ersten Woche hatten wir drei Regentage, eigentlich zweieinhalb, denn der Mittwoch war in der Früh noch …«)

Eine derart in Schwung gekommene Konversation kann praktisch nicht mehr gestoppt werden. Es folgt der Urlaub aus der Sicht der Kinder und Großeltern. Dann der Höhepunkt: »Und wo geht's bei Ihnen hin?« – Antworten Sie nicht, laufen Sie davon!

Ei spiik Deutsch

In unserer tollen Schnäppchen-Wohnung haben wir es nicht mal drei der geplanten zehn Tage ausgehalten. Deshalb haben wir beschlossen, auf den Strandurlaub zu verzichten und stattdessen einen Städteurlaub zu machen.

Ich schlendere also in Istanbul gutgelaunt und nichtsahnend über den riesigen Basar, als ich plötzlich aus heiterem Himmel gekidnappt werde.

»Very very gut, very very billih«, brüllt mir jemand ins Ohr und reißt mir fast den rechten Arm ab.

»Ei em very schön Jacket«, schreit sein Konkurrent und zieht an meinem linken Arm.

Der Kidnäpper am rechten Ärmel bekommt Verstärkung. Ein riesiger Bär von einem Verkäufer schleift mich gemeinsam mit seinem Chef in einen Laden. Nein, nein, keine Angst, die wollen mich nicht ausrauben – jedenfalls nicht illegal!

Die beiden Basarverkäufer zerren mich in ihr Geschäft, um mir irgend etwas zu verkaufen.

»Echt Leder«, ruft der Chef und zeigt mir eine schwarze Jacke. »Echt Leder, only feif handret for mai Frends.«

»Hey, Boss, du schreckst ihn ja ab«, sagt der Riesentürke, »verlang doch nicht gleich das Doppelte.«

»Das macht nichts«, sagt der Boß, »diese Deutschen haben Geld wie Heu. Runtergehen mit dem Preis kann ich ja immer noch.«

Ich glaube, ich werde doch ausgeraubt!

Aus Angst, von Rechtsradikalen als Ausländer erkannt zu werden, hatte ich mir in Deutschland die Haare blond gefärbt und den Schnurrbart abrasiert. Das machen doch jetzt alle. Das ist große Mode in Deutschland. Mein Nachbar Hasan Öztürk hat sogar seinen Namen geändert. Er nennt sich jetzt Hans Echtdeutsch.

»Ei spiik deutsch«, sagt der Gängster, »echt Leder, echt Leder, sehr billih, sehr billih!«

»Ich brauche keine Jacke, ich will nichts kaufen«, sage ich laut, und zwar auf Türkisch. Aber die beiden Geschäftsleute sind sich todsicher, dass sie einen deutschen Touristen geschnappt haben, und nehmen mein Türkisch gar nicht wahr.

Mit einem Mal gefalle ich mir in der Rolle des deutschen Touristen. Ich kann unbemerkt mitbekommen, was die beiden Basarhändler im Schilde führen. À la Wallraff kann ich die Touristenfeindlichkeit Istanbuler Basarverkäufer bloßstellen. Osman Wallraff ganz oben!

Ich will den beiden etwas Mut machen und sage auf Deutsch:

»Schön Jacket, schön Jacket, bjutiful.«

Die beiden sehen sich mit dem typischen »Unser-heutiger-Gewinn-ist-garantiert-Blick« an. Diesen Blick kenne ich nur zu gut. Den hat meine Frau auch immer drauf, wenn sie mir eine größere Menge Geld abgeknöpft hat.

»Der Vogel ist im Käfig«, ruft der Boss freudig, »das Geschäft ist sicher. Der Kerl zahlt jeden Preis, siehst du nicht, wie doof er aussieht.«

»Schön Jacket, schön Istanbul, schön Türkei«, gebe ich das Kompliment zurück.

Der Riesenkerl holt mir sofort einen Stuhl.

»Besorg noch schnell einen Tee«, ruft der Boss, »wenn er mir diese Jacke für 500 Euro abkauft, dann gönne ich ihm diesen Tee sogar. Das Plastikjäckchen ist nicht mal 50 Euro wert.«

»Schön Jacket, schön Istanbul, schön Türkei«, wiederhole ich vor mich hin.

Dadurch ermuntert, holt er noch eine Plastikjacke aus dem Schrank.

»Echt Leder, very very schön Jacket, seven handret Euro.«

»Ooo, very very gut«, schreie ich begeistert auf Deutsch.

»Der Kerl hat überhaupt keine Chance«, ruft der Gauner freudig, »den presse ich heute aus wie eine Zitrone. Dem sauge ich das ganze Geld ab. Ruf doch mal die Ayla von oben runter.«

Dann holt er aus dem Regal drei Teppiche und vier Statuen aus Gips:

»Very very old Teppich, very very old Stein, very very billih only for gut Frend.«

»Osmanisches Reich?«, frage ich gekonnt überrascht.

»Noch very very old«, sagt er, »Bizanz, Römer, Assyrer, Neandertaler. Billih, billih, tri handret Euro.«

Dann fragt er seinen Kumpanen:

»Hast du auch bei allen Gipsköpfen den Schriftzug ›Mäyd in Chaina‹ abgekratzt?«

»Ja«, sagt der andere, »aber bei den Figuren aus Taiwan ging das viel einfacher.«

»Egal, die aus China sind billiger. Die kosten nicht mal 2 Euro.«

Ich überlege die ganze Zeit, was ich in diesem Jahr für meinen Meister von Halle 4 als Geschenk aus der Türkei mitbringen soll? Im Laufe der Zeit habe ich dem Herrn Viehtreiber schon fast alles Orientalische geschenkt: Teppiche, Tücher, Samowar, Raki, Silber, Gold, Wasserpfeife.

In der Zwischenzeit sind ein Frisör und ein Straßenverkäufer in den Laden gekommen.

»Ich hole auch mal meine Sachen rein«, schreit der Straßenverkäufer hoffnungsvoll, »vielleicht kann ich dem Idioten ja auch was andrehen.«

Und der Frisör holt Kamm, Schere und Spiegel, um mir

die Haare zu schneiden. In dem Moment kommt durch die Hintertür eine gut gebaute Bauchtänzerin in den Laden hinein.

»Komm, Ayla, zeig mal, was du kannst«, sagt der Geschäftsinhaber, »wenn du ihn dazu kriegst, viele Sachen zu kaufen, dann bekommst du auch deinen Anteil ab.«

Der große Helfer drückt auf den Kassettenrekorder, und eine orientalische Bauchtanzmusik erfüllt den Raum oder besser gesagt den ganzen Basar. In ihrem knappen Bauchtanzkleidchen verdreht Ayla die Augen, kurvt scharf um mich herum, während sie mit Busen und Hintern wackelt. Dabei versucht der Straßenverkäufer mir seine Wertgegenstände anzudrehen, bestehend aus Feuerzeugen, Postkarten, Batterien, Taschenlampen, Gürteln und Sonnenbrillen. Währenddessen seift der Frisör auch noch mein Gesicht ein, um mich zu rasieren; dass ich mich vor zwei Stunden rasiert habe, macht ihm nichts aus. Und ich versuche bei diesem Durcheinander tapfer meinen Tee zu trinken.

»Very very old Stein, ei lav deutsch, for Frend only tu handret«, schreit der Gauner dazwischen und versucht mir seinen 2 Euro teuren Gipskopf aus China als altrömische Statue anzudrehen, aus Liebe zu den Deutschen für nur lächerliche 200 Euro.

Ich kann mich kaum noch auf dem Stuhl festhalten, weil ich mit Ayla zusammen tanzen will. Aber ich darf es nicht! Erstens weil ich ein steifer Deutscher bin, zweitens wegen der Rasierklinge an meinem Hals.

Der Obergauner ärgert sich, dass er mir immer noch nichts andrehen konnte, und flucht deshalb richtig sauer:

»Dieser Idiot hat ja nur noch Augen für die Ayla, als hätte er noch nie eine nackte Frau gesehen. Der guckt unsere Sachen nicht mal mehr an!«

»Geh doch mal mit den Preisen runter, vielleicht kauft er ja dann«, sagt ihm sein großer Helfer.

»Ei lav deutsch«, sagt der Boss freundlich lächelnd,

»echt Leder Jacket tri handret, old Römerkopf wan handret Euro.«

»Zu teuer, zu teuer«, rufe ich und stecke der Bauchtänzerin einen 10-Euro-Schein in den Büstenhalter.

»Der Idiot treibt mich noch in den Wahnsinn«, heult der Boss und dreht sich dann wieder freundlich zu mir:

»Echt Leder Jacket tu handret, old Stein fifti Euro.«

»Zu teuer, zu teuer«, rufe ich und stecke der Bauchtänzerin diesmal einen 20-Euro-Schein zu.

»Einen Deutschen, der so gut handeln kann, habe ich noch nie gesehen«, jammert der Boss.

Meine Gefühle gehen mit mir durch, ich kann mich nicht mehr bremsen. Ich springe auf und tanze mit Ayla zusammen.

»Istanbul schön, Türkei schön, Ayla schön, Bauchtanz bjutiful«, brülle ich lauter als der Kassettenrekorder.

Auf einmal, wie immer im ungünstigsten Augenblick, kommt meine kleine Tochter Hatice herein:

»Papa, Papa, wo steckst du denn die ganze Zeit? Wir suchen dich schon überall«, ruft sie durch den Laden. Und ausnahmsweise mal mit so einem akzentfreien Türkisch, wie ich es noch nie von ihr gehört habe.

Alle im Laden sind geschockt!

Die Gipsköpfe zerplatzen auf dem Boden, der Kassettenrekorder gibt seinen Geist auf, und die Bauchtänzerin fällt auf ihren Hintern.

»Echt Leder Jacket feif handret«, stöhnt der Obergauner völlig durcheinander.

»Ei tenk yu, ei tenk yu, very gut! Ich kaufe es«, rufe ich.

»Was? Sie wollen die Jacke trotz allem noch haben?«, fragt der Chef mich diesmal auf Türkisch.

»Nein, nein, nicht für die Jacke«, sage ich. »Ich habe meinem Meister fast alles Orientalische schon geschenkt, diesmal bringe ich ihm wirklich was Originelles mit: Ich kaufe dieses Bauchtanzkleidchen!«

BETTINA BALÀKA

Merci

Meine Kontaktfrau in Roussillon hieß Colette, sie hatte
einen leitenden Posten im Conservatoire des Ocres inne, wo die Farbpigmente produziert wurden, mit deren
Herstellung sich unsere Fernsehdokumentation zu be-
fassen hatte. Colette war in Karenz, aber hatte sich
nichtsdestotrotz bereit erklärt, für uns alles Nötige zu
organisieren. Ihre ältere Tochter war nur sechs Tage
jünger als Xaver, die jüngere eineinhalb. Im Laufe unserer E-Mail-Korrespondenz hatten wir begonnen, in Ne-
bensätzen die Kinder zu erwähnen, eine spontane Einladung war gefolgt, ich könne während der Dreharbei-
ten mitsamt Xaver in ihrem Haus wohnen, sie würde
die Kinderbetreuung übernehmen – ist doch egal, ob
zwei oder drei! Und ihren Mädchen würde es guttun,
einmal einen kleinen Vertreter des anderen Geschlechtes
näher kennenzulernen, sie waren ja so scheu! Sogar eine
Reihe von Aufnahmen des Kinderzimmers hatte Colette
mir gemailt, die Wände waren bis zur Decke mit Win-
nie-the-Pooh-Szenen bemalt, es gab ein Barbieschloss,
ein Klettergerüst samt Rutsche – sogar einen Schaukel-
walfisch, auf dem drei Kinder gleichzeitig reiten konnten, hatte Colette eigens angeschafft. Vormittags, schrieb
sie, würden sich die Kinder alleine in ihrem Zimmer
aufhalten und von ihrer im unteren Stockwerk des Hau-
ses beschäftigten Mutter per Webcam überwacht. Aber
ja! Warum denn nicht? Alles »high security«! Sie
schickte mir Bilder von friedlich vor der Webcam spie-
lenden Kindern. Die Ernährung »completely organic«,

keine Konservierungsstoffe, keine Butter, keine Süßigkeiten, die Kinder liebten (ja liebten!) Wasser, Oliven und Fisch.

Colettes Haus lag etwas außerhalb von Roussillon auf einer Anhöhe, die einen Blick auf die olivenfarbenen Hügel gewährte, auf Steineichen, Felder, Felsen und milde Schatten, winzig klein waren in der Ferne ein paar weiße Pferde zu sehen. Colettes Haus war mein Traumhaus. Eines meiner Traumhäuser, und sie führte gewiss eines meiner Traumleben, im Sonnenuntergang zufrieden auf ihrer Veranda sitzend, tief den Duft der Schirmpinien und Wacholderbüsche einatmend, vor sich den gedeckten Tisch mit Oliven und gebratenem Fisch. Das Haus war in einer Farbe bemalt, die ich nach meinen Recherchen als eine Variation des *ocre rouge* einstufte, Fenster- und Türrahmen in bläulichem Weiß, halb war es umschlungen von dunkelgrünen und silbrigen Blättchen, davor ein wilder Blumengarten, Zitronenfalter und jene vollkommene Stille, in der jeder Windhauch Geschichten aus Märchenverstecken erzählt.

Da stand ich, das rechte Hosenbein fleckig von dem Kaffee, den die Stewardess auf der Strecke Wien–München darübergeschüttet hatte, das linke braun gesprenkelt von dem Kakao, den Xaver auf dem Anschlussflug München–Lyon aus seinem Fläschchen gespritzt hatte, hinter mir der Mietwagen, den ich schon bei der Ausfahrt aus dem Flughafenparkplatz zerschrammt hatte, auf dem Rücksitz eine übel riechende Windel, eine ausgestreute Tüte Erdnüsse und weitere Kakaoflecken, Xaver stieg barfuß aus dem Auto und sofort in eine Distel hinein. Während ich ihn tröstete, einen Stachel aus seiner Fußsohle entfernte und ihm Sandalen anzog, fiel mir ein, dass ich Steven noch gar nicht angerufen hatte, um ihn zu informieren, dass wir gut angekommen waren. Ich holte das Handy aus dem Auto und drückte die Kurzwahl 1.

»Bist du wahnsinnig?«, zischte Steven. »Du weißt doch, dass wir um die Uhrzeit proben und dass Cavalli ausflippt, wenn er bemerkt, dass ich auf der Bühne ein Handy dabeihabe!«

»Warum kannst du dann mit mir reden?«

»Weil wir gerade zehn Minuten Pause haben und er aufs Klo gegangen ist. Was glaubst du, warum ich flüstere? Ich verstecke mich hier hinter einem riesigen goldenen Baum!«

»Okay, ich mach's kurz. Sind gut angekommen, stehen jetzt vor dem Haus von dieser Colette.«

»Ich liebe dich! Küss Xaver von mir! Tut mir leid …«

»Schon gut«, sagte ich und drückte Aus. Ich überlegte kurz, per SMS ein versöhnlich pulsierendes Herz nachzuschicken, aber das Risiko war zu groß, dass Steven wieder vergaß, das Handy auszuschalten, der Regisseur das SMS-Piepen hörte und mir mein Mann für das Herz nicht sonderlich dankte.

Ich musste daran denken, wie begeistert meine Mutter gewesen war, als sie erfuhr, dass ich mit einem Opernsänger »zusammengekommen« war. Nicht, weil sie Musik so sehr liebte, sondern weil sie die Medien liebte. Manchmal hatte ich den Verdacht, sie wäre auch über einen Verbrecher begeistert gewesen, Hauptsache, sein Bild war in der Zeitung abgedruckt. Als ihr klar wurde, dass ein Opernsänger ein mindestens ebenso nomadisierendes Leben führte wie jemand, der heute den Anbau von Kumquats in Korfu und morgen die Herstellung von Hochzeitsgebäck in der Slowakei filmt, war sie davon ausgegangen, dass wir einander abwechselnd begleiteten und für Xaver eine Nanny mitnahmen »wie Angelina Jolie und Brad Pitt«. Leider überschnitten sich unsere Termine bisweilen, und die Reisekosten für eine Nanny konnten wir uns nicht leisten. Wir hatten noch keine optimale Lösung gefunden. Meine Freundinnen sahen mich scheel an, weil nicht Steven unseren Sohn mit zu seinen Engagements nahm, aber er durfte nicht einmal ein Handy mit auf die Bühne nehmen, geschweige denn ein Kind. Colette war mit Sicherheit die bessere Lösung.

Als wir uns dem Haus bis auf wenige Schritte genähert hatten, war es mit der bukolischen Stille vorbei. Wie aus dem Hausinneren zu hören war, hatte Colette eine sehr laute Stimme, ihre Töchter ebenfalls, offenbar waren Disziplinierungsmaßnahmen im Gange. In der Hoffnung, durch unseren Auftritt eine Frieden stiftende Wirkung zu erzielen, betätigte ich zweimal den Türklopfer. Im selben Moment erklang laut und deutlich der Aufschrei: »Mais ça m'emmerde! Vraiment!«, gefolgt von lautem Rumpeln und sirenenhaft aufheulendem Kinderprotest. Nicht einmal ich hatte das Klopfen gehört. Ich zog die Möglichkeit in Erwägung, einen kleinen Spaziergang durch die Garrigue zu machen und später wiederzukommen, wenn sich die Krise gelegt hatte. Ein Blick auf Xaver jedoch, der auf einem Mäuerchen kauerte, auf dem Schoß seine Plüschschildkröte, darauf gebettet den müden Kopf, überzeugte mich, dass ich auf Probleme der Gastgeberin keine Rücksicht nehmen konnte. Einen relativ ruhigen Moment nutzend, klopfte ich ein weiteres Mal. Plötzlich wurde es still, Schritte näherten sich. Die Tür wurde weit aufgerissen, und mit einem dreifachen Wangenkuss flog mir die Hausherrin an den Hals. Dann sank sie auf die Knie, um mit dem Ausruf: »Donne-moi un bisou!« Xaver zu küssen, der daraufhin endgültig sein Gesicht in der Schildkröte begrub. Indessen waren zwei kleine Mädchen auf roten Rutschautos herbeigerast, die versuchten, mich zu beeindrucken, indem sie mit wildem Gelächter meine Knöchel rammten. Jede hatte zwei Zöpfe, die mit allerlei Spangen und Bändchen befestigt waren, und um nun die Aufmerksamkeit ihrer Mutter zu erregen, begannen sie sich diese von den Köpfen zu reißen und in den Garten zu werfen. Auf die im Kasernenton ausgesprochene Aufforderung hin, alles wieder aufzusammeln, stürmten sie hinaus und setzten ihre Wurfübungen mit großen, runden Steinen fort, die sie aus den Oleandertöpfen klaubten. Als Xaver interessiert eines der dadurch frei gewordenen roten Rutschautos bestieg, machte er sich umgehend zum Ziel des Bombardements. Mit vier Erwachsenenhänden versuchten wir die wesentlich flinkeren vier Mädchenhände ihrer Bewaffnung zu entledigen. Colette legte jeden einzelnen Stein sorgfältig an seinen Platz zurück, dabei laut über die Katzen lamentierend, die ihr ohne den Steinschutz bestimmt in die Blumenerde pinkeln würden. Als die Verwendung von Steingeschossen endgültig aussichtslos erschien, gingen die Mädchen mit bloßen Fäusten auf Xaver los. Bevor ich die drei erreichen konnte, waren sie alle mitsamt dem umkämpften Fahrzeug über die Stufen gefallen und schrien, stimmlich aufs Äußerste miteinander konkurrierend, bis das größere Mädchen sich aufrappelte und die liegen gebliebene Plüschschildkröte mit Fußtritten malträtierte, woraufhin Xaver im Schreiwettbewerb als Sieger hervorging.

In diesem Moment begann im Haus ein Telefon insistierend zu läuten, und ein Auto fuhr die Auffahrt herauf.

Mein Team hatte ohne Orts- oder Französischkenntnisse die Unterkunft nicht gefunden, Colette erklärte am Telefon Straßenabzweigungen auf Englisch und gestikulierte dazu, als könnte der Anrufer ihre Handbewegungen sehen, während ich so tat, als wäre ich nicht zuständig, dabei war ich hauptschuldig, warum nur hatte ich auf getrennter Anreise bestanden: Ich wollte nicht genervt sein durch die Gegenwart von drei jungen Männern, die genervt waren durch die Gegenwart eines kleinen Kindes. Denn was wirklich nervt bis aufs Äußerste, wenn man mit einem kleinen Kind unterwegs ist, ist das Genervtsein der anderen, insbesondere Kinderlosen, die unentwegt

wollen, dass man das Quengeln abstellt, das Schreien ein-
bremst, das Herumrennen unterbindet, dass man die
Fernsteuerung anstellt und das Kind damit geschirr- und
gläserschonend bewegt, dass man seine Sätze zu Ende
führt und die Augen nicht abwendet von den dringlichen
Ausführungen des Gegenübers, dass man die Stimme in
angenehmer Modulation führt und nicht plötzlich auf-
schreit, um das Kind am Hinabstürzen über die Rolltreppe zu hindern, dass man dafür sorgt, dass das Kind von
sich aus in keinerlei Schwierigkeiten gerät, dass man das
Kind in angenehm antiautoritärer Weise zu absolutem
Gehorsam erzieht. Und auch ohne Menschen, die einen
kannten und vor denen man das Gesicht zu wahren hatte,
war es anstrengend genug, Xaver, der im Flugzeug sofort
zu brüllen begann, weil er den Gurt nicht wollte, der
ältere Herr, der immer wieder rief: »Die soll doch dem
Kind ein Zuckerl geben!«, die Stewardess, die mich wiederholt darauf hinwies, dass ich die Sicherheitsbestim-
mungen nicht einhielt, wenn Xaver sich aus dem Sitzgurt
herauswand, Xaver, der längst ein Zuckerl im Mund hatte
und dennoch weiterbrüllte, die wachsende Zahl an Mit-
schimpfenden, die »Ruhe!« riefen – kurz, ich wollte kein
solches oder sonstiges Spektakel vor drei jungen Männern, die in mir eine Respektsperson brauchten, und auch
nicht eine andere Unterkunft suchen als meine eigene,
darum musste ich nun auf drei kleine Kinder aufpassen,
während Colette gestikulierte, ihr Mann Philbert mit
fiebrig verschwommenen Augen aus dem Auto ausstieg,
als würde er nichts und niemanden erkennen: »Bon soir.
Je suis … Ah bon, bon soir.«
    Das Abendessen sollte nicht auf der Veranda einge-
nommen werden, sondern in der engen und stickigen Küche, in der die Stühle an der Wand festgezurrt waren,
damit die Kinder, wie ich erfuhr, sie nicht eigenmächtig
und unbedacht verschleppten. Natürlich machte das inso-

fern zusätzliche Arbeit, als man die Stühle vor den Mahlzeiten erst aus ihren Verschnürungen lösen musste, aber es ging eben nicht anders.

Indem ich während der hitzigen Vorbereitungen auf die Veranda hinausging, um eine Zigarette zu rauchen, löste ich eine Ehekrise aus, da erst Philbert mir gefolgt war, um ebenfalls zu rauchen, dann aber Colette uns beiden, um ihren Mann am Rauchen zu hindern. Ich erfuhr, dass es eine Bedingung zur Eheschließung gewesen war, dass Philbert mit dem Rauchen aufhörte, dass er immer wieder und mindestens zweimal im Jahr dieses Versprechen gebrochen hatte, und jetzt schon wieder, dass Philbert hingegen der Auffassung war, er hätte aus freien und eigenen Stücken mit dem Rauchen aufgehört, wäre daher auch berechtigt, eine seltene Ausnahme zu machen, und noch ehe ich mir die zweite Zigarette angezündet hatte, endete der Schlagabtausch mit einem mehrfachen »Pourquoi? Pourquoi? Pourquoi?« vonseiten Colettes, das ihr Mann mit einem gebrüllten »Parce-que c'est la fête aujourd'hui!« beantwortete. Nachdem Colette mit der Drohung, sie würde zurück zu ihrer Mutter nach Aix ziehen, wieder im Haus verschwunden war, lobte ich leichthin die Landschaft, den Abend und die Provence ganz im Allgemeinen, um dann zu dem Vorschlag überzuleiten, hier im Freien zu speisen anstatt im Haus.

Philbert schüttelte entschieden den Kopf: Niemand, wirklich niemand hätte den Nerv, einen Teller oder ein Glas oder auch nur eine Olive hier hinauszutragen. Dann stieg er die Holzstufen der Veranda hinab, um seine Zigarette sorgfältig in der Erde auszudämpfen. Den Stummel trug er zum Zaun und schleuderte ihn so weit wie möglich darüber hinweg. Mit meinen eigenen Zigarettenstummeln in der Hand stolperte ich ihm nach und bereute es zutiefst, nicht die Segnungen der Hotellerie in Anspruch genommen zu haben. Schuld überflutete mich, Arbeit verursacht, Ehe beeinträchtigt, Unruhe gestiftet zu haben, aber auch Dankbarkeit gegenüber Steven, der nichts dagegen hatte, dass ich rauchte, solange es nicht in geschlossenen Räumen und in Gegenwart seiner Stimmbänder war.

Wir gingen ins Haus zurück, wo eine aufgeschnittene Wassermelone auf dem Tisch stand und Xaver brüllte, weil die beiden Mädchen in Hochstühlen saßen und er auch einen wollte, woraufhin Colette zum Telefon eilte, um mit Nachbarn über einen eventuellen Hochstuhlverleih zu verhandeln, aber keiner der Nachbarn war da, warum hatte ich denn nicht gesagt, dass Xaver einen Hochstuhl brauchte – weil er seit Monaten partout nur auf Erwachsenenstühlen saß. Ich schimpfte Xaver in der »Das ist jetzt eine Show für die anderen«-Stimme, wurde jedoch dadurch unterbrochen, dass die Mädchen ihre Teller vorgesetzt bekamen und sich mit dem Satz: »Merci, ma chère Maman aimée« bedanken sollten. Dies verweigerten sie unter Geschrei, wiewohl sie den Satz zahllose Male von Vater und Mutter vorgeschrien bekamen, bis schließlich Chaos ausbrach, die heulenden, strampelnden Kinder auf den Boden gesetzt werden mussten, wo sie eine Wasserflasche an sich rissen und sich, einander und den Boden begossen. In diesem Moment flog Colettes Hand in das Gesicht des älteren Mädchens, während Philbert sich die jüngere auf den Schoß lud, ihr die Windel herunterriss und den Hintern versohlte.

Xaver war starr und sagte: »Aua«, wie er »Aua« sagte, wenn im Fernsehen ein Auto in ein anderes fuhr. Ich sagte so laut wie möglich: »Pas de violence devant mes yeux!« und lachte so laut wie möglich, dabei an Xaver denkend, der morgen hierbleiben sollte, bis Colette ebenfalls lachte und sagte: »Don't worry, I won't beat up your son.«

Dann aßen wir Käse, Melone und biologische Brötchen und besprachen den Ocker, die Agrarprodukte und Schönheiten der Provence.

Regenferien in Norwegen

Ich war damals Polizeichef in unserem Ort. Jetzt bin ich
zu alt, um etwas anderes zu tun, als an die Ereignisse von
damals zu denken. Seltsamerweise habe ich das gute Gefühl, etwas geleistet zu haben, auch wenn manche anders
darüber denken mögen. Es ist jetzt zwanzig Jahre her,
und auch heute bin ich mir noch sicher, dass wir richtig
gehandelt haben. Der Ort blüht. Davon profitiere auch
ich, unser Altenheim hat genug Personal und ist gemütlich, und jeden Tag werden uns zum Nachmittagskaffee
frisch gebackene Waffeln serviert. Und für all das kann ich
mich bei Arne Liabø bedanken, dem Wohltäter des Ortes.

Arne Liabø galt als überaus geizig, weil er unablässig
für seine Beerdigung sparte. Das wurde halb im Scherz
gesagt, denn niemand wollte es sich mit ihm verderben.
Er war spendabel, auf seine Weise, nämlich was Schnaps
und gute Zigarren anging. Bei sich zu Hause lebte er spar-
tanisch, auch wenn er sich Chauffeur und Rolls-Royce
hätte leisten können. Aber er fuhr mit dem Rad und pries
seinen Schöpfer, weil er Junggeselle war.

»Ein Frauenzimmer würde mich auspressen wie eine
Zitrone, um unser Heim mit unnützem Tinnef auszustaf-
fieren«, sagte er oft. »Es ist besser, das Geld auf der Bank
zu haben, da fühlt es sich wohler, als wenn es in Seiden-
sofas und Silberkannen investiert wird.«

Das Einzige, was er sich gönnte, war seine treue alte
Haushälterin, aber die kostete auch nicht sonderlich viel.

Bei Arne Liabø gab es keine halben Sachen. Seine Fabrik war ein Vorzeigeunternehmen wie kein anderes. Da

stimmte alles: Vom bereitwilligen Einsatz des kleinsten Lagerarbeiters bis zu den mühsam erarbeiteten Absatzmärkten im Ausland. Er produzierte Möbel und verkaufte sie auch. Seine Fabrik wuchs unaufhörlich; irgendwann baute er sogar seine eigene Sägemühle. Schließlich kamen so viele Kunden und Geschäftspartner zu Besuch, dass er ein Hotel errichten lassen musste. Mit Bar, natürlich von internationalem Standard, mit vielen Flaschen, auf denen die verrücktesten Etiketten prangten.

Liabø war ein fetter und gutmütiger Brummbär, der gut einem Bauernmaler hätte Porträt sitzen können, dabei hatte er so gar nichts Bäurisches. Er besaß diese selbstverständliche Gelassenheit, die Reichtum oft mit sich bringt, die Gemütsruhe, die der Welt nichts zu beweisen braucht. Man kann das vielleicht auch mit der britischen Aristokratie vergleichen, mit dem Unterschied, dass die Briten von den Erinnerungen an die alte Kolonialmacht zehren, während Arne Liabø mitten in einem lebendigen Imperium saß. Alles geschah im Augenblick. Und als er eines Abends in der Hotelbar verkündete, er werde etwas »mit den langen Sommerabenden machen, um genügend zahlungswillige Hotelgäste herzulocken«, bezweifelte niemand auch für einen Moment, dass das Hotel in den nächsten Sommermonaten ausgebucht sein würde, noch ehe der Teufel sich die Schuhe angezogen hätte. Arne Liabø schnitt sich die Zigarrenspitze ab, zwirbelte seinen Schnurrbart und erzählte dem aufmerksamen Publikum, dass er »nach Deutschland« gehen wolle.

»Gehen?«, fragte ich.

»Nein, ich glaube fast, ich nehme das Rad«, brüllte er, und sein Schmerbauch bebte. Er war ein Energiebündel, unser Arne Liabø. Und an jenem Abend war sein sechzigster Geburtstag nur noch eine Woche entfernt. Im Ort hieß es immer, sicher werde er eines schönen Tages einfach tot umfallen. Niemand wünschte sich das, und es schwang immer eine gewisse Ängstlichkeit mit, wenn man darüber redete. Er würde ja keinen Nachfolger hinterlassen. Was sollte aus der Fabrik, dem Sägewerk und dem Hotel werden? Der ganze Ort war von diesem einen Menschen abhängig. Sein Anwalt, Erik Hammerfors, lächelte nur hold, wenn dieses brisante Thema zur Sprache kam.

»Regt euch nicht auf«, sagte er immer. »Das findet sich schon. Arne hat das alles nicht umsonst aufgebaut. Regt euch nicht auf.«

Also regten wir uns nicht auf. Ich wusste, dass wir Erik Hammerfors' guten Rat getrost befolgen konnten. Denn ich wusste auch, dass der Ort einmal alles erben würde, und der Anwalt und der Polizeichef waren die Testamentvollstrecker. Das Barvermögen sollte an einen Industriefonds fallen.

Aber jetzt wollte Liabø also erst einmal nach Deutschland gehen. Er erzählte uns seinen Plan, während die Schnapsflaschen kreisten, eine nach der anderen sich leerte und der Barmann eilig Genever nachfüllte. Liabø wollte das Hotel bei reichen Deutschen anpreisen, als Sommerhotel zur Erholung und als Labsal für die Seele.

Touristen? So etwas kannten wir nicht. Und Arne Liabø fing die unsicheren Blicke auf, diese kleine flackernde Angst vor dem Unbekannten. Aber als er hinzufügte, dass das Geld, das die Touristen in unseren Ort bringen würden, uns allen zugutekomme, uns zum Beispiel ein neues Altenheim bescheren würde, legten sich unsere Zweifel langsam.

Nur Oscar Mårud meinte, dass es hier an der Küste doch so viel regnete, dass Touristen das vielleicht nicht so toll fänden. Aber das hatte Arne Liabø sich schon überlegt. Natürlich hatte er das.

»Wir werden ihnen Regenferien verkaufen!«, rief er so laut, dass der Spiegel hinter der Bar zitterte. »Und Regenkleidung ist im Preis inbegriffen!«

Er gab dann umgehend in deutschen Zeitungen Anzeigen auf und bildete einen jungen Mann aus dem Ort im Umgang mit deutschen Höflichkeitsfloskeln aus, damit dieser die Arbeit im nächsten Sommer professionell und selbstständig verrichten könnte. Bis dahin kümmerte er sich jedoch um alles noch selbst. Ja, so machte Arne Liabø das, er kannte und beherrschte das winzigste Zahnrädchen im System.

Die Regenferien waren von Anfang an ein Erfolg. Die Buchungen aus Deutschland flatterten nur so ins Haus. Die Feriengäste sollten nach Ålesund fliegen und dort mit dem Bus abgeholt werden. Im Bus wurden bereits Bier, Räucherfleisch und ganz dünnes Knäckebrot serviert. Einfache Bauernkost, damit die Gäste gleich auf das raue Klima eingestimmt werden würden. Eigentlich sollte dazu der Regen nur so auf die Busfenster prasseln. Sie würden einmal völlig andere Ferien erleben, hatte Arne Liabø ihnen versprochen. Und der Preis war entsprechend. Der Preis war geradezu ungeheuerlich in unseren Augen, für die das Regenwetter doch die pure Selbstverständlichkeit war. Wie auch Bier und Räucherfleisch. Einfach alltäglich.

Die erste Busladung mit Touristen traf Mitte Juli ein, und alles verlief nach Plan. Arne Liabø hatte zuvor Angebote für Regenkleidung eingeholt und besaß jetzt ein großes Lager gelber Regensachen aus Schweden in allen Größen. Die Schweden hatten das günstigste Angebot gemacht, und da hatte norwegische Ware einfach das Nachsehen. Arne schnitt kurzerhand alle Etiketten der schwedischen Firma heraus, damit niemand von den Deutschen auf die Idee kommen könnte, beim nächsten Mal vielleicht gleich nach Schweden zu reisen.

Busladungen kamen und gingen. Der Ort gewöhnte sich an die gelb gekleideten Touristen, die in voller Regenmontur raschelnd umherwandelten, morgens, mittags und abends, ob bei Regen oder Sonne. Einige von uns fingen an, Andenken herzustellen, keinen billigen Ramsch, sondern sorgfältige Handarbeit, die wir zu einem Schweinepreis verkauften. Je mehr etwas kostete, umso besser ließ es sich verkaufen. Und abends in der Hotelbar kursierten die wildesten Ferienerlebnisse, die erzählt, und die größten Flaschen, die getrunken werden mussten.

Ich war selbst dort an dem Abend, an dem alles anfing. Ich sah mit eigenen Augen, wie das, was wir für eine Unmöglichkeit gehalten hatten, langsam Wirklichkeit wurde. Da saßen wir beisammen, Liabø, Hammerfors und ich, mit einigen anderen aus dem Ort und mit dem deutschen Reiseleiter.

Und dann war sie auf einmal da. Wahrscheinlich war sie an diesem Tag erst gekommen. Sie hatte rotes Haar. Als Erstes dachte ich, dass Gelb ihr sicher nicht stehen würde. Jetzt aber trug sie Schwarz. Mit Glitzer. Ein wenig eng und unpassend, jedenfalls damals, es ist ja zwanzig Jahre her. Aber reiche Leute tragen immer, was sie wollen, vor allem wenn es sich um reiche Witwen handelt, denen kein eifersüchtiger Ehemann reinredet. Denn Witwe war sie, das war gleich das Erste, was sie uns erzählte. Deshalb Schwarz, auch wenn das Kleid sonst nicht gerade zu einem Trauermarsch gepasst hätte. Eher zu einem Tango.

Es amüsierte mich, zu beobachten, dass sie sich wie eine hübsch angemalte Zwanzigjährige zu uns setzte und sich im Laufe einiger Schnäpse zu einer gestandenen Vierzigjährigen entwickelte. Die Jahre fielen geradezu auf sie herab. Ihr melodisches Deutsch, das aus Rücksicht auf die anderen Anwesenden mit englischen Vokabeln angereichert war, quoll auf einmal hart und kompromisslos zwischen den rot gemalten Lippen hervor. Ihre Stimme war tief und undeutlich. Die Träger ihres Kleides glitten immer wieder nach unten, bis sie nicht mehr darauf achtete.

Mir war das eigentlich recht, sie hatte hübsche, sehr bleiche Schultern.

Wie gesagt, mich amüsierte das, bis mein Blick zufällig auf Arne Liabø fiel und ich *seinen* Blick sah. Es war ein Blick, den ich noch nie bei ihm gesehen hatte, ein Blick, den er vielleicht bekam, wenn er auf Geschäftsreise war und abends allein an fremden Hotelbars eine unverbindliche Zerstreuung suchte. Es war der hungrige Blick eines Mannes, ganz wehrlos und offen, fast staunend vor Ohnmacht angesichts der eigenen Gefühle. Liabø hatte seine Sicherheit und Ruhe verloren, er war den Worten dieser Frau förmlich ausgeliefert wie dem Gesang einer Sirene. Aber anders als Odysseus ließ er sich nicht an den Mast binden. Im Gegenteil, er rückte seinen Sessel näher an die Frau heran, blies ihr Zigarrenrauch auf die weißen Schultern und begann, eine wirre Mischung aus Norwegisch und Englisch zu sprechen, obwohl er eigentlich hervorragend Deutsch konnte.

Ich merkte, wie sich mir die Haare sträubten angesichts Arne Liabøs offenkundiger Verwandlung. Es tat mir fast körperlich weh, mit ansehen zu müssen, wie das Selbstbewusstsein dieses Mannes auf Nimmerwiedersehen verschwand.

Ich fing den Blick des Anwalts auf. Er hatte dasselbe gesehen wie ich und war mindestens so entsetzt. Es war klar, dass diese Frau alles darüber wusste, wie man Männer um den kleinen Finger wickeln konnte. Und jetzt fing sie langsam damit an, ihre Beute an Land zu ziehen, während wir wie gelähmt dasaßen und alles mit ansehen mussten.

Am nächsten Tag erwarteten wir, Arne Liabø um acht Uhr morgens, hocherhobenen Hauptes, wie immer auf seinem Fahrrad zur Fabrik sausen zu sehen. Aber er tauchte nicht auf. Hammerfors rief an und berichtete, Liabø habe um acht einen Termin bei ihm gehabt, sich

aber nicht blicken lassen. Wir murmelten so etwas wie:
»Ach ja, die Liebe.« Aber in Wirklichkeit machten wir
uns Sorgen. Wir beschlossen, ihm ein wenig Zeit zu lassen, die Frau würde ja doch nur eine Woche hier im Ort
bleiben.

Eine Woche verging. Die Touristen reisten ab und
pressten ihre gelbe Regenkleidung als letzte Erinnerung
an wunderbar andere Ferien auf ihren Knien zusammen.

Die Frau aber blieb. Zwei Tage später rief Hammerfors
mich auf der Wache an.

»Eigentlich stehe ich ja meinem Mandanten gegenüber
unter Schweigepflicht, aber jetzt wollen sie doch tatsächlich heiraten«, schrie er durch die Telefonleitung des Ortes. Schreien war sonst gar nicht Hammerfors' Art. Also
schrie ich zurück, das könne doch nicht wahr sein. Aber
eine halbe Stunde darauf rief Arne Liabø selbst an und
verkündete mit jugendlichem Elan, jetzt sei die Zeit gekommen, den Bund fürs Leben einzugehen.

Abends saßen beide in der Bar und stießen mit Champagner an. Ich war eingeladen und prostete ihnen mit ge-
spielter Begeisterung zu. Sie war so offenkundig eine
Glücksritterin, dass ich gar nicht begreifen konnte, wie ein
Mann so etwas nicht bemerkte. Sie war eine dumme Gans,
die ihm das Leben von dem Moment an vergällen würde,
in dem sie den Ring am Finger hätte und sich sicher fühlte.
Sie würde seine Tragödie sein, sein Untergang.

Er hielt sich demonstrativ die Brust, als sie ihn küsste,
und lief vor Verlegenheit über diesen Gefühlsausbruch in
aller Öffentlichkeit rot an. Wenn er so weitermachte,
würde er noch einen echten Herzanfall bekommen. Ich
hielt es kaum aus.

Am nächsten Morgen wurde Arne Liabø tot in seinem
Bett gefunden. Das Seltsame war, dass er seine Socken
noch anhatte, erzählte seine Haushälterin. Ich war zusam-

men mit dem Arzt sofort zur Stelle. Hammerfors kam einige Minuten später und zog mich beiseite.

»Ich war es«, murmelte er. »Und jetzt brauche ich deine Hilfe, damit es als Herzanfall durchgeht. Ich bin gestern Nacht noch zu ihm nach Hause gegangen und habe ihm Arsen in seinen Kognak gemischt. Danach habe ich ihn ausgezogen und ihn ins Bett gelegt.«

»Du hast seine Socken vergessen«, erwiderte ich, und Hammerfors wurde unruhig.

»Keine Panik, das spielt keine Rolle«, sagte ich und drückte seine Schulter. »Alle werden glauben, dass er in seinem Glücksrausch vergessen hat, sie auszuziehen. Was ist mit … ihr?«

»Sie hat im Hotel übernachtet. Wir mussten sie die Treppe hochtragen. Mein Gott, er wollte ein neues Testament machen. Sie sollte alles erben. Nichts wäre mehr an den Ort, das Altenheim oder in den Industriefonds gegangen. Er war ja wie besessen. Das konnte ich nicht länger mit ansehen. Und ich sage dir, er hätte nicht viele Monate durchgehalten, mit so einer jungen Person neben sich im Ehebett.«

Ich lobte seine Tatkraft. Natürlich fand ich das alles absolut richtig. Unter diesen Umständen. Man stelle sich das vor: Alles Geld in Deutschland. Das wäre ein trauriges Kapitel in der Ortsgeschichte geworden. Gesetz und Ordnung musste man in diesem Fall einfach außen vor lassen. Außerdem hätte Hammerfors mir nichts erzählen müssen, wir hätten ja doch alle angenommen, dass es das Herz gewesen sei. Der Arzt wusste alles über Arne Liabøs Gesundheitszustand, er hatte ihn immer wieder zu einer gesünderen Lebensführung ermahnt, aber ohne Erfolg. Der Arzt schrieb den Totenschein aus, und ich war Zeuge.

Die rothaarige Witwe wurde noch am selben Tag fortgebracht. Sie brauche nicht länger hierzubleiben, beteuerten wir, es wäre doch eine zu große Belastung, so kurz nach dem Tod ihres Verlobten. Mit tränenerstickter Stimme stimmte sie zu. Sie vergaß ihre Regenkleidung, die wir ihr dann einige Wochen später nach Hamburg nachschickten.

Warum Hammerfors nicht lieber sie umgebracht hatte? Nein, das wäre doch glatter Mord gewesen. Und wenn diese Frau tot aufgefunden worden wäre, hätte Liabø Himmel und Hölle in Bewegung gesetzt, um die genauen Umstände zu klären. Und aus Rachsucht hätte er dann das Dorf enterben können.

Nein, dann doch lieber gleich ihn selbst. Außerdem hätte Arne Liabø sowieso nicht mehr sehr lange zu leben gehabt.

Gott sei Dank hat mich Hammerfors nicht in seine Pläne eingeweiht, sonst hätte ich ihn aufhalten müssen. Ich war ja schließlich Polizist. Deshalb schulden wir ihm allesamt großen Dank dafür, dass er erst danach etwas gesagt hat. Ich habe allein Hammerfors für die warmen Waffeln zu danken, die im Altenheim heute täglich auf mich warten.

Wir veranstalteten eine großartige Beerdigung für Arne Liabø. Die Blaskapelle der Schule spielte so schön, dass kein Auge im ganzen Dorf trocken blieb. Der Pastor nannte ihn unser aller Großvater.

Danach gab es Schnaps und Räucherlachs im Hotel.

Ja, so war das damals vor zwanzig Jahren.

Kronleuchter - chandeler
Schützen

ERNŐ SZÉP

Wo liegt gleich wieder dieses Quebec?

Jeder Mensch hat in seinem Leben einen schönen Traum.

Auch in der Seele meines armen alten Freundes Lőrinc strahlte ein solch wunderbarer Traum, so als hinge von der Decke einer ärmlichen kleinen Kammer ein glitzernder Kronleuchter herab.

Unser Freund war Lohndiener in Pest, und zwar in einem stattlichen Hotel, wo ich selbst einige Jahre logiert habe, und zwar stets in der dritten Etage, die vom alten Lőrinc betreut wurde.

Ich schätzte Lőrinc' Dienste und ihn selbst, wie auch er seine Aufgabe und stete Präsenz über die Maßen ernst nahm. Ich wüsste seinen Familiennamen gar nicht zu nennen, Kellner, fiedelnde Zigeuner, das gesamte Personal hatte damals nur Vornamen, man hieß Mari, Juliska oder Pista, Jóska oder eben Lőrinc.

Wie blind doch der Mensch in den Tag hineinlebt und wie gedankenlos! Vielleicht wird man mich dereinst im Jenseits dafür schelten, dass es mir nie in den Sinn gekommen ist, Lőrinc zu fragen, wo er geboren wurde, ob er Geschwister hatte, warum er alleinstehend war oder wann und wieso er sich für dieses Lohndienerdasein entschied, um dann für die ganze Welt der Domestik zu sein und jeden Morgen wildfremden Menschen die dreckigen Stiefel blank zu wienern.

Schuhe putzen, Kleider ausbürsten, die Gäste der Reihe nach wecken, jeden genau zu seiner Stunde oder Minute, die Koffer der Gäste auspacken, wenn diese ankommen,

III

und einpacken, wenn sie abreisen. Tag für Tag, jahraus, jahrein, immer.

Für mich hat dieser Lőrinc nicht nur Schuhe geputzt, Kleider ausgebürstet, mich am Morgen, meist eher gegen Mittag, zum Leben erweckt, meine Handschuhe gewaschen, die Krawatten umgenäht, wenn sie ausfransten, er stellte mir auch meine Uhr, wenn ich vergessen hatte, sie aufzuziehen, musste mich pflegen, wenn ich die Influenza bekam, und er half mir aus, wenn ich blank war, gewährte mir aus purer Freundschaft kleine Kredite. (Dieses Geständnis macht mich in den Augen der Leserschaft gewiss nur noch vornehmer, weil es ja für gewöhnlich gräfliche und andere hochwohlgeborene Jünglinge sind, die ihren Kammerdiener anzupumpen pflegen.) Ich meinerseits habe Lőrinc gelegentlich Theaterkarten für seine freien Tage besorgt und ihm großmütig die noch nicht aufgeschnittenen Bücher überlassen, die als Leseexemplare an meine Adresse geschickt wurden. Auch ein paar Hüte und einen Überzieher hat Lőrinc in den Jahren, da wir unter einem Dach lebten, von mir geerbt, meine Anzüge und Schuhe hätten ihm nicht gepasst.

Der gute Lőrinc war ein stiller, in sich gekehrter Mensch, nie habe ich erlebt, dass er auf dem Korridor mit den Stubenmädchen ein Schwätzchen gehalten oder gelacht hätte, auch hörte ich ihn niemals vor sich hin summen oder gar pfeifen, wie es andere Lohndiener oder Kellner taten, während sie auf den verschiedenen Etagen ihrer Arbeit nachgingen. Lőrinc war sanftmütig und zurückhaltend, tratschte nicht und sprach überhaupt nur, wenn man ihn etwas fragte; ich kann über ihn nichts anderes sagen, als dass er für einen Lohndiener ein vollendeter Charakter war.

Und dennoch, es gab Tage, an denen dieser stille, gleichmütige Lőrinc lebhafter, heiterer war und sogar ein Lächeln auf den Lippen hatte. Er war sichtlich gehobener

Hoffnung hope

Stimmung, wie wenn man einen lieben Brief bekommt oder es draußen Frühling wird und Freude das Gesicht überzieht wie Sonnenstrahlen das Hotelfenster.

An einem solchen Tag fiel es mir ein, ihn zu fragen:

»Worüber freuen Sie sich so, Lőrinc?«

»Worüber, gnädiger Herr? Dass übermorgen wieder Ziehung ist. Ich fange schon drei Tage vorher an, mich auf das Glück zu freuen, gnädiger Herr.«

»Sie besitzen also ein Los der Lotterie?«

»Jawohl, und zwar ein ganzes. Hier habe ich es, gnädiger Herr, das ist die große Hoffnung meines Lebens.«

Aus einer abgegriffenen alten Lederbrieftasche zog er das grüne Los und sah es so verliebt an wie ein Bräutigam das Konterfei seiner Braut.

»Gott gebe, dass Sie gewinnen, lieber Lőrinc.«

»Ich werde gewinnen, gnädiger Herr, einmal habe ich geträumt, dass mein Los gezogen wurde. Als Haupttreffer. Seit dreizehn Jahren spiele ich immer die gleiche Losnummer, sie hat mich, bitte schön, schon ein kleines Vermögen gekostet. Macht aber nichts, gnädiger Herr, einmal werden sie mir diese sechs Mal hunderttausend Kronen auf den Tisch zählen, ich muss nur durchhalten. Ein paarmal war ich schon ganz dicht an den gezogenen Treffern, nur die letzte Zahl oder die vorletzten beiden stimmten noch nicht, sonst wäre es der Haupttreffer gewesen, gnädiger Herr. Doch eines Tages werde ich an der Reihe sein, da bin ich mir ganz sicher.« safe / row

Ich betrachtete den guten alten Lőrinc, wie er erregt und glücklich das Los ganz vorsichtig zwischen seine persönlichen wichtigen Papiere schob, und ich bedauerte ihn. Armer Kerl, wenn er wirklich einmal den Haupttreffer haben sollte! Was sollte dann aus diesem armen, lieben Menschen werden? Er dürfte bereits an die fünfundvierzig 45 sein. So ein ewiger Lohndiener ist mit fünfundvierzig schon mehr oder weniger ein alter Mann. Wird die arme

Haut dann von einem Tag zum andern ein feiner Herr, sich elegant zu kleiden wissen, sich eine Geliebte halten, nur noch Champagner trinken, sich vielleicht eine schöne Villa kaufen, in einer Equipage hochmütig auf dem Korso protzen – auf seine alten Tage ein Mann von Welt werden, wo er doch schon abgenutzt ist wie eine alte Bürste? Ich jedenfalls, das weiß ich, würde verrückt, wenn ich mit fünfundvierzig plötzlich ein reicher Mann wäre. Der arme Lőrinc hat ja keine Frau, keine Kinder, kann sich also nicht für die Familie ein herrschaftliches Glück und für die weiteren Nachkommen eine schöne Zukunft erträumen.

Da unterbrach Lőrinc mein versonnenes Grübeln:

»Der gnädige Herr weiß doch sicherlich, wo dieses Quebec liegt? Mir ist nur bekannt, dass es sich um eine Stadt in Amerika handelt, hatte mir auch das Land notiert, aber das ist so lange her, dass ich die Schrift nicht mehr gut lesen kann; gerade gestern Abend habe ich mir die Adressen wieder angeschaut, die ich irgendwann einmal aufgeschrieben habe.«

»Was für Adressen? Und was wollen Sie in Quebec?«

»Was ich dort will, das kann ich dem gnädigen Herrn schon sagen.«

»Die Stadt liegt in Kanada. Haben Sie denn dort jemanden …?«

»Ja, das habe ich, bitte schön! Dort gibt es einen ganz ekelhaften Mister, irgendeinen Fabrikanten, der hat mich einmal, bitte schön, in den Bauch getreten.«

»Wo denn, bitte?«

»Hier im Hotel, gnädiger Herr, im ersten Stock, als ich dort eingeteilt war, vor ungefähr zwölf Jahren.«

»Und warum hat er Sie in den Bauch getreten?«

»Weil ich ihm ein Glas Wasser ins Gesicht geschüttet habe. Auf seinen eigenen Wunsch. Nämlich, er war zur Jagd eingeladen und musste um halb sechs in der Früh aufstehen. Am Tag zuvor trug er mir auf, und zwar auf

Deutsch, ich solle ihm, wenn er sich beim Wecken nicht rühren würde, ein Glas kaltes Wasser ins Gesicht schütten. Und tatsächlich habe ich ihn am Morgen vergeblich gerüttelt, also nahm ich das Wasserglas und goss es ihm in die Visage. Daraufhin, bitte schön, brüllte er mich wie ein wildes Tier auf Englisch an und trat mir vom Bett aus, wo ich vor ihm stand, in den Bauch, dass ich, bitte schön, nach hinten fiel und mit dem Kopf ans Tischbein schlug. Ein Wunder, dass ich keine inneren Verletzungen davontrug, nur eine kleine Ohnmacht.«

»Armer Lőrinc.«

»Also, jetzt wird der gnädige Herr schon wissen, warum ich mir den Namen von diesem Mister aufgeschrieben habe.«

»Verdammt, wohin ist jetzt dieser Kragenknopf gerollt?!«

Lőrinc ließ sich, wie immer, wenn mir ein Knopf des Hemdkragens fehlte, auf alle viere nieder, kroch unter den Tisch, unters Bett und erklärte mir weiter die Geschichte seiner damaligen Erniedrigung.

»Deshalb muss ich den Haupttreffer haben, damit ich nach Quebec in – jetzt hab ich schon wieder das Land vergessen – fahren kann, gnädiger Herr. Ach ja, in Kanada. Dann werde ich vor den Mister hintreten: Na, du Schuft, jetzt ist mein Tag gekommen, und ich versetze ihm einen Tritt in den Bauch und geb ihm auch noch zwei anständige Ohrfeigen in seine dicke rote Visage, und dann zahl ich eben die hundert Dollar Strafe, denn für Ehrenbeleidigung gibt es auch nach dortigem Gesetz nur eine Geldstrafe.«

Der Kragenknopf wollte und wollte nicht zum Vorschein kommen, etwas matt im Kopf hörte ich Lőrinc weiter zu, auch seine Worte nahmen sich schon ein wenig müde aus, weil er ja ständig den Kopf unten am Boden hatte.

»Allen schulde ich zwei Ohrfeigen, all diesen Herren, die mich im Leben gekränkt haben. Von jedem schrieb ich mir am selben Tag, an dem sie mich demütigten, aus dem Gästebuch beim Portier die Adresse auf. Wenn mir einer seinen Schuh an den Kopf geworfen hat, weil ich ihm den Schnürsenkel abgerissen haben sollte, oder mich unflätig beschimpfte, weil die Hose, die ich ihm beim Schneider abgeholt habe, fleckig war: Das Schwein war natürlich ich, der Fleck wurde mir angekreidet, obwohl sie doch zum Bügeln beim Schneider gewesen war. Ach, lieber gnädiger Herr, immer war ich an allem schuld. Aber wartet nur, ihr Schurken, eure Adressen sind notiert, von allen, die logen, ich hätte sie nicht geweckt, wenn sie nach dem Wecken wieder eingeschlafen sind, die mich als Rindvieh beschimpften, herumstießen und einen Dieb nannten, wenn ihnen etwas verloren ging. Oder wenn mir einer befahl, der einsamen Dame im Haus einen Brief zu überbringen, obwohl er auf demselben Stockwerk wohnte, ja, einen armen anständigen Menschen wie den letzten Haderlumpen behandelte. Aber auch du bist vermerkt, auch dich habe ich.«

»Na, Gott sei Dank! Schnell, geben Sie ihn mir.«

Ich war nicht ganz bei der Sache und glaubte, er habe den Kragenknopf gefunden.

(Der war übrigens gar nicht hinuntergefallen, Lőrinc entdeckte ihn später beim Kleingeld auf dem Nachtkästchen.)

»Auch in Afrika habe ich einen Kunden, in Alexandria. Einen Teppichhändler. Oh, bitte schön, viel werde ich reisen, überallhin, von den sechs Mal hunderttausend Kronen kann ich nach London fahren, nach Paris, Hamburg, nach Spanien, in die ganze Welt, Ohrfeigen austeilen, jawohl, und danach meinetwegen verrecken.«

Unlängst kam ich wieder einmal an besagtem Hotel vorbei und sah Lőrinc draußen in der Hotelauffahrt, wie er mit einem zweiten Bediensteten einen riesigen schwarz lackierten Reisekoffer auf das Gepäckwägelchen bugsierte. Neue Gäste waren eingetroffen.

»Hallo Lőrinc, wie geht's? Kennen Sie mich noch?«

»Aber ja, lieber gnädiger Herr. Lange hab ich Sie nicht gesehen.«

»Ganz recht, es müsste zehn, zwölf Jahre her sein.«

Armer alter Lőrinc, jetzt war er wirklich schon ein ziemlich alter Mann.

Ich blieb einige Minuten neben der Karre stehen, um unsere alte Bekanntschaft aufzufrischen.

Lőrinc klagte, dass auch über ihn schwere Zeiten hereingebrochen seien. Wo waren nur die glücklichen Jahre geblieben, da ich noch hier im Hotel logierte! Das Personal sei jetzt auf die Hälfte reduziert worden, der Lohndiener müsse Gepäck abladen, nachts Portierdienste leisten, ohne festen Lohn, nur für die lumpigen Prozente, und unter den Gästen fänden sich keine Gentlemen mehr, das ganze Dasein sei ein einziges Jammertal.

Da fiel er mir ein, der Traum des Lőrinc von einst.

»Ich habe kein Los mehr, gnädiger Herr, schon lange nicht mehr. Wer könnte sich in diesen Zeiten noch den Luxus leisten!«

Lőrinc seufzte tief. Und dann:

»Ich, bitte schön, überlasse es nun dem Schicksal, Rache für mich zu nehmen. Diese Herren reisen ja ständig herum. Mit dem einen entgleist der Zug, ein anderer wird nachts im Schlafwagen ermordet, der dritte ist fettleibig und ihn trifft der Schlag. Schließlich bekommen doch alle, was sie verdienen.«

FRANK SCHULZ

Männertreu

Die gelben Kronen der Ahornbäume leuchten, obwohl
der Himmel über Poppenbüttel aussieht wie das Röntgen-
bild eines Brustkorbs. Der lange Altweibersommer ist an
dem Tag zu Ende gegangen, als Lothar nach Bad Kissingen abreiste. Dörchen schlurft, um das Laub zum Ra-
scheln zu bringen. Sie hat ihre Schuhe zwar frisch geputzt,
aber seit dieser Geschichte mit dem Sparclub und dem
Zündholzbriefchen ist ihr alles ein bißchen egal. Der auf-
steigende Duft nach Kompost, Torf und Leder erinnert
sie an den Rotwein, zu dem Gitti sie einlud, nachdem sie
Lothar zum Hauptbahnhof gefahren hatten. »Ganz schön
bitter«, sagte Dörchen nach dem ersten Schluck, und Gitti
sagte: »Du weißt eben nicht, was gut ist.« »Ja, ja«, sagte
Dörchen, »deine doofe alte Mutter hat eben von nix 'ne
Ahnung«, und Gitti verdrehte die Augen, und Jeannette
sagte zu Gitti: »Mach Omi nich' an«, und gab Dörchen
einen Kuß.

Um auf den S-Bahnsteig zu gelangen, muß Dörchen
Treppen überwinden, und am Ende rast ihr Herz. Bis zum
Einsteigen beruhigt es sich, einigermaßen, und solange sie
nicht an das Zündholzbriefchen in ihrer Handtasche
denkt, bleibt der Puls auch während der Fahrt ruhig,
einigermaßen. Beim Umsteigen geht's jedoch wieder los,
und als sie die Treppen zur Reeperbahn hinaufackert,
klopft es im Hals so stark, daß sie, oben angekommen,
ihr Seidentuch lockern und eine Weile am Geländer ver-
schnaufen muß. Es ist ihr alles ein bißchen egal geworden
seit dieser Geschichte mit dem Sparclub und dem Streich-

holzbriefchen, aber eben nur ein bißchen; aufgeben wird
Dörchen deswegen noch lange nicht. Aufgegeben hat ein
Dörchen Possehl noch nie, nicht im Winter 1961, als sie
die querliegende Gitti auf die Welt preßte, und nicht in
den siebziger Jahren, als Lothars Lütt-un-Lütt-Doppel-
schichten überhandnahmen, nicht nach Günnis schwerem
Unfall beim Barras und ebensowenig, als sie selbst lebensmüde zu werden drohte, nach diesem Zeckenbiß in
Tirol.

Lothar hatte vierzig Jahre für eine Baufirma gearbeitet,
und wiewohl bereits auf Rente, war er letztes Jahr zu
deren Jubiläum eingeladen worden. Nach der offiziellen
Feier war er mit den ehemaligen Kollegen noch über die
Reeperbahn gebummelt. Wie Dörchen war er zuvor an
die dreißig Jahre nicht mehr auf St. Pauli gewesen; wenn
die Sauerländer oder Münchner Bekannten zu Besuch
kamen, machten sie mit ihnen eine Alster- oder Hafen-
rundfahrt, besuchten Hagenbecks Tierpark oder bestenfalls den Fischmarkt. Gediegen, wie viele Menschen hier
heutzutage unterwegs sind. Sie nestelt das Zündholzbriefchen aus der Handtasche, guckt noch einmal nach der
Hausnummer und kämpft sich den Gehsteig aufwärts;
der Leutestrom drängt ihr entgegen, teilt sich an ihr oder
stockt, um sich jedoch gleich wieder aufzulösen und,
ihren Popelinemantel streifend, weiterzufließen; zweimal
wird sie angerempelt. Das Geschwätz und Gelächter, das
Getöse von der vierspurigen Straße und die muskulösen
Sprüche der Koberer rauschen quer durch Dörchens
Kopf hindurch. Sie späht nur nach Hausnummern aus
und, indem sie den Hut festhält, nach den Schildern der
Etablissements; all die regenbogenfarbigen Bilderbogen
in den Schaufenstern, all die blinkenden Neonstreben an
den Gesimsen, die Säulen von Schwarzlicht und ultravio-
letten Lichthöfe in den Eingängen blendet sie aus, und
schließlich findet sie, was sie gesucht hat. Da steht es, in

derselben schwungvollen, leuchtendroten Schrift wie auf dem Zündholzbriefchen: *Moulin Rouge.*

Einen Schritt vorm Windfang postiert, spielt eine kräftige Frau mit einer Art Tambourstab. Zu ihrer Pförtneruniform gehört ein niedriger Zylinderhut. Gediegen geschminkt ist sie. »Na Muddi, has' dich verlaufen?«

»Nee, ich will man bloß …«

»Äy, ihr Altrocker«, grölt die Pförtnerin plötzlich über Dörchens Hutfeder hinweg und schiebt Dörchen beiseite, »kommt ma rein hier, daß der Sack ma' wieder leer wird!« Sie berührt einen aus dem Grüppchen mit dem Stab, als wollte sie ihn verzaubern, und hinter ihrem Rücken witscht Dörchen in den Windfang, verheddert sich in der Portiere und befreit sich wieder.

In dem Salon ist es warm wie im Hühnerstall. Die Wände sind mit rotem Brokat tapeziert, rechts und gegenüber Zweierabteile, getrennt voneinander mit Samtvorhängen in Altrosa. Eigentlich ganz gemütlich. Fast wie früher im *Tivoli.* Komisch, daß ihr das jetzt einfällt. Dörchen nimmt gleich die erste Nische. Sie ist mit zwei Sitzbänkchen möbliert, und auf den beiden Konsolen an der flachen Brüstung stehen je ein Lämpchen mit pergamentenem Schirm und ein Glas mit einem Strauß papierverhüllter Strohhalme, ein Halter mit einer Getränkekarte und auf einem Untersetzer aus Papier ein sauberer Aschenbecher. Darin liegt das gleiche Zündholzbriefchen wie in Dörchens Handtasche. Unter der schwarzlackierten Decke rotiert gemächlich eine Discokugel; über dem schummerigen Boden kreisen Lichtblüten, ähnlich denen von Männertreu oder Vergißmeinnicht. In den Kurven verzerren sie sich wie in einem Alptraum.

Die Bühne ist so flach wie die zwei übereinandergestapelten Bierkästen daneben, und vor der verspiegelten Wand, zu einer Popmusik, wie Jeanette sie gern hört, tändelt ein junges Ding mit seiner eigenen blonden Mähne.

Es hat nur einen winzigen neongrünen Bikinischlüpfer an und stelzt in seinen Hackenschuhen auf und ab. Es wirft Dörchen einen Blick zu und schickt noch einen langen, erstaunten hinterher, tanzt an den seidenen Fäden dieses Blicks. Und als Dörchen das Gesicht dieses Mädchens sieht, da passiert etwas mit ihr, sie kann gar nicht genau sagen, was; es ist, als erschreckte sie vor etwas Bekanntem. Doch bevor sie ergründen könnte, was genau es ist, kommt aus der mit Fransenstores geschmückten Bar-Grotte eine schlanke Brünette in schwarzem Hosenanzug auf Dörchen zu.

»Guten Abend. Was darf's denn sein.«

Was für eine Stimme. Dörchen bestellt einen Piccolo.

»Kommt da *noch* wer?«

Dörchen verneint. Wieder klopft ihr Herz unten links im Hals.

»Na denn man viel Spaß.«

Wer's hier reingeschafft hat, reimt sich Dörchen zusammen, wird wohl auch egalweg bedient.

Das Mädchen auf der Bühne beobachten zwei Männer. Hingelümmelt in der Sitzgruppe vor der Bühne, werden sie von zwei weiteren halbnackten Mädchen begöscht. Der eine Mann hat sich schon bei dem Wortwechsel nach Dörchen umgedreht, macht nun eine Bemerkung zu dem anderen Mann, und während sich auch der und die beiden Mädchen nach Dörchen umdrehen, steht er auf und kommt zu ihr herüber. »Na Muddi, has' dich verlaufen?« Er paßt hier gar nicht recht rein. Er trägt ein weißes Hemd, gebügelte Hosen, ein ordentliches Jackett und eine Brille, wie sie manchmal kluge Leute im Fernsehen tragen. Er grinst, aber Dörchen weiß nicht, was sie sagen soll.

Er schnipst mit den Fingern zu der Brünetten hinüber, die in der Bar-Grotte einen Piccolo öffnet, und setzt sich grinsend zu Dörchen in die Nische, auf das andere Bänkchen. »Na, erzähl ma. Was has' denn hier verlor'n.« Er grinst immer noch. Dörchen erkennt, wenn ein Grinsen bösartig ist; dieses ist neugierig. Es ist ja auch nicht viel los hier, noch jedenfalls nicht. Vielleicht geht's erst nach Mitternacht richtig los.

Na gut, denkt Dörchen. »Ich wollt' bloß ma' sehn«, sagt sie, »was *Lothar* hier verlor'n hat.«

Die Brünette serviert den Piccolo samt Flöte Dörchen und dem Mann mit der Brille ein braunes Getränk, in dem die Eiswürfel klirren. »Lothar?« sagt er, »welcher Lothar?«

Zu Ende des vergangenen Winters war Dörchen eines Nachts von Lothars Geächz wach geworden. Er sagte, er sei schon sechs-, siebenmal zum Klo gewesen, doch der Harndrang lasse nicht nach, sondern werde immer schlimmer. Am nächsten Morgen zeigte er ihr seinen Handrükken, auf dem, wie von einer Prellung, ein gelblichbrauner Fleck prangte. Es war die Stelle, gegen die er seine Stirn drückte, wenn er sich bei seinen Versuchen, Wasser zu lassen, an der Wand abgestützt hatte. Dörchen begleitete ihn zum Urologen. Es schien eine schwere Prostataentzündung zu sein. Um ein Haar wäre er *da* schon ins Krankenhaus eingeliefert worden, an den Tropf gehängt. Er kriegte was zum Einnehmen und vorübergehend einen Katheter gelegt. »Jetzt ist aber endgültig Sense mit Angeln«, sagte Dörchen, »du holst dir noch den Tod.« Doch im Frühjahr stand er wieder nachts um drei auf und fuhr los, obwohl der Dingsbums-Wert nicht sank, und kam gegen sieben zurück. Die ganze Zeit stand er immer wieder mal nachts um drei auf und fuhr los, auch noch, nachdem eine Gewebeprobe hatte entnommen werden müssen. Einmal hörte Dörchen, wie er am Telefon zu seinem Vereinskameraden sagte, er habe Blut »eka... juliert, verstehs' du«, und wiederum ein paar Wochen später wurde er dann operiert. Gitti, Günni und Dörchen telefonierten täglich mehrmals miteinander.

Als die Kur anstand und Dörchen Lothars Koffer packte, entdeckte sie in der Tasche seines besten Sakkos das Zündholzbriefchen. Obwohl sie sich schon vorher mal gewundert hatte, wieso die Jacke nach Rauch stank – rauchen tat Lothar doch schon seit dem Neujahrstag 1978 nicht mehr –, dachte sie sich erst gar nichts dabei. Und die Streichhölzer stammten ja vielleicht noch von dem Reeperbahnbummel nach der Jubiläumsfeier. Trotzdem; einer Eingebung folgend, rief Dörchen Horsti an, den Kassenwart des Sparclubs, und erkundigte sich unter einem Vorwand nach ihrem Kontostand, und als Horsti sich in Widersprüche verwickelte, drohte sie ihm mit einem Skandal, spätestens beim traditionellen Grünkohlessen an Weihnachten.

»In fünf Jahren feiern wir goldene Hochzeit«, sagt Dörchen zu dem Mann mit der Brille, »und das war weiß Gott nich' alles Gold, aber saufen tut er seit dreißich Jahre nich' mehr, und so was hier«, sagt sie und nickt in den Salon, »hat er sowieso noch nie gemacht. Das hätte ich gemerkt. Hat er noch nie gemacht, und hätte er auch nich' notwendich gehabt.«

»Der hat nie was Schlimmes gemacht hier, Muddi«, sagt der Mann mit der Brille. Inzwischen weiß er, welcher Lothar. Er hatte eine Ahnung gehabt und das blonde Mädchen von der Bühne hergewunken. »Der hat immer nur Selter getrunken, immer nur 'n bißchen geschäkert und den ein' oder annern Piccolo geschmissen, Feuer geben und charmant sein und so, und immer nur mit Chantal – nech, Chantal?«

Als es so vor ihnen stand, das Mädchen, mit der Hüfte an die flache Brüstung gelehnt, und Dörchen offen ins Gesicht schaute, kriegte Dörchen wieder dieses komische Gefühl.

Nach einer Stunde macht sie sich auf. »*Was* kost' der Piccolo? Fümmundreißich Euro? Da krich ich bei ›toom‹ zehn *große* Flaschen für!«

Der Mann grinst. »Denn sach dein' Mann ma', daß er demnächst zu ›toom‹ gehn soll …«

»To'm Dübel soll er gehn«, murmelt Dörchen.

Am nächsten Nachmittag, Sonntag, ruft sie nicht, wie sonst jeden Tag, als erstes Lothar an. Statt dessen sagt sie Gitti ab. »Ich hab das mit'n Darm«, sagt sie. »Kann kein' Kaffe vertragen, und deinen komischen Karottenkuchen schon gar nich'.«

Den ganzen Nachmittag pusselt sie in der Küche herum, dann flust sie die Wohnzimmerlampen mit dem Staubwedel ab und klopft die Sitzecke aus. Unterdessen legt sie eine Platte von Carl Bay auf den Zehnerwechsler. Lothar hat sich immer gewehrt gegen Günni und Gitti, wenn sie die alte Musiktruhe auf dem Flohmarkt verscheuern wollten, und da war Dörchen mit ihm immer einer Meinung gewesen; zwar hat Lothar von den beiden zu irgendeinem Geburtstag eine Stereoanlage geschenkt gekriegt, aber mit »diesen CTs« ist sie nie zu Rande gekommen. Sie zieht neun weitere Platten aus den Klarsichthüllen des Albums – Caterina Valente, Hansi Kraus, Bill Ramsey – und pfropft sie nacheinander auf den Stutzen, und es ist schon dunkel geworden draußen, als sie auch noch die alten Fotoalben aus der untersten Lade im Stubenschrank kramt und im Licht der Stehlampe zu blättern beginnt, mit zittrigen Fingern die Pappdeckel umlegt und das dünne Schutzpapier dazwischen, und schon bei der dritten Seite fängt plötzlich ihr Herz im Hals zu klopfen an.

Unter dem schwarzweißen, gezackten Foto Dörchens Handschrift: *Im »Tivoli«, 1958.* Was für ein Mannsbild er war; wie ihr Magen mitschwang, wenn ihre Fingerkuppen seine Tolle nachfuhren; und diese gediegenen Manschettenknöpfe ... Und dann betrachtet sie sich selbst; sie war überraschend geknipst worden, das weiß sie noch, von Ewald, der schon seit 1966 nicht mehr unter den Lebenden weilt, und als sie ihr eigenes Gesicht von 1958 anguckt, da fängt plötzlich ihr Herz im Hals zu klopfen an. Wie immer, wenn sie sich beruhigen muß – vor allem, seit sie alt wird –, verspürt sie auch diesmal den Drang, es auszusprechen. »Nur die Haare sind anners«, murmelt sie, während sie ihr Gesicht anguckt, »aber sonst ...« Lippen, Nase, Stirn und Augen, der naive, frische Gesichtsausdruck – »genau wie diese Chantal«, murmelt Dörchen. »Genau wie diese Chantal.«

Noch als die Kuckucksuhr zwölf schlägt, sitzt sie da in Lothars Ohrensessel; sie hat Lothar nicht mehr angerufen, und als das Telefon geklingelt hat, ist sie nicht rangegangen. Seit Stunden denkt sie immer wieder an den gelblichbraunen Fleck auf Lothars Handrücken, die Druckstelle, wo Lothar seine Stirn gegengestemmt, als er die ganze Nacht immer wieder vor dem hochgeklappten Klodeckel gestanden und gepreßt hatte; und Lothars Hände waren zeitlebens allerhand gewohnt gewesen, Mörtel und Stein, Wind und Wetter, Hammerschläge und was nicht sonst noch alles, vierzig Jahre lang.

Irgendwann schläft Dörchen im Sessel ein, und am nächsten Morgen ruft sie Gitti an und bittet sie, ihr eine Bahnfahrkarte nach Bad Kissingen zu besorgen, »erst mal nur Hinfahrt; zurück fahr' ich dann mit Papa«. Nichts hat sie sich beim Erwachen plötzlich mehr gewünscht, als den Winteranbruch mit Lothar zu erleben.

JUDITH MERCHANT

Annette schreibt eine Ballade

Editorische Notiz

Hochverehrter Leser!
Der Herausgeber bat mich, einige Zeilen über den Fund
des hier erstmals gedruckt vorliegenden geheimen Tage-
buchs der Annette von Droste-Hülshoff zu schreiben, und
dieser Bitte will ich gerne nachkommen.
  Im Jahre 1861 fiel mir durch eine Verkettung selt-
samer familiärer Wendungen ein Erbteil in Form von
Möbelstücken zu, das ich dankend annahm. Dazu ge-
hörte ein Sekretär, der umso mehr Freude erregte, da
Annette von Droste-Hülshoff darauf zu ihrer Zeit auf
Burg Hülshoff einige ihrer frühen Werke verfasst hat.
Ich rief einen ortsbekannten Schreiner, der ihn für den
Verkauf reparieren und aufpolieren sollte. Um ihm be-
hülflich zu sein und darüber hinaus seinen erheblichen
Stundenlohn zu reduzieren, half ich dabei mit, die vie-
len Fächer auszuräumen. Als ich die oberste Schublade
entfernte, fiel mir ein schmales, in bereits verbleichende
Seide gebundenes Büchlein entgegen, das ich geistesge-
genwärtig vor den Augen des Schreiners verbarg. Das
Büchlein besitze ich noch und habe jahrelang allein über
seinen eigenartigen Inhalt nachgedacht. Nun aber bin
ich alt und werde wohl den Winter nicht mehr über-
leben, und so will ich seine Geschichte nicht länger für
mich behalten, sondern sie hiermit erstmalig der Öffent-
lichkeit preisgeben. Dünkt sie auch unwahrscheinlich, ja,
gar phantastisch, so liefert sie doch erstmalig eine Erklä-

rung für das Verschwinden des jungen Dienstmädchens Margret, das damals mit dem Fräulein Annette ins Venner Moor reiste und fortan nicht mehr gesehen wurde. Allerdings wird die Urheberschaft manch wichtiger Elemente unserer deutschen Dichtkunst ... Doch urteilen Sie selbst!

gezeichnet Conrad Hesterkamp
Münster, Westfalen im November 1899

Burg Hülshoff, 18. September 1820

Liebes Tagebuch,
»nur eine halbe Stunde«, habe ich mir geschworen. 30 Minuten, 1800 Sekunden, die muss man doch irgendwie durchhalten können! In dieser Zeit kann man gemächlich durch unseren schönen Burgpark schlendern, der Stallknecht kann etwa vier Boxen ausmisten, in dieser Zeit wird doch Anna Elisabeth Franzisca Adolphina Wilhelmina Ludovica Freiin von Droste zu Hülshoff wohl ein paar mickrige Zeilen aufs Papier bringen können, und seien sie noch so schlecht! Drei wenigstens! Drei! Zur Not eben zwei! Ich schaffe nicht einmal eine einzige, die nicht krumm und schief ist. Eine Ballade soll es werden.
Oh! dunstig schaudert der Burgpark im Morgenlicht ...
Weiter komme ich nicht. Ich bleibe immer stecken.
Mein Plan ist gut: Ich will eine erfolgreiche Schriftstellerin werden. Nur scheint mir leider das Schreiben ein schwieriges und anstrengendes Geschäft zu sein. Ich hoffe, ich lerne es. Die Mama hat versprochen, sich drum zu kümmern. Professor Spricker, dem ich meine bisherige Bildung verdanke, kann leider keine Balladen, und unser

Klavierfräulein erst recht nicht, aber Mama wird jemanden finden, versprach sie mir …

Oh, da ruft jemand. Ich eile!

Bis zum nächsten Mal, liebes Tagebuch.

So, da bin ich wieder.

Es war bloß die Frau Mama. Sie hat aufregende Neuigkeiten: Es hat sich hoher Besuch angekündigt. Übermorgen kommt, jetzt halt dich mal fest, liebes Tagebuch, es kommt der Herr Geheimrat Johann Wolfgang von Goethe höchstpersönlich. Mama hat doch tatsächlich an Adele Schopenhauer geschrieben, dass ich Dichterin werden will, und die hat uns jetzt den Herrn Geheimrat vorbeigeschickt. Er war der Adele wohl noch einen Gefallen schuldig. Gute Beziehungen sind alles! Er wird sich meine Gedichte anschauen und mit mir daran arbeiten, hat die Adele der Mama geschrieben. Dabei will ich ja BALLADEN schreiben, aber egal, die Gute hat wahrscheinlich Gedichte und Balladen verwechselt, das tun ja leider viele.

Mama flattert jetzt aufgeregt durchs Haus und ärgert sich, dass sie nicht doch neue Gardinen hat nähen lassen. Und Margret schimpft, weil sie so viel Silber putzen muss. Ich werde jetzt meine allerbesten Versuche mit Schönschrift abschreiben, hoffentlich kleckst die Feder nicht. Ich will sie doch dem Herrn Geheimrat zeigen, die Balladen natürlich, nicht die Feder. Und dann soll er mir das mit dem Schreiben beibringen. Er versteht ja viel davon, sagt man.

Nur noch zweimal schlafen, liebes Tagebuch, dann kommt er!

Liebes Tagebuch,
er ist da, er ist da!

Groß ist der Herr Geheimrat und stattlich, wenn er auch freilich nicht mehr der Jüngste ist, aber eine wundervolle Perücke trägt er mit herrlichen Locken. Die pudert ihm, glaub ich, morgens sein Kammerdiener. Der ist ständig um uns herum, und Margret fängt schon an, ihm schöne Augen zu machen, sie träumt wahrscheinlich davon, dass sie in diesem Leben auch noch einen abbekommt, aber ob das ausgerechnet der Kammerdiener vom Goethe sein wird? Abwarten ...

Mal ganz unter uns, liebes Tagebuch, der Goethe sieht nicht ganz so gut aus wie auf seinen Porträts. Ich hab ihn abends erst mal heimlich gezeichnet, in Kohle. War nicht ganz leicht, weil meine Augen ja bekanntermaßen nicht die besten sind und alle immer ganz gemessenen Abstand zum Goethe halten müssen, das scheint eine Marotte von ihm zu sein.

Morgen ist die erste Unterrichtsstunde. Ich bin gespannt, was der Herr Geheimrat zu meiner Ballade sagt!

Burg Hülshoff, 21. September 1820

Liebes Tagebuch,
es gibt viel zu berichten!

Heute gab es einen furchtbaren Streit, und jetzt kann ich nicht schlafen, weil Margret so laut weint, nebenan, in ihrer Dienstbotenkammer, darum bin ich noch einmal aufgestanden und schreibe noch ein wenig Tagebuch.

Margret hatte nämlich beim Silberputzen mindestens ein Dutzend Kerzen verbraucht, und Mama hat gesagt, das sei eine gotteslästerliche Verschwendung und dass sie

Margret vor die Tür setzen wird. Margret ist sofort in Tränen ausgebrochen und hat geweint, sie brauche nun mal mehr Licht bei der Arbeit und dass sie bleiben will, weil doch niemand anders sie in Stellung nehmen wird. Darauf hat Mama gesagt, das geschehe ihr recht. Durch unseren hohen Besuch herrscht ziemliches Chaos im Haus. Der Herr Geheimrat verbraucht morgens ganz viel Wasser, Margret schimpft, weil sie immerfort rennen muss, der Kammerdiener steht bloß faul daneben, aber ich glaube, Margret mag ihn trotzdem. Er hat ihr erzählt, dass der Goethe sich so wegen seines fehlenden Schneidezahns geniert und deswegen alle Abstand halten sollen.

Aber erst mal zu meiner ersten Unterrichtsstunde.

Ich las dem Herrn Geheimrat den Anfang meiner Ballade vor, und als ich fertig war, guckte er ganz komisch. Er sagte dann ganz oft »Hm, hm«, und dann sagte er, nun ja, dass der Burgpark sich vor dem Morgenlicht fürchtet, leuchte ihm persönlich nicht so ein, so ganz grundsätzlich müsse ich wissen, dass bei der Ballade etwas wirklich Unheimliches im Zentrum stehen muss. Um mir das zu erklären, deklamierte er mir dann eine von seinen Balladen, die fand ich aber gar kein bisschen unheimlich, es ging um einen Mann, der baden will, und die Wanne läuft ihm über, und zu viele Besen hat er auch, also bitte. Bei dem, was er nachher so alles vorlas, hörte ich gar nicht mehr richtig zu, ich dachte mir nur, wenn man erst mal Goethe heißt und Geheimrat und geadelt ist und überdies den »Werther« geschrieben hat, dann kann man wahrscheinlich schreiben, was man will, dann drucken die Leute alles von einem, und gekauft wird es auch. Gemein ist das. Auf jeden Fall bedankte ich mich dann artig, als der Herr Geheimrat eine Pause machte, und er sagte, bis morgen solle ich mir etwas wirklich Grausiges überlegen.

Ich hab überlegt, so richtig grausig ist's ja hier im linden Münsterland nicht, ich werde wohl eine andere Landschaft zu Hilfe nehmen müssen und dann muss etwas Schreckliches passieren, ein Mord vielleicht. Morde find ich gut.

Ach, und dann ist mir heute noch etwas Seltsames aufgefallen, was ich mir nicht erklären kann. Der Herr Geheimrat hat vor irgendetwas Angst, große Angst. Er zuckt zusammen, wenn im Hof ein Pferd wiehert, und manchmal reißt er unvermittelt voller Schreck die Augen auf. Vielleicht wird er verfolgt, doch von wem? Ich wüsste gern, vor wem ein Mann wie Johann Wolfgang von Goethe Angst hat.

Oh, es klopft ... Wer mag das wohl sein, mitten in der Nacht?

Da bin ich wieder, liebes Tagebuch. Das war die Margret. Sie hat endlich zu Ende geheult wegen der Mama und wollte mir nur noch sagen, dass der Kammerdiener vom Goethe sie zu einem Spaziergang eingeladen hat, erst hatte sie abgesagt von wegen Anstand, aber jetzt, wo die Mama so gemein zu ihr war, pfeift sie auf Anstand und geht doch hin. Soll sie.

So, liebes Tagebuch, der Morgen rötet sich schon, ich fange noch eben mit der Überarbeitung meiner Ballade an, ehe ich aufstehen muss.

Auf bald!

Burg Hülshoff, 22. September 1820

Liebes Tagebuch,
also, bei Margret und dem Kammerdiener geht es jetzt, glaube ich, zur Sache. Ich sah Margret eben mit aufgelöstem Mieder in die Küche huschen, eine Rose hatte sie auch, die hielt sie selig ans Gesicht gepresst. Nichts gegen romantische Gesten, aber der Kammerdiener muss sie in

unserem Garten gebrochen haben, das finde ich nicht schön von ihm.

Doch jetzt zur zweiten Unterrichtsstunde. Ich habe eine wunderbare Ballade geschrieben, sehr unheimlich und mit einem herrlichen Mord, aber der Herr Geheimrat war dann doch nicht zufrieden. Er sagte wieder sehr oft »hm, hm«.

Er komme jetzt zum nächsten wichtigen Punkt. Wahre Dichtung müsse nämlich historisch sein. Das heißt, der Dichter muss das erlebt haben, nicht ganz genauso, aber eben historisch. Das sei der Ursprung. Und mir merke man leider an, dass ich das nicht echt und historisch erlebt hab, was ja auch kein Wunder sei bei einem Freifräulein, das habe natürlich einen eingeschränkten Blickwinkel auf die Welt, darum können ja Frauen auch nicht schreiben, höchstens über Blumen.

Und dann dieser Mord, der sei ganz schlecht, sagte Goethe. Geschichten mit Morden, das fände kein Publikum, das sei keine Literatur, und das Publikum möge das auch nicht, das wolle er mir gleich zu Anfang sagen. So richtig gute wertvolle Literatur, könne eben unheimlich sein, ohne dass es zu Morden kommt, ein Mord sei ein eher billiges Mittel, um Spannung zu erzeugen, und er verwies wieder auf seine langweilige Ballade mit dem Mann, der baden will.

Der Goethe sah aber nachdenklich aus, als er das sagte, und dann nahm er mir meine Notizen weg und sagte, ich solle jetzt mal was anderes schreiben, eine kreative Hausaufgabe, etwas über eine Blume. Und es solle Versform haben, nicht Kraut und Rübchen wie bei meiner Ballade, sondern Assonanz, Alliteration, was man mir halt so beigebracht habe. Vielleicht ein paar schöne bildliche Vergleiche, so etwas sei nicht schlecht.

Nun gut, liebes Tagebuch, ich schreibe also heute Nacht ein Blumengedicht. Vielleicht eins über eine Rose.

Noch etwas gibt es zu berichten: Ich weiß jetzt, wovor der Herr Geheimrat sich fürchtet. Heute wieherte wieder ein Pferd, und er wurde ganz fahl, da wollte ich ihn beruhigen und sagte, das sei nur die Post, da befiel den Herrn Geheimrat ein Zittern und ein Klappern wie bei einem losen Fensterladen im Sturm (schöner bildlicher Vergleich, oder, liebes Tagebuch?). Margret brachte ihm dann einen Brief, er erhob sich hastig und floh. Von wem mag der Brief wohl sein? Wer hat eine solche Macht über einen großen Dichter wie Johann Wolfgang von Goethe?

So, liebes Tagebuch, jetzt fange ich mit dem Gedicht an. Ich nenne es ›Die Rose von Hülshoff‹ und ich habe schon eine Idee ...

Burg Hülshoff,

L bes T

Es w   Meiner Ver   mit dem Geh-

fast   g   d   k

Ich weine, liebes Tagebuch. Meine Tränen netzen diese Seiten und schwemmen die ganze schöne Tinte weg.

Der Herr Geheimrat war streng und ungerecht. Mein Rosengedicht sei sehr damenhaft, es zeige, dass ich Sinn fürs Schöne, aber keinen Sinn für die Kunst besäße, und in der Wahl meiner Stilmittel sei ich naiv, völlig naiv, dieses »Röslein, Röslein« in der ständigen Wiederholung, das gehe dem Leser auf den Wecker, und diese Verkleinerungsformen, das sei was für Teekränzchen, dort sei mein Platz, und jetzt sei es gut, er habe es versucht, ich habe kein Talent, mehr könne die Adele Schopenhauer nicht von ihm verlangen. Ich wollte widersprechen, aber er sagte, ich hätte jetzt unter seiner tätigen Mithilfe immerhin ein nettes Gedichtchen geschrieben, das könne ich in

Kreuzstich auf ein Tüchlein sticheln oder was Damen sonst so machen, ihm reiche es jetzt, er habe jetzt wieder zu arbeiten.

Ich widersprach erneut und sagte, er solle mir ja eben beibringen, wie man echte, unheimliche, historische Balladen schreibt, und da verlor er die Geduld und schrie, wenn er es der Adele nicht versprochen hätte, würde er niemals seine kostbare Zeit mit einem derart unbegabten Frauenzimmer wie mir vergeuden, und dann hieß er seinen Kammerdiener zusammenpacken und brüllte, er werde noch vor Morgengrauen das Haus verlassen, er habe Besseres zu tun, immerhin erwarte die Welt eine neue große Ballade von ihm.

Ich weinte und flehte, er möge den Unterricht fortführen, immerhin hätte ich wirklich Fortschritte gemacht, aber er schickte sich an, das Zimmer zu verlassen, und als ich ihm hinterherlaufen wollte, nahm er die Zierteller von der Wand und warf sie nach mir.

Jetzt ist er weg, und ich bin verzweifelt, denn wie soll ich jetzt meine Ballade schreiben, so ganz ohne Hilfe?

Burg Hülshoff, 1. Oktober 1820

Liebes Tagebuch,
eine Woche ist seit der Abreise des Herrn Geheimrat schon vergangen. Mama war ein wenig erbost wegen seines plötzlichen Aufbruchs und wegen der zerdepperten Zierteller. Und heute, stell dir vor, da wiehert das Pferd im Hof, und wie die Post kommt, ist ein Brief an den Herrn Geheimrat dabei, mir schien, es war dasselbe Siegel wie das, das damals solchen Schrecken verbreitet hat. Ich war sehr neugierig. Margret hat ja strikte Anweisung erhalten, sie solle alle seine Post nachschicken an ein Gasthaus im Venner Moor, aber Margret war

nicht da, vermutlich saß sie wieder in ihrer Dienstboten-kammer und heulte sich die Augen aus wegen dem Kammerdiener.

Entschlossen erbrach ich das Siegel und las. Der Brief war sehr interessant. Der Absender war ein gewisser Johann Friedrich Cotta, der anscheinend der Verleger vom Herrn Geheimrat ist.

Er, also der Verleger, freue sich sehr, dass der Aufenthalt auf dem Lande sich so inspirierend auf ihn, also den Goethe, auswirke, besonders nach dieser unverzeihlich langen Schaffenspause. Das Gedicht mit der Rose gehöre zu dem Besten, was der Herr Geheimrat seit seinem ›Werther‹ fabriziert habe, dieses »eindringliche Röslein, Röslein, Röslein rot« in dieser unvergleichlich frischen Naivität, ganz wie von einem jungen Mädchen ... Diese Originalität! Das Publikum werde es lieben, und er habe es bereits in Druck gegeben. Nur den Titel habe er geändert, ›Rose von Hülshoff‹, das gehe gar nicht, dieser westfälische Mief, den das arme Röslein damit verströme, lasse sich schlecht vermarkten, er schlägt ›Heideröslein‹ vor. Einverständnis des Herrn Geheimrats habe er einfach mal vorausgesetzt, immerhin sei der Lokalfaktor beim Verkauf ja ganz entscheidend. Ansonsten freue er sich, dass der Herr Geheimrat ja offenbar wieder gut dabei sei, das sei ein guter Zeitpunkt, um ihm noch einmal die Fortsetzung vom Wilhelm Meister in Erinnerung zu rufen, das Publikum verlange danach, man könne als Titel etwas mit hohem Wiedererkennungswert nehmen, er schlüge ›Wilhelm Meisters Wanderjahre‹ vor. Und wegen der zugegebenermaßen nachlassenden Spritzigkeit seiner erzählenden Prosa möge der Herr Geheimrat sich keine Gedanken machen, das Publikum sei tolerant und es liebe ihn, vor allem aber liebe es nun mal Serien, und die Lektoren seien ja auch noch da und würden das Kind schon schaukeln. Er verbleibe mit besten Grüßen und nebenbei, was denn die angekündigte Ballade mache, er sei schon ganz gespannt.

Ich faltete den Brief einigermaßen überrascht zusammen und überlegte. Das war also der Mann, der soviel Angst und Schrecken verbreitete. Cotta, der Verleger. Daran, dass die ›Rose von Hülshoff‹ jetzt unter einem anderen Titel und vor allem unter Goethes Namen erschien, konnte ich ja offenbar nichts mehr ändern. Aber … Ich konnte es mir bezahlen lassen. Ich würde den Herrn Geheimrat im Venner Moor aufsuchen und ihn zwingen, mit dem Balladenunterricht fortzufahren. Jetzt war er in meiner Hand. Laut brüllte ich nach Margret.

Also, liebes Tagebuch, gleich geht es los, Margret packt eben die Koffer, was wir der Frau Mama erzählen, weiß ich noch nicht so recht, aber schnell muss es gehen, im Hof scharren schon die Pferde mit den Hufen.

Auf Wiedersehen im Venner Moor, liebes Tagebuch!

Venner Moor, 4. Oktober 1820

Liebes Tagebuch,
herrlich ist's hier im Moor und auch ein wenig schaurig.

Das Gasthaus haben wir schnell gefunden. Ich zeigte dem Wirt meine Kohlezeichnung vom Goethe, und der wiegte den Kopf und meinte, ganz sicher sei er nicht, weil der Herr immer Wert auf gemessenen Abstand zu allen Leuten lege, außer zu seinem Diener. Da wusste ich: Jetzt hab ich ihn. Während die Margret unsere Koffer ins Zimmer brachte, erzählte ich dem Wirt noch schnell das mit dem Schneidezahn.

Die Margret traf inzwischen oben bei den Zimmern den Kammerdiener und kam dann mit einiger Verspätung und mit hochroten Wangen wieder und berichtete, der Herr Geheimrat sei im Moor, wegen der Inspiration für seine neue Ballade. Wir rannten los. War echt nicht schlecht, so übers Moor zu gehn, ja, sogar schaurig. Es war auch viel zu sehen, Heiderauche, Röhricht, Riesenhalme, ja, gar eine gespenstische Melodei hab ich gehört, und nach Torf roch es, wirklich sehr interessant alles, aber nicht gerade das, was wir suchten, wir suchten ja den Herrn Geheimrat. Und wir fanden ihn.

Er saß auf einem Baumstamm und studierte ernst seine Notizen. Er war ganz schön überrascht, uns zu sehen, mich und Margret. Ich schrie dann gleich los.

Über das mit dem Röslein zuckte der Herr Geheimrat nur mit den Schultern, Schiller habe, als er noch lebte, auch wahnsinnig viel von ihm geklaut, beinahe alles eigentlich, so sei halt das Schriftstellerleben. Ich sagte, für jemanden, der jungen Freifräulein Gedichte klaut, schlage der Herr Geheimrat einen ganz schön frechen Ton an, ob das sein Verleger schon wüsste, die Adresse hätte ich ja jetzt. Da weinte der Herr Geheimrat und sagte, ich hätte ja keine Ahnung, immer sitze ihm der Verleger im Nacken wegen der Fortsetzung, was er denn machen solle, der Herr Cotta wolle, dass er einfach immer weiter schreibe, und niemand frage ihn, wie es ihm, also dem Herrn Geheimrat, dabei gehe, und das Publikum, das wolle keine Kunst, das Publikum wolle Serien, am besten noch mit Lokalfaktor, wegen der Vermarktbarkeit.

Ich sagte, das sei mir doch ganz egal, alles, was ich wolle, sei, dass wir weiter Balladenunterricht machen, ob wir damit beginnen könnten, hier und jetzt. Da lachte der Herr Geheimrat ganz gehässig auf und sagte, ich habe es wohl nicht verstanden, wahre Dichtung müsse historisch sein, und ich als Frauenzimmer habe da nun mal schlechte Karten, ich erlebte ja nun mal leider nichts von Belang. Ich fragte, ob es denn nicht viel eher um Originalität gehe, und ich dachte dabei an den Brief über das Röslein.

Da grinste der Herr Geheimrat bloß und schwang sich

aufs Pferd, Originalität gebe es ohnehin nicht, sagte er, nur Echtheit, und er schickte sich an davonzureiten, dann aber sagte er gar nichts mehr, weil ich ihn mit dem Spazierstock traf, mitten zwischen die Augen, er riss sie auf und sah mich an, dann fiel er vom Pferd wie ein Sack und versank im Moor. Ich stocherte noch ein wenig nach, um seine schöne Perücke zu retten, zum Glück gelang es mir. Ich gab sie Margret, und die bugsierte sie vorsichtig in ihren Muff, sie war nur ein wenig schmutzig geworden. Gerade wollten wir los, zurück zum Gasthaus, da hörten wir hinter uns ein graues Schmatzen im Moor, als der Herr Geheimrat noch einmal auftauchte und den Mund öffnete für seine letzten Worte. Sie lauten … Ach, liebes Tagebuch, es will mir nicht aufs Papier. Und außerdem, ein bisschen was muss ich ja auch für mich behalten, auch wenn ich Dir sonst alles anvertraue.

Das Komische ist, dass niemand mich verdächtigen wird, weil der Geheimrat ja gar nicht fehlt.

Margret hat mich nämlich am nächsten Tag gerettet, und das kam so: Eigentlich wollte sie nur in das Zimmer des Geheimrats und seine Perücke zurückbringen, damit man die nicht bei mir findet. Dabei hat sie aber der Kammerdiener erwischt, aber das war nicht weiter schlimm, denn der fand ohnehin sie, also Margret, besser als den Herrn Geheimrat, und so kam sie erst auf die Idee … Er hat ihr dann auch geholfen, die Sache zu regeln. Es ist erstaunlich einfach, Margret hat nur die Perücke vom Herrn Geheimrat aufgesetzt, seine Kleider an und ordentlich Schminke ins Gesicht. Und weil ja ohnehin niemand nah an ihn herantreten soll, wegen seines fehlenden Vorderzahns, hat keiner den Unterschied gesehen, selbst ich nicht, wenn ich es nicht gewusst hätte.

Die Margret hat sich doppelt gefreut. Einmal natürlich, weil sie endlich wen abgekriegt hat, den Kammerdiener nämlich, und dann auch, weil sie jetzt alle mit »Herr

Geheimrat« ansprechen, und dann jeden Morgen ein hei-ßes Bad und das viele gute Essen, ganz so, wie der Herr Geheimrat es immer gehalten hat. Und Kerzenlicht hat sie in Hülle und Fülle, zum Schreiben natürlich, und dazu muss sie kein Silber mehr putzen, das macht jetzt der Kammerdiener.

Der Kammerdiener, den hat sie sicher. Er wird dicht-halten, denn wenn die in Weimar erst mitbekommen, dass da jetzt Margret unter all den Locken und dem Puder steckt, dann ist er seine Stellung los.

Burg Hülshoff, 13. Oktober

Allerliebstes Tagebuch!
Bei mir klappt es jetzt wunderbar mit dem Schreiben. Seine Notizen hatte der Herr Geheimrat auf dem Baum-stamm liegen lassen, die hab ich mir noch angeschaut und siehe: Es waren meine eigenen, versehen mit ein paar mehr Assonanzen und Alliterationen. Die hab ich aber nicht übernommen, ich finde, Klauen gehört sich nicht unter Schriftstellern. Ich hab einfach eine neue Ballade geschrieben, das ging ganz leicht, jetzt, mit der neu ge-wonnenen historischen Erfahrung.

Ich nenne meine Ballade ›Der Knabe im Moor‹. Ein bisschen lasse ich sie aber noch in meiner Schublade ru-hen, solange sie im Moor nach der verschwundenen Mar-gret stochern, wäre eine Veröffentlichung nicht ganz so passend.

Ach, die Margret … Ein bisschen Oberwasser hat sie jetzt ja schon. Nach dem vielen Lob für das ›Heidenrös-lein‹ hat sie die Schubladen vom Herrn Geheimrat durch-sucht und will aus den Resten noch eine Fortsetzung vom ›Wilhelm Meister‹ stricken. Der Verleger freut sich schon, er hat ihr auch einen schönen Vorschuss gezahlt.

Manchmal allerdings wache ich nachts auf und höre wieder dieses grause Schmatzen, als ob der Herr Geheimrat hinter mir auftaucht. Dann liege ich lange wach und bange, was wohl mit mir geschehen ist, da im Moor. Und dann denke ich manchmal, dass ich meine arme Seele dort verloren habe und Margret ihre auch …

Aber dann trinke ich ein Glas warme Milch und denke an Margrets Vorschuss auf den Wilhelm Meister und an meine herrliche Ballade, die irgendwann erscheinen und meine großartige Dichterinnenkarriere einleiten wird. Schon geht's mir wieder gut.

Ich finde, eine Seele ist ein geringer Preis für eine echte historische Erfahrung.

Ach, eins noch: Den Mord hab ich in der Ballade natürlich weggelassen. Denn mal ehrlich: Geschichten mit Mord – dafür gibt's doch kein Publikum!

Knipsen oder sehen?

Würden Sie es mir übelnehmen, Fräulein Marianna, wenn ich öffentlich ausplaudere, wie Sie uns neulich Ihre Reisebilder zeigten?

Man erlebt es immer und immer wieder: beim schwarzen Kaffee redet jemand von Reisen oder Ferien, und wenn er auch nur in unserer zweiten Schweizerheimat gewesen ist, nämlich in Italien, so horcht man, als säße ein Odysseus auf der Couch, um seinen soundsovielten Gesang von fremden Ländern anzuheben; zumal die Weniggereisten schauen dann auf den Mund, der ihnen jene ersehnte Landschaft herzaubern sollte.

»– und dann kamen wir also ans Meer, wissen Sie, und dieses Meer – ja, dieses Meer – Übrigens, ich habe ja Aufnahmen gemacht!«

Oder hört man das nicht überall, diese klägliche Hilflosigkeit, wenn sich die Leute an diese Schwarz-Weiß-Papierchen halten müssen, weil sie nicht erzählen können? Wer kann überhaupt heute noch erzählen! Matrosen habe ich einmal zugehört, deren freien Bilderstrom manche berühmte Romanschriftsteller beneiden müßten; oder bisweilen trifft man einen alten Hüttenwart, der eines Abends, wo kein Radio redet, gesprächig wird und dann ein Bergereignis, vielleicht ein Gewitter am Gipfelgrat, derart schildern kann, daß man droben ist und einem Herzschlag nahekommt. Aber wenn Sie diese Reiseleute, die jeden Sommer ein Album vollknipsen, zum Erzählen auffordern: wie erinnerungsbankrott sind sie, sobald sie ihr Album nicht mithaben, und wie arm an

Worten, wo sie doch so viel von der Welt gesehen haben!

Gesehen?

Wie Fräulein Marianna also ihre sauberen Bilderchen zirkulieren ließ, sagte ein älterer Herr: »Ach, wie herrlich, da sieht man sogar das Finsteraarhorn!« Aber Fräulein Marianna, welche dieses Bild aufgenommen hatte, schien sehr erstaunt; und als der Herr die Aufnahme zurückbot, um ihr die schöne Spitze des Finsteraarhorns im Hintergrund zu zeigen, sagte sie halblaut, indem sie rasch ein nächstes Bild weitergab:

»Fabelhaft, das habe ich damals gar nicht gesehen.«

Nun, das ist wohl nicht selten, daß die Kamera in einer Fünfzigstelsekunde mehr sieht als der Mensch in dreiwöchigem Ferienaufenthalt. Und dann sagen Sie, daß Sie Ihren Photo auf die Reise mitnähmen? Mir scheint, daß Ihr Photo vor allem die Reise macht und Sie nur mitgenommen werden als Abdrücker.

Wir wissen auch, wie das an Ort und Stelle zugeht: schönstes Beispiel ist mir immer die Akropolis, wo man nicht nur die Antike erleben kann, sondern ebenso eindrücklich auch die Moderne, ja, mindestens einen Tag muß man am Parthenon sitzen: mit dem Rücken gegen das Kunstwerk, um ausschließlich die Parthenonbetrachter zu betrachten.

Ich erinnere mich an ein Paar, vermutlich auf der Hochzeitsreise: als sie durch die weißen Propyläen heraufkamen und die Stätte erblickten, nahmen sie ihren Blick sofort wieder vom Tempel weg: denn sie brauchten ihn für hunderterlei anderes: ein Stativ wurde ausgezogen, nur noch durch den Belichtungsmesser sahen sie den Tempel, längere Beratung und Abwarten, bis die Sonne nicht ins Objektiv fiele, dann ein Druck mit dem Daumen und erledigt. Man sah ihnen die Beruhigung an, als sie den Rest ihrer Zeit fürs Zusammenpacken verwenden mußten, dieses gute Gewissen, daß sie die Akropolis »hatten«, die anzusehen sie keine Zeit finden konnten, diese Sklaven ihrer Kamera.

Je mehr Photoapparate auf der Welt sind, um so weniger Menschenaugen gibt es; je mehr Filme entwickelt werden, um so unentwickelter bleibt die Erinnerung.

Nein, ich kann mir nicht helfen: dann beneide ich etwa einen alten Phönizier, der hinsegelte ins Aufregend-Unbekannte, vielleicht nur ein einziges Mal in seinem Dasein und als ein Auserlesener von tausend Volksgenossen, die nachher wissen wollten, was er am Ende der Welt gesehen hatte; aber er hatte keinen Film und keine Photokamera und auch keine Journale, die seine Berichte verbreiteten und aufbewahrten, nein, eine ganze Welt mußte er nur in sein Gedächtnis schreiben. Gott, wie muß ein solcher Mensch geschaut haben, wenn er an eine niegewußte Küste kam, fühlend, daß er nichts mitnehmen konnte von diesen Wundern, nichts als seine menschliche Erinnerung! Wie liebend müssen solche Menschen alles, alles gesehen haben, wo sie doch nur ihr Auge hatten, wie tief und geräumig muß dann ihr Erinnern gewesen sein, wenn sie als alte Männer wieder in ihrer Heimat saßen, umringt von Welthungrigen und Fragenden, welche die letzten Wunder wissen wollten; aber dann gab es nur das gesprochene Wort, kein Bilderalbum und kein versendbares Buch, nur seine lebendige und gegenwärtige Erzählung: wie gewaltig und heilig muß das Wort noch gewesen sein, wo es das Einzige war und vergänglich mit dem Erzähler! Und wie hatten damals die Hörenden noch hören können, da sie nichts als Ohr waren!

Auch heute, wo wir über Gibraltar hinausfahren, wissen wir noch nicht, wie der Rand der Welt aussieht, und wenn heute ein Ahnender, der jenes Weltende in seinem Innern erfährt, von den letzten Wundern erzählte – fehlt es unsern Zeiten an Dichtern und Sehern? Oder an Zuhörern, welche die innere Schaukraft besäßen, damit ihnen das Wort alles gibt, nämlich nicht nur Begleittext in einer Bilderzeitung, sondern tönendes Leben?

Fräulein Marianna zeigte auch ein ganzes Album von hiesigen Sonntagsausflügen, und ich mußte an die Paare denken, die in den Frühling hinauswandern mit umgehängten Photoapparaten: um etwas anfangen zu können mit dem grünen Zauber ringsum. Das ist doch wohl die Urquelle aller Knipserei, dieses echt künstlerische Bedürfnis in jedem Menschen: man verzweifelt, wenn man die Schönheit immerzu verliert, weil sie uns zwischen den Fingern zerrinnt, diese ganze Welt, weil wir einfach nicht das Wort oder den Strich finden, womit wir sie festhalten könnten: dann erst wäre es eine gebannte Schönheit, die nicht mehr quälend ist wie die Wirklichkeit, sondern geformt und herausgerückt aus der Zeit, aus diesem unaufhaltsamen Verströmen aller Dinge ringsum.

Aber spärlicher werden die Menschen, die dann einen Bleistift nehmen und immer wieder versuchen, jenen geliebten Bergzug im Umriß mitzunehmen, die also zeichnen, ohne ans Kunsthaus zu denken. Richtige Dilettanten, wie schön kann das sein, wenn ihnen in der Liebhaberei die Bescheidenheit bleibt, das heißt: wenn man nicht fragt, was diese ungeschickten Striche der Welt bedeuten, sondern glücklich ist, daß man in diesen paar Stunden die Landschaft inniger genießt, indem man ihr seine ganze Kraft hingibt.

Was dabei herauskomme?

Und wenn man jedes fertige Blatt zerreißen muß, weil man nach der Ernüchterung seine zeichnerische Machtlosigkeit einsieht und das Erlebnis nicht hat festhalten können, wie man es mit einem flüchtigen und herrlichen Falter tut, so wäre mindestens eines herausgekommen: Man war gezwungen zum Sehen. Und wieviel hat Ihnen dann ein Berg offenbart an niegewußten Formen, wenn

Sie erst um ihn warben, lange und leidenschaftlich, indem Sie ihn zehnmal nachzuzeichnen versuchten! Ach, und wie überraschend, wie rätselvoll und wunderreich ist irgendein Baum, wenn Sie ihn ein einziges Mal gesehen haben, wahrhaftig gesehen, ob er sich dann auf dem Blatt oder nur in Ihrer Erinnerung abgebildet habe, ja, wie lernen wir das Staunen vor aller gewachsenen Form!

Aber das Knipsen geht schneller: es frißt nur und verdaut nicht. Und dann sagt man immer: Eine gute Photo gibt mir mehr als eine schwache Zeichnung. Wirklich? Mehr Oberfläche gibt sie, vom Wesen aber erfaßt sie überhaupt nichts, Fräulein Marianna, sie bringt die verlorenen Dinge unserer Seele nicht näher, bestenfalls ist es Augenschmaus, was Sie da zeigen: Landschaftskonserven.

Gebe Ihnen Gott, daß Sie auf Ihren diesjährigen Sommerwanderungen einmal Ihre Kamera verlieren und dafür Ihre Erinnerung länger belichten, daß Sie in Ermangelung der Glaslinse einmal Ihre Augen auf Unendlichkeit einstellen! Ich versichere, daß ich keine Prozente habe bei der Bleistiftfabrikation, und falls Sie mir böse sind, lieber Herr Photohändler, so überschätzen Sie unsereinen erheblich: wenn sich auf Grund dieser Plauderei auch nur ein einziger Mensch ändern würde, sehen Sie, dann würden wir nicht mehr plaudern, sondern predigen – unendlich Wichtigeres.

Gute Menschen

Ich frage mich schon lange, was die Menschen wohl dazu treibt, auf neue Erfahrungen versessen zu sein. Ich weiß es nicht. Ich bin ein träger Mensch, ich war es schon als Kind. Mochten die anderen Baumhütten bauen, Wälder durchstreifen, Obstgärten plündern, sich von den Söhnen der Nachbarn untersuchen lassen, Kleider für ihre Puppen nähen oder aus Sand, Dreck, Gras und Ästchen mehrgängige Mittagessen für ihre Puppenfamilien kochen: Ich lag lieber in meinem Zimmer und ließ die Zeit verstreichen.

Müßte ich mein Wesen in einem Begriff zusammenfassen, gibt es keinen Zweifel, was ich wählen würde: Trägheit. Andere Menschen mögen Abwechslung brauchen. Ich nicht. Mein Ort ist das Bett, der Sessel vor dem warmen Heizkörper oder noch lieber vor einem Kamin, in dem ein Feuer brennt. Es macht mir nichts aus, mich zu langweilen. Es macht mir etwas aus, gestört und in Aktivitäten getrieben zu werden, die mir nicht liegen.

Warum habe ich dann die umständliche Reise auf die schottische Isle of Mull auf mich genommen? Weil ich keine Lust hatte, schon wieder meine Sommerferien für die Pflege meiner gemütskranken Mutter zu opfern. Weil mir selbst der Gedanke, täglich mehrmals mit ihr zu telefonieren und mir ihr Gejammere anzuhören, zuwider war. Und weil mir die undeutliche Fotografie des Blockhauses in der Broschüre gefiel, die für die »Whale-Watching-Week« warb. Das Haus stand offensichtlich direkt am Meer und wurde nur durch eine Zeile grober Felsblöcke vor dem offenen Atlantik geschützt.

Als ich in Glasgow aus dem Flughafen trat, regnete es. Und als ich in Oban die kurze Strecke vom Bahnhof zum Hafen der Fährschiffe zurücklegte, regnete es auch. Daß Oban nicht bloß aus jener Handvoll Häuser besteht, die sich um das Hafenbecken drängten, sollte ich erst auf der Rückreise feststellen: Am Tag meiner Ankunft brachte der Nebel den größten Teil der Stadt nämlich kurzerhand zum Verschwinden. Die Fähre der Caledonian-Line fuhr stampfend in eine graue Wand hinein, die sich hinter uns sofort wieder schloß. Das Meer konnte ich nur sehen, wenn ich mich über die Reling beugte und die Augen zusammenkniff: Allerdings waren die Windböen so kalt, daß ich mich bald in eines der Restaurants auf dem Oberdeck setzte, um mich auf die gemaserte Fläche meines festgeschraubten Tisches und den schlammfarbenen Kaffee zu konzentrieren, der in meinem Becher hin und her schwappte.

Als ich in Craignure auf Mull von Bord ging, schüttete es. Der Wind trieb den Regen bald in diese, bald in jene Richtung und schwang ihn wie eine große nasse Gardine zwischen den Leuten hin und her, die mit gesenkten Köpfen auf die Busse und Autos zuliefen. Obwohl ich den Jeep der »Sea World Surveys« sofort erkannte, stellte ich mich zuerst einmal unter das Vordach des Souvenirshops, um abzuwarten, wie sich die Dinge entwickelten. Offen gestanden dachte ich daran, gleich mit der nächsten Fähre nach Oban zurückzufahren und meine Ferien in einem gemütlichen Hotel in Glasgow hinter mich zu bringen. Mir war übel, und ich hatte nasse Füße. Mein Gesicht war taub vor Kälte, ich traute mich kaum, die Lippen zu bewegen, um herauszufinden, ob ich noch sprechen konnte. Der Himmel war schwarz, das Meer, soweit ich sehen konnte, auch. Ein Schauder leiser Panik durchlief mich. Immerhin schien sich das Ganze zu einer Art Abenteuer zu entwikkeln. Die Stimmung war unheilvoll. Dann riß der Nebel plötzlich auf, und es zeigte sich, daß direkt hinter den Häusern ein begraster Berg wie eine Wand in die Höhe wuchs. Abgesehen von einer kreisrunden Wiese, die im Sonnenlicht lag, als werde sie von einem einzelnen Scheinwerfer angestrahlt, lag der Felsklotz im Dunkeln und wirkte entsprechend bedrohlich und unnahbar. Die Wiese dagegen leuchtete verheißungsvoll. Im selben Augenblick, wie sich der Nebel lichtete, sprang der Motor des Jeeps an, und der schlammverspritzte Wagen fuhr los. Seine Scheiben waren beschlagen. Dieser Anblick hatte etwas Endgültiges, ich fühlte mich ausgeschlossen und verlassen. Darum trat ich rasch auf den Parkplatz hinaus und hob die Hand. Der Jeep hielt sofort an, die Fahrertür sprang auf. Die Frau, die ausstieg und auf mich zukam, war vielleicht zwanzig, auf jeden Fall aber höchstens halb so alt wie ich. Sie trug einen roten Anorak, Jeans und Gummistiefel.

»Anita Bechtler?« fragte sie.

Ich nickte. Ihre dunklen Haare waren unregelmäßig geschnitten. Sie war nicht geschminkt und sah mich prüfend an.

»Lynda. Sea World Surveys. Du gehörst zu uns.«

Wir gaben uns die Hand, und sie nahm meine Tasche und verstaute sie im Laderaum des Jeeps. Auf dem Rücksitz saßen zwei Frauen in meinem Alter, die mich vorwurfsvoll ansahen, gleichzeitig aber nickten. Sie wirkten erschreckend widerstandsfähig und entschlossen. Im ersten Moment hielt ich sie für Zwillinge. Beide hatten eigelbe Regenjacken mit pelzgefütterten Kapuzen sowie Handschuhe an. Die Frau, die vorne saß, nahm mich erst zur Kenntnis, als ich die Beifahrertür öffnete. Sie hob mir ihr Gesicht entgegen und sah mich völlig unbeteiligt an. Die Gläser ihrer Hornbrille vergrößerten ihre feuchten Augen auf eine derart groteske Weise, daß ich zurückschreckte. Die Frau war bestimmt nicht über dreißig, wirkte jedoch völlig erloschen. Sie hatte die ungesündeste

Gesichtsfarbe, die man sich denken kann, ihre Stirn war mit entzündeten Pickeln übersät. Außerdem war sie alarmierend gekleidet: Ihr Anorak war mit vielen kleinen Walen oder vielleicht auch Delphinen bedruckt, darunter trug sie einen rosa Plüschpulli. Ich sah der Frau an, daß sie nicht wollte, daß ihr jemand zu nahe kam. Also drückte ich die Tür vorsichtig zu und stieg hinten ein.

Die Fahrt von Craignure nach Dervaig, dort befand sich die Wal-Station, dauerte fast eine Stunde. Lange genug, um mir darüber klarzuwerden, daß ich die Frauen, abgesehen von Lynda, nicht mochte. Offensichtlich legte das Trio Wert darauf, als Tierschützer ernst genommen zu werden. Sie wollten etwas Abenteuerliches erleben und gleichzeitig Gutes tun.

»Wir finden nämlich, daß es wichtig ist, Solidarität mit unseren bedrohten Tierarten zu bekunden«, sagte Penny, die links von mir saß.

»Und sich selbst von einer neuen Seite kennenzulernen«, meinte Maureen und stieß mich mit dem Ellbogen an.

Sie kamen beide aus Oxford, kannten sich seit Ewigkeiten und sprachen ein verkniffenes, herablassendes Englisch, das mich zum Lachen reizte.

»Die zwei Männer haben übrigens abgesagt«, sagte Antje vom Beifahrersitz mit matter Stimme. Sie stammte aus Norddeutschland und hatte sich von den beiden Oxforderinnen belehren lassen müssen, daß ihr Englisch deutlich schlechter sei als meines, leider.

»Welche Männer?« fragte ich.

»Die, die sich ebenfalls angemeldet hatten«, erklärte Antje und drehte sich nach mir um, »elende Feiglinge.«

Der Regen hatte mittlerweile nachgelassen. Wir fuhren über eine Hochebene, in der es nichts gab. Nichts als kümmerliches Gras, eingestürzte Scheunen oder Häuser, schadhafte Zäune und Hunderte von Schafen, die sich nicht um uns kümmerten. Aber das Licht war zauberhaft. Warm und gelb flutete es schräg über die Landschaft, selbst das Gesicht von Penny war mit einemmal weich und entspannt. Schön? Nein, schön war es noch immer nicht. Aber zumindest weich. Oder doch nicht. Weil es nämlich schon wieder dunkel wurde, finster. Waagrecht zogen Regengarben über den gottvergessenen Landstrich, prasselten über unsere Frontscheibe.

»Wir sind bald da«, sagte Lynda.

Sie hatte während der ganzen Fahrt kein Wort gesagt. Ich sah ihr im Rückspiegel an, daß sie sich in Gedanken an einem anderen Ort befand. Ihr Lächeln war nachsichtig, immerhin lebte sie von unserer Kursgebühr.

Kurz darauf wand sich die Straße in engen Serpentinen talwärts, wir drei auf der Rückbank kippten einträchtig nach rechts und nach links, und ich stellte fest, daß Penny und Maureen das gleiche Parfum verwendeten. In einem Garten stand ein Mann, der uns mit einer Schaufel hinterherwinkte, neben ihm war ein Esel angepflockt. Jetzt lag aufgefächert das Meer vor uns, glitzernd und blinkend wie erwartet. Aber halt doch auch grau. Grau wie Elefantenhaut. Natürlich stießen die drei anderen Teilnehmerinnen trotzdem Laute des Entzückens aus, Penny schlug sich begeistert auf ihre Thermohose, daß es nur so schnalzte, während mir Maureen mehrmals ihren knochigen Ellbogen in die Seite schob. Und Antje hatte Tränen der Rührung in den Augen. Nein, hatte sie nicht, aber ich hätte es mir durchaus vorstellen können. In ihrem Pullöverchen.

Wir fuhren durch ein Dorf, vorbei an einem bunt bemalten Lebensmittelladen und an einem Pub, der aussah, als stürze er demnächst in sich zusammen. Vor dem Lokal standen Männer, die uns zuprosteten.

»Sehen sie nicht wie Schotten aus?« lachte Maureen.

»Es sind Schotten, Schätzchen«, sagte Penny.

Danach ging es durch ein Wäldchen, vorbei an liebevoll hergerichteten Steinhäusern, bis Lynda schließlich auf eine Schotterstraße bog, die nach wenigen hundert Metern zur Karrenspur wurde.

»Festhalten«, sagte Lynda.

Wir wurden tüchtig durcheinandergeworfen, Antje kreischte halbherzig und warf ihre Ärmchen in die Höhe. Lynda sah mich im Rückspiegel an, ich hatte eine Verbündete. Die Karrenspur führte quer über eine ungemähte Wiese auf eine Bucht zu, dem Traum jedes Binnenländers: Bewaldete Hügelflanken drängten das Meer zur Breite eines Flusses zusammen, ließen gleichzeitig aber den Blick frei auf den Atlantik und seine Wellen. In der Bucht selbst ragten Felsbuckel aus dem ruhigen Wasser, ich ahnte, was die beiden, die mich in der Zange hatten, dachten: Wale, dachten sie, leibhaftige Wale, wenn das nicht der perfekte Auftakt ist! Penny und Maureen atmeten gleichzeitig tief ein und aus, packten meine Unterarme und rissen sie in die Höhe, als sei ich diejenige, die unbedingt jubeln wolle. Ich gebe zu, daß ich mich nach dem Blockhaus umsah, dem Stübchen mit dem Sessel vor dem Ofen, dem bullernden, und der Aussicht, der sagenhaften, die eigentlich gar nicht zu beschreiben ist. Aber im selben Augenblick bog Lynda auf eine weitere Karrenspur, die zuerst in einen düsteren Wald führte und danach, ich schwöre es, über einen Müllplatz. Unsere Enttäuschung stand greifbar im Wagen, die Luft jedenfalls war mit einemmal schwer, dumpf und kaum zu atmen. Am Rand des Müllplatzes hielten wir vor dem Blockhaus, das ich auch sofort erkannte. Selbst die Felsblöcke lagen da, aufgereiht und eindrucksvoll in ihrer Wucht. Durch den Maschenzaun, der uns von der Müllhalde trennte, drückte der Abfall, wollte sich weiter ausbreiten, wachsen.

»Das hättet ihr jetzt aber nicht erwartet, was?« sagte Antje spitz und sah sich nach uns um.

»Du hast es gewußt«, stellte ich fest.

»Weil ich nämlich schon mal hier war, darum«, sagte sie nicht ohne Stolz.

Was ich aufgrund der Fotografie für das Meer gehalten hatte, erwies sich als kleine Anhöhe, die über und über mit einer kniehohen Pflanze bewachsen war. Ich habe keine Ahnung, wie diese Pflanze heißt, aber sie erinnerte mich an eine Kiefernart, die ich aus den Alpen kenne. War ich hier nicht am Meer? Nein, war ich eben nicht.

Das Zimmer war etwa so groß wie das Bad in meiner Wohnung. Aber wie die Dinge lagen, konnte ich froh sein, daß es ein Einzelzimmer war. Den Sessel, den gemütlichen, den man nie mehr verlassen will, gab es nicht, an den Ofen hatte ich sowieso nicht geglaubt. Über dem Bett hing ein Wandteppich mit abstrakten Motiven in Orangetönen, über dem Waschbecken ein Spiegel, der nicht größer war als ein Bierdeckel. Der Blick aus dem Fenster ging auf eine leere Wiese, ich hätte es aber auch schlechter treffen können: Aus dem Doppelzimmer, das sich Penny und Maureen teilten, sah man auf drei Abfallcontainer, die man zwischen das Blockhaus, die Felszeile und die Anhöhe gezwängt hatte. Zwischen den Felsblöcken roch es ungesund, das hatte ich überprüft. Ihr Zimmer war übrigens nicht größer als meines. Dafür waren ihre zwei Wandteppiche in Blautönen gehalten, was freilich auch nichts half – was die Größe des Wandschrankes, die Härte der Matratze sowie die Farbe des Fußbodens betraf (senfgelbe Auslegeware mit dunkelbraunen Ellipsen).

Das Schaumbad, das mich wahrscheinlich einigermaßen versöhnt hätte, fand leider auch nicht statt. In der Broschüre war allerdings ausdrücklich von zwei Duschen die Rede gewesen. Als ich das Bad betrat, stieg eine fröhlich zwitschernde Penny aus der Kabine in der Ecke, nicht daß ich es darauf angelegt hätte. Auf eine Dusche hatte ich schon vorher keine Lust gehabt, wirklich nicht. Ich legte mich rücklings auf das Bett, wartete ab und döste ein. Ich sitze auf meinem handtuchgroßen Balkon, die Dächer dunstig, der Himmel glasig und leicht, Sonntagssonne auf dem nackten Bauch, und tue so, als hörte ich nicht, daß das Telefon klingelt und klingelt, es hört gar nicht mehr auf, Mutter hat Geduld. Wenn sie wüßte, daß ich sie direkt aus ihrem Krankenbett vom Balkon kippe. Vorbei an den Eternitkästchen mit den verblühten Geranien. Sie dreht sich in der Luft und schreit, aber das hilft ja alles nichts, gleich schlägt sie auf, gleich. Im Hof, auf der Haube meines zitronengelben Fiats. Dort liegt sie auf dem Rücken, im Schatten der Buche, die sich über sie neigt, aber das sieht sie schon gar nicht mehr. Was sie sieht, ist mein Gesicht über dem Geländer mit dem abgeplatzten Anstrich, und meine Augen, die sich ganz langsam schließen und wieder öffnen. Die Zeit verweht. Vaters Hände zittern, als er mir die Farbbilder seiner neuen Familie zeigt, der blasse müde Mann. Als ich erwachte, war es beinahe dunkel.

Das Telefon klingelte noch eine Weile, dann wurde abgehoben. Außerdem roch es nach angebratenem Fleisch und nach Zwiebeln. Auf der Wiese vor dem Fenster stand jetzt eine einzelne Kuh, die nachdenklich in den Abendhimmel sah. Ich blieb liegen, bis ich Schritte hörte, schwere Schritte, jemand kam den Flur hinunter, den Holzboden erschütternd. Dann verkündete eine Männerstimme, das Abendessen sei bereit. Die Kuh sah immer noch in den Himmel, der am Horizont nun eine rosa Färbung angenommen hatte. Habe ich erwähnt, daß es nicht mehr regnete?

Der Eßtisch stand mitten im Aufenthaltsraum und bot mindestens zwanzig Gästen Platz. Das »Sea World Survey« hatte also schon bessere Zeiten gesehen. Das bewiesen auch die Farbfotos, die neben Seekarten und Plakaten der diversen Wal-, Fisch- und Vogelarten an den Wänden hingen. Auf den meisten dieser Fotos standen die Teilnehmer früherer »Whale-Watching-Weeks« bei verschiedensten Wetterlagen dichtgedrängt auf der Aussichtsplattform eines Hochsee-Bootes, dessen Name ich erst auf einem vergrößerten Bild lesen konnte: »MV Alpha Beta«. Auf anderen Fotos standen sie an Stränden und deuteten auf Tiere, die wie Seehunde aussahen, beugten sich über irgendwelche Steine oder Muscheln, saßen um Feuer oder in einem schwarzen Gummiboot. Zwei Dinge aber waren auf allen Bildern gleich: Die Gruppen umfaßten nie weniger als zehn Teilnehmer. Und alle Teilnehmer waren ganz offensichtlich ausgelassen, fröhlich, glücklich. Alle. Immer.

Penny und Maureen hatten sich umgezogen. Sie trugen blaue Trainingsanzüge mit weißen Kapuzen und Tennisschuhe. Und sie hatten sich die Lippen geschminkt. Antje saß bereits am Tisch, einen dampfenden Topf vor sich. Man sah ihr an, daß sie sich zu gerne ihren Teller gefüllt hätte.

»Wo ist Lynda?« fragte ich.

»Ißt zu Hause«, sagte Antje.

»Und der Kapitän des Schiffes?«

»Lynda *ist* der Kapitän«, sagte sie, »und ißt immer zu Hause.«

Sie machte eine vage Handbewegung, ganz die Gastgeberin, die uns aufforderte, Platz zu nehmen. Als ich den Koch und seine Assistentin sah, wußte ich, was es geschlagen hatte. Die Erfahrung hat mich gelehrt, daß es nicht immer falsch ist, seinen Vorurteilen zu vertrauen. Sie kamen mit einer Flasche Mineralwasser und einer Schüssel Maissalat aus der Küche. Stevie war bestimmt 120 Kilo schwer und sehr groß. Sein Schädel war kahl geschoren und sein Gesicht von Aknenarben gesprenkelt. Er trug ein

Unterhemd, hatte sich eine Schürze umgebunden und präsentierte uns seine Tätowierungen auf Armen, Händen, Rücken und Hals. Über dem rechten Auge hatte er eine schwarze 8 stehen, was immer dies bedeuten mochte. Seine Freundin hieß Birdy, und so sah sie auch aus. Sie war winzig und so unsicher, daß ich mich kaum traute, sie anzusehen. Beim Färben ihrer Haare hatte sie sich vertan, nehme ich an. Abgesehen von einem handgroßen Fleck auf dem Hinterkopf waren ihre Haare karottenrot. Der Fleck war gelb, also mir tat sie leid. Sie kamen aus Liverpool und lebten in einem verbeulten Wohnwagen auf dem Grundstück der »Sea World Surveys«. Später sah ich, daß an der Tür des Geschirrschrankes ein Zettel klebte, auf dem Birdy einen Teller sowie die Anordnung des Bestekkes aufgezeichnet hatte. Außerdem hatte sie die schematischen Darstellungen angeschrieben: Messer. Löffel. Gabel. Glas. Bis auf einige Schachteln Eier, mehrere Beutel Würstchen und Speck war der Kühlschrank leer.

»Stevie war früher drogensüchtig«, zischte Antje, nachdem die beiden wieder in der Küche verschwunden waren.

»Schade, ist er das nicht immer noch«, sagte Maureen trocken.

Das Essen selbst, also ich starb vor Hunger. Bis auf einen diagonal zerschnittenen und mit Räucherlachs belegten Toast im Flugzeug und einen diagonal zerschnittenen und mit Kochschinken belegten Toast auf der Fähre hatte ich den ganzen Tag nichts gegessen. Stevies *Chili con carne* war scharf, das hatte er also durchaus richtig hingekriegt. Unsere Nasen liefen, wir hatten Tränen in den Augen. Der Maissalat war aus der Dose, auf die Zubereitung einer Sauce hatte Stevie gnädigerweise verzichtet. Wein? Gab es keinen. Und auch kein Bier. Antje schob die Fleisch- und Bohnenpampe auf ihrem Teller hin und her und bildete Berge, die sie mit flinken Gabelbewegungen zerstörte, um sie an einer anderen Stelle des Tellers wieder aufzubauen. Wir sollten wohl den Eindruck erhalten, sie mache sich nichts aus dem Essen. Aber sie verputzte vier Portionen, wer weiß, wie sie dies in der kurzen Zeit anstellte, ich habe jedenfalls mitgezählt.

Kaum legten wir das Besteck neben die leeren Teller, kam Birdy aus der Küche geschossen und räumte den Tisch leer. Als Nachspeise gab es giftgrünen Wackelpudding und Kaffee, den ich zuerst für Tee hielt. Für den Abwasch spielten Stevie und Birdy Rockmusik auf ihrem Gettoblaster, das ganze Geschäft war nach zwei Songs, die genau gleich klangen, erledigt. Offenbar hatten sie es eilig, in ihren Wohnwagen zurückzukommen. Vor den Fernseher? Das hätte ich auch gerne getan: mich in meinem Lieblingssessel in meine Lieblingsdecke gewickelt, ein Glas Sherry getrunken, drei, vier Zigarettchen geraucht und mich über die Darsteller irgendeiner Serie lustig gemacht.

Wir saßen in einer braunen Sofagarnitur im hinteren Teil des Raumes und warteten auf Lynda und einen gewissen Mr Dougle, von dem uns ein Vortrag über Flora und Fauna der Isle of Mull angekündigt war. Ich hätte wahnsinnig gerne geraucht, traute mich aber nicht. Das Bücherregal, das sich über eine ganze Wand erstreckte, war leer, abgesehen von einigen Bildbänden über Wale und Delphine und stapelweise Broschüren, die für die »Whale-Watching-Week« warben. Auch Penny hatte eine Zigarettenschachtel in der Hand, die sie nervös bearbeitete.

»Gibt es hier ein Restaurant?« fragte Maureen.

»Wir brauchen Wein«, ergänzte Penny, »zum Essen.«

»The Drum and Monkey und das Delnashaugh Inn«, sagte Antie, »aber das Delnashaugh kann ich nicht empfehlen.«

»Das was?« fragte Maureen.

»Wir sind daran vorbeigefahren.«

»Mit den Schotten davor«, machte Penny.

»Das Roast Loin of Scotch Lamb, das sie im Drum and Monkey machen, ist hervorragend«, sagte Antje, nahm eine Schachtel Roth-Händle aus der Tasche ihres Plüschpullis und zündete sich eine Zigarette an.

»Darf man?« fragte ich.

»Rauchen?« schnaubte Antje verächtlich, »logisch darf man.«

Penny und ich steckten uns sofort eine Zigarette an.

Draußen war es jetzt stockfinster, außerdem regnete es wieder. Die Tropfen klopften behaglich über die Scheibe.

»Und Wein servieren sie auch, in diesem Dingsda?« fragte Penny.

»Logisch«, behauptete Antje.

Wir schwiegen und warteten auf Lynda und Mr Dougle, rauchten und hörten dem Regen zu. Ich war bestimmt nicht die einzige, die gerne gewußt hätte, was unser tätowierter Koch und seine winzige Freundin in ihrem Wohnwagen miteinander anstellten.

Das Licht war grau, als ich erwachte. In der Nähe schrien Möwen, und wenn ich mich anstrengte, hörte ich Stevie in der Küche hantieren. Wenn ich mich anstrengte. Ich blieb liegen, drehte mich immerhin auf die andere Seite, hörte dem Regen zu, schon wieder, lag warm und gut unter dem steten und durchaus einschläfernden Rauschen, das sich dann allerdings als die Dusche herausstellte. Als ich die Augen öffnete, schien nämlich die Sonne. Ich blieb vorerst trotzdem liegen, glitt zurück in den Schatten, und schon bald rauschte erneut das Wasser, rauschte verläßlich auf das Stoffdach meines Zeltes am Meer, das türkisblau durch meine geschlossenen Lider schimmerte, aber dann schob sich plötzlich der Zeigefinger meiner Mutter über das Bild gemächlich raschelnder Palmwedel, und gleich darauf saß sie vor mir, den alten Vorwurf im Blick: böse, böse Tochter. Es blieb mir nichts anderes übrig, als die Augen nun doch zu öffnen und aufzustehen. Nebenan rauschte schon wieder die Dusche. Türen gingen auf und zu, durch die dünne Stellwand hörte ich, wie sich Penny und Maureen über Mr Dougle lustig machten. Es war ihm letzte Nacht tatsächlich gelungen, die Leinwand zu entrollen, aber wie man sie aufspannte und festhakte, hatte er auch nach einer geschlagenen Viertelstunde nicht herausgekriegt. Mr Dougle trug Knickerbocker, einen Wollpullover mit kompliziertem Zopfmuster und Bergstiefel. Sein Gesicht war schmal wie ein Strick, seine Nase ein Schuhlöffel. Auf den Dias, die er uns stolz vorführte, war kaum etwas zu erkennen. Was freilich nicht wirklich störte, immerhin führte er die Rufe aller Vögel vor, die er uns da offenbar im Bild zeigte. Trat jedesmal zwei Schritt vor den Projektor, legte diesen oder jenen Finger an verschiedene Stellen seines Gesichts, ging in die Knie und legte los. Spreizte diesen oder jenen Finger ab, öffnete und schloß die Hand, die den Mund verdeckte, und produzierte die absonderlichsten Geräusche, also mir hat es gefallen. Manchmal arbeitete er mit beiden Händen und verbarg überhaupt sein ganzes Gesicht, und eben nicht bloß den Mund, um uns mit einem sanft an- und abschwellenden Zirpen zu erstaunen. Dann trat er wieder neben den Projektor und legte das nächste Dia ein. Das Karussell hatte er nämlich auch vergessen.

Das Sonnenlicht im Aufenthaltsraum war zu grell, um zu erkennen, wer schon am Tisch saß. Ich hätte mich fast auf Antjes Schoß gesetzt. Ich war die letzte, und ich war die einzige, die noch nicht die Montur trug, die uns Lynda am Vorabend empfohlen hatte: Anorak, Wollmütze, Schuhe mit flachen, aber griffigen Sohlen, beschichtete Hosen, Handschuhe. Garantiert hatten sie auch die Thermounterwäsche an, die man uns im Begleitbrief ans Herz gelegt hatte. Die Stimmung war gewaltig, jetzt ging es endlich los, hinaus aufs Wasser, und dann dieses phantastische Wetter! Die Wale, Delphine und Seehunde erwarteten uns. Und all die anderen natürlich auch: der Puffin und der Guillemot, der Razorbill, der Fulmar, der Storm Petrel. Und der Kittiwake sowieso. Ich hätte eben doch besser aufpassen sollen bei Mr Dougles Vortrag. Nur Stevie und Birdy wollten nicht recht zur verbreiteten Euphorie passen: Sie sahen ganz furchtbar verkatert aus. Wenn ich mich nicht irre, hatte Birdy sogar ein blaues Auge, aber ich kann mich auch getäuscht haben. Sie sagte jedenfalls kein Wort, flatterte hin und her und vermied es, uns anzusehen. Das Besteck lag auch am rechten Fleck. Und über den Eidotterfleck an meiner Tasse sah ich generös hinweg. Man will ja schließlich nicht am Ende Schuld tragen an Mord und Totschlag, am zweiten blauen Auge. Das Frühstück? Also Penny und Maureen waren begeistert. Penny schüttete Ketchup über die Spiegeleier und den Speck, Maureen über die weißen Bohnen und die verkohlten Würstchen. Es stellte sich heraus, daß der Tee Tee war und ein Toast, den man mit Ketchup bestreicht, ganz hervorragend schmeckt. Außerdem gab es gedünstete Pilze, warmen Haferbrei, Essiggurken und Rühreier. Die bittere Orangenmarmelade? Die gab es auch. Weniger wäre zuviel gewesen. Die Sonnenbahn wanderte gemütlich über den Tisch, die Zeit nahmen wir uns. Schließlich war nichts mehr übrig, nicht das kleinste Fitzelchen Toast, ich hätte mich am liebsten sofort wieder hingelegt.

Da öffnete sich die Tür, und Lynda erschien, in Begleitung von zehn, nein zwölf Menschen, die sich um den Eßtisch drängten und uns neugierig musterten, gefüttert waren wir zum Glück bereits.

»Tagesausflügler«, zischte Antje voller Verachtung.

Das hatte ich mir nun natürlich anders vorgestellt, nämlich so: Die »MV Alpha Beta« für uns alleine, die Aussichtsplattform, die geheizte Kabine mit der Eckküche, den geschützten Ausguckposten im Heck, die chemische Toilette mit Waschbecken.

Letztlich mußte sich die ganze Bagage dann wegen mir noch gute zehn Minuten gedulden. Die Wollmütze habe ich auch nicht gefunden.

Die See war dann nicht ganz so ruhig, wie sie sich uns präsentierte. Flach und seidenblau und nicht bewegt, ja nicht das kleinste bißchen gekräuselt. Es war eben doch der Atlantik, ich hatte es nicht anders erwartet. Wir waren eben aus der Bucht ins offene Wasser gelangt, schon wurde es den ersten Tagesausflüglern schlecht. Der ältere Herr, der neben mir im Heck saß, schüttelte vorerst ungläubig den Kopf, das ging mehrere Minuten so, dann steckte er ihn plötzlich verschämt zwischen die Knie, offensichtlich wollte er auf keinen Fall stören oder unangenehm auffallen. Den Boden hat er dann aber trotzdem vollgekotzt, meine Schuhe bekamen auch den einen oder anderen Spritzer ab. Er entschuldigte sich bei allen, in einer Kneipe hätte er garantiert eine Runde ausgegeben, vielleicht sogar zwei. Er ließ sich auch nicht davon abhalten, an meinen Turnschuhen herumzuputzen. Kurz darauf stellte ich mich mit dem Formular, das Lynda an die Teilnehmerinnen der »Whale-Watching-Week« verteilt hatte, auf die Aussichtsplattform und gab mir Mühe, wie jemand auszusehen, der angestrengt Ausschau hält. Wonach? Nach dem Minke Whale natürlich, dem Harbour Porpoise, dem Common-, dem Risso's- und dem Nose-Dolphin und dem Basking Shark. Sichteten wir ein Tier, hatten wir es zu identifizieren und mit der Uhrzeit und dem exakten Standort des Bootes in der entsprechenden Rubrik einzutragen. Antje stieß alle paar Minuten einen Schrei aus und zeigte aufs Wasser. Einmal war es eine Plastiktüte, sonst sichtete Antje Steine oder Bojen. Selbst Wellenkämme hielt sie für Delphine, aber da war sie nicht die einzige. Bald deuteten auch die Tagesausflügler alle paar Momente kreischend auf Wale, Delphine oder Seehunde. Penny und Maureen hielten sich genauso zurück wie ich, Lynda nahm die Statistik auch auf die leichte Schulter, wie mir schien.

Nach drei Stunden hatten wir noch keinen einzigen Wal oder Delphin zu sehen bekommen. Der Himmel hatte sich zugezogen, der Wind aufgefrischt, mir war erstaunlicherweise immer noch nicht übel. Die »MV Alpha Beta« wurde hochgehoben, sank tief zwischen Wellenberge und wogte überhaupt gehörig auf und nieder. Lynda lächelte milde, dabei wurde ihr Boot tüchtig eingesaut. »Gekotzt wird ausschließlich draußen«, hatte sie als einzige Order ausgegeben, »die Kabine bleibt sauber.« Einmal durfte ich das Boot sogar für ein paar Minuten steuern, Lynda mußte sich um einen Jungen kümmern, der aufgelöst in der Kabine saß und seinen Kopf nicht mehr aus einem Plastikeimer nehmen wollte.

Offenbar hatte ich meine Sache als Steuermann gut gemacht: Lynda ließ mich auch in den engen Meeresarm steuern, der sich einige Meilen weit ins Innere der Isle of Mull erstreckte. Wir würden in einer geschützten Bucht mit Sandstrand vor Anker gehen, um die mitgebrachten Lunchpakete zu verzehren.

Für die Einfahrt in diese Bucht übernahm Lynda das Ruder. Der Himmel hatte aufgeklart, die Regenwolken trieben rasch auf die offene See zu. Der Sand leuchtete gelb, auf dem Wasser tanzten Tausende winziger Lichtpunkte. Hinter dem Strand stieg das Gelände an und ging in eine Wiese über, weit und breit war kein Gebäude zu sehen. Lynda erzählte mir, daß weder eine Straße noch ein Wanderweg in diese Bucht führten. Wir setzten den Anker und machten das Gummiboot startklar, das wir die ganze Zeit hinter uns hergeschleppt hatten: Lynda würde uns in Vierergruppen an den Strand rudern. Und dort ging dann bestimmt das Pfadfinder- und Abenteuerspiel los. Sie würden Holz suchen, um ein Feuer zu machen, obwohl sie ganz genau wußten, daß rein gar nichts in den Lunchpaketen war, was man grillen oder braten konnte.

Der Junge mit dem Plastikeimer glaubte erst nach einer Weile, daß ihn das Gummiboot, das Antje angeberisch »Zodiac« nannte, wirklich an Land bringen würde. Lynda und Antje redeten so lange auf ihn ein, bis er in das schaukelnde Gummiboot stieg. Den Eimer gab er allerdings nicht aus der Hand. Ich nahm mir vor, mit der letzten Fahrt überzusetzen, wenn überhaupt. In der Kabine der »MV Alpha Beta« konnte ich mich doch viel besser einrichten: auf der gepolsterten Eckbank bei geschlossenen Gardinen dem Buch widmen, das ich mitgenommen hatte. Rauchen, die zwei belegten Brote, den Schokoriegel und den Apfel essen, dösen. Und dem geschäftigen Treiben der anderen aus sicherer Distanz zusehen. Um mich entsprechend darüber lustig zu machen, heimlich, einfach so für mich.

Da tauchten sie plötzlich auf.

Es müssen an die fünfzig gewesen sein. Tauchten wie auf Kommando auf und bildeten einen Kreis um unser Boot. Um sich aus der Nähe zu betrachten, was da die Ruhe ihrer abgeschiedenen Bucht störte. Antje war die erste, die sie bemerkte, das muß ich zugeben. Zuerst waren wohl bloß zwei oder drei aufgetaucht, um die Lage zu sondieren. Seehunde sind neugierige, aber vorsichtige Tiere. Antje bekam einen glasigen Blick, gleichzeitig fiel ihr Unterkiefer nach unten, ging ihr Arm in die Höhe. Wenigstens hielt sie diesmal den Mund. Offenbar waren wir den Seehunden recht. Sie ergriffen nicht die Flucht, sie kamen näher an das Boot heran, wobei sie traurige Schreie ausstießen. Sie waren überhaupt das Allertraurigste, was ich jemals gesehen hatte. Ihre glatten schwarzen Köpfe waren Totenköpfe, ihre kugelrunden schwarzen Augen die Augen toter Kinder, meine Güte. Und ihre Schreie, also ihre Schreie gingen nicht bloß mir durch und durch. Sie musterten uns, tauchten unter, um an einer anderen Stelle wieder zu erscheinen.

Mit einemmal wußte ich, was ich tun mußte, ich kann es mir bis heute nicht erklären. Ich ging an die Spitze des Bootes, stieg über die umlaufende Metallstange und ließ mich ins Wasser fallen. Das Gelächter und Geschrei waren natürlich riesengroß. Antje tippte sich gegen die Stirn, Penny und Maureen lagen sich im Arm, nur Lynda lächelte und winkte mir verschwörerisch zu.

Das Meer war viel kälter als die Schnauze des ersten Seehundes, der mich zaghaft anstupste. Die Haare seines Schnurrbartes waren dick wie Draht und doch weich, sein Kopf zart und haarlos wie der Kopf meines Vaters. Er gab ein leises Gurgeln von sich und tauchte unter mir weg.

Mir blieb nichts anderes übrig, als tief Luft zu holen und mich träge und mit geschlossenen Augen sinken zu lassen.

Schattenseiten der Ferienwohnung

Hotels sind gut. Aber brauchen wir eine marmorne Eingangshalle mit rieselnder Musik und lächelnden Damen an der Rezeption? Eigentlich nicht. Und das Frühstück ist selten das Geld wert, das uns dafür abgeknöpft wird. Also mieten wir ein Apartment. Da sind wir für uns und bleiben unbehelligt von klopfenden Putzkolonnen. Wir können es als unser Zuhause einrichten.

Laut Karte liegt es günstig. Beim ersten Durchschreiten allerdings wird unsere Begeisterung gedämpft. Die Einrichtung wurde sehr preisbewusst ausgewählt. Alles ist so hässlich, dass auch ein Kleptomane nichts mitnehmen würde. Beim Blick auf die Flecken wird uns bewusst, dass bereits andere hier gewohnt haben. Man vereinnahmt eine Ferienwohnung ungenierter als ein Hotelzimmer und lässt sich gehen. Wir nicht, aber unsere Vorgänger. Angesichts des dunkelbraunen Fußbodenbelags beschließen wir, hier auf keinen Fall barfuß aufzutreten.

Das Schlafzimmer hat ein Veluxfenster ohne Verdunkelungsmöglichkeit. Aber es soll ja gesund sein, mit der Sonne aufzustehen. Wir verschieben die Betten in eine andere Position, um der Einrichtung ein kleines eigenes Element zu geben. Im Badezimmer ahnen wir, dass die Handtücher hier erst gewechselt werden, wenn wir abreisen. Es nützt nichts, wenn wir sie auf den Boden werfen, um dem Personal das Signal zum Wechseln zu geben. Wir müssen sie selbst wieder aufheben. Über die Aufteilung der Ablagefläche werden wir uns schon einigen. Aber wie teuer und kostbar sind eigentlich Haken, dass es im ganzen Badezimmer nur zwei davon gibt? Oder haben unsere Vorgänger die restlichen abgegnibbelt?

Schweigend betrachten wir die Küche. Zum Teekochen reicht sie. Obendrein gibt es einen ganz kleinen Topf, in dem wir Eier kochen können, allerdings nur einzeln, nacheinander. Zum Ausgleich ein riesiges Exemplar, offenbar zum Auskochen von Windeln. Der Wasserkocher leckt. Der Toaster ist in der Lage, bereits auf niedrigster Stufe Brot in Holzkohle zu verwandeln.

Seltsam: Von der Fensterluke aus können wir das Dach des Hotels sehen, in dem wir letztes Jahr in diesem Ort gewohnt haben. Wir muntern uns auf: Es war deutlich teurer als diese Wohnung. Von dem Preisunterschied können wir opulent frühstücken gehen!

Aber zunächst müssen wir einkaufen. Unsere Vorgänger haben, außer Rotweinflecken und Käsecrackern unterm Sofa, lediglich Salz und Pfeffer hinterlassen. Etwas anderes hätten wir von ihnen auch keinesfalls benutzen wollen. Nun besorgen wir also eine Grundausstattung, mit der wir uns gesund ernähren können. Wir werden Müsli essen. Natürlich dürfen wir nur so viel einkaufen, dass wir bei der Abreise unseren Nachfolgern nicht zu viel überlassen. Diese logistische Berechnung ist eine eigene Herausforderung, aber ein Urlaub ohne Herausforderung wäre langweilig.

Und jetzt noch eine glückliche Entdeckung: Wir zahlen hier nicht extra für Energie! Zu Hause denken wir immer daran, keinen Strom zu verschwenden. Hier können wir den Kühlschrank hochpowern, bei kühlem Wetter mit den Herdplatten heizen und die kleine Geschirrspülmaschine täglich laufen lassen! Zähne werden ab jetzt, schon aus Rache, nur noch bei fließendem heißen Wasser geputzt. Die Nachbarn, jenseits der Wand, tun das ohnehin schon. Anders ist das unaufhörliche Rauschen nicht zu erklären. Auch diesseits, auf der anderen Seite des

Eingangsflurs, gibt es Nachbarn. Sie lassen ihre Regenmäntel vor der Tür abtropfen und stellen ihre Schuhe so auf, dass wir nur im Storchenschritt zu unserer Tür gelangen.

Es ist eben kein Hotel. Im Keller dreht sich unablässig die Waschmaschine für die kinderreiche Familie von Apartment 3 b. Das Vibrieren untermalt unseren Mittagsschlaf. Den Garten haben Leute in Besitz genommen, die schon eine Woche vor uns da waren, also ältere Rechte haben. Wann immer wir fortgehen oder nach Hause kommen, sitzen sie in ihren Stühlen und grüßen uns mit durchschaubarer Höflichkeit. Immerhin wohnen wir über ihnen und können etwas härter auftreten.

So richten wir uns mit der Zeit ein. Wir nutzen die Tassen als Müslischalen, den Blumenübertopf als Salatschüssel und die Tischdecke als Vorhang im Schlafzimmer. Nur noch drei Tage bis zur Endreinigung. Lohnt es sich, vorher sauber zu machen? Also einmal die Küche zu fegen? Oder gar das Bad zu schrubben? Wir sind im Zwiespalt.

Und was ist mit den Vorräten? Jetzt müssen wir sie plötzlich aufessen! All die Nudeln! Das Olivenöl ist nicht mehr zu schaffen. Hätten wir nur nicht so eine edle Sorte genommen! Daran werden sich nun die Nachfolger freuen: Neue Butter dürfen wir keine mehr kaufen, doch die alte reicht nicht. Also trockene Brötchen? Oder sollen wir etwa?

Ja. Das machen wir. Wir gehen frühstücken. In unserem alten Hotel. Ach, die marmorne Eingangshalle! Und die herrliche Musik! Die lächelnden Damen an der Rezeption! Wie schön kann das Leben sein!

MICHAEL VIEWEGH

Einundsiebzig Teerosen
(ein literarisches Rätsel)

I.

Etwas sagte ihm, dass er schon einmal in diesem Blumenladen gewesen war.

Sein Gedächtnis ließ ihn in letzter Zeit im Stich. Außerdem prägte er sich Blumenhändlerinnen besser ein; die
Erinnerung arbeitet bekanntlich selektiv. Er spähte unauffällig in den beleuchteten Laden, aber es war keiner da.
Das unbestimmte Gefühl, ihn bereits aufgesucht zu haben, blieb aber. Vermutlich stimmte das auch. Nicht dass
es besonders wichtig wäre, er hätte nur gerne seine Würde
gewahrt. Er wollte verhindern, dass man ihn bei einer
Lüge ertappte oder sein Geheimnis *durchschaute*. Wobei
an seinem Tun nichts auszusetzen war. Im Vergleich zu
vielen seiner Zeitgenossen verfügte er immer noch über
eine verspielte, sorglose Einstellung zu Sex. Er hatte lediglich keine Lust auf die Verlegenheit, Peinlichkeit oder
sogar Entrüstung, mit der er sich vermutlich konfrontiert
sehen würde, wenn man seine Absichten bloßlegte.

Zum wiederholten Male überlegte er, ob die Rosen
wirklich unvermeidlich waren. Natürlich nicht. Unnötige
Geldverschwendung. Ums Geld brauchte er sich glücklicherweise nicht zu sorgen, nicht einmal jetzt als Rentner,
aber über unnötige Verschwendung hat er sich schon
immer sehr aufgeregt. Andererseits war aus dem Blumenstrauß längst ein Ritual geworden. Die Idee war perfekt:
Sie hatte Pep, war pikant und elegant, verfügte gleichzeitig auch über die notwendige Offenheit. Mit Freude
dachte er an den Ausdruck, der bisher im Blick von jeder

Frau aufgetaucht war, wenn sie die Rosen zusammengezählt hatte (früher oder später hatte jede seine Botschaft
verstanden): zunächst unsicheres Zögern, ob sie richtig geraten hatte, und wenn er dann mit einem spitzbübischen
Lächeln die Vermutung bestätigte, wurde ihr Gesicht von
Erregung oder zumindest einer schüchternen Verlegenheit überflutet (vor allem zweitere fand er sehr reizvoll,
und es gelang ihm auch jedes Mal, sie zu überwinden). Er
könnte natürlich auch ein Risiko eingehen und sein Ziel
ohne Blumen ansteuern. Es gibt sowieso keine vollkommene Sicherheit. Das Wesentliche aber war, dass es bis
jetzt mit dem Strauß wunderbar funktioniert hatte. Das
war doch die Hauptsache.

Ja, Blumen sind teuer, aber andererseits: In seinem
Alter haben die meisten Männer damit längst aufgehört
oder sie zahlen dafür. Er bekommt sehr guten Sex fast
umsonst. Nehmen wir die Golfspieler zum Beispiel. Ver-
glichen mit dem Preis der Rosen ein teures Hobby – aber
hat man denn annähernd so viel Spaß dabei? Da er selber
nicht Golf spielte, hatte er in der Hinsicht gespart. Oder
kaufte er sich denn echten Kaviar oder Trüffel? Vor seinem inneren Auge tauchte der in der Erde wühlende
Rüssel eines Trüffelschweins auf – gleichzeitig grinste ihn
im Schaufenster des Blumenladens sein eigenes Spiegel-
bild an.

Wann wirst du bloß erwachsen, mein Junge?, fragte er
sich.

2.

Die junge Verkäuferin erkannte den charmanten, vornehm gekleideten älteren Herrn sofort, obwohl er nur ein
einziges Mal hier gewesen war, und das noch dazu vor
ziemlich langer Zeit. Aber siebzig Rosen und zweihun-

dert Kronen Trinkgeld vergisst man nicht so schnell …
Sie war eine fünfundzwanzigjährige mollige Frau mit
wachem Blick und einem sympathischen, runden Gesicht.

»Guten Tag!«, sagte sie mit einem vielsagenden Blick.

Bevor er etwas erwidern konnte, kniff sie die Augen
zusammen und tat, als dächte sie nach.

»Einundsiebzig Rosen, habe ich recht?«

Sie dachte, er würde sich freuen, dass sie seinen Besuch
noch so genau in Erinnerung hatte, aber im faltigen Gesicht des weißhaarigen Mannes sah sie Verwirrung und
eine leichte Unsicherheit, die sie nicht verstand. Sie bekam Angst, ob sie mit ihrer Frage nicht eine furchtbare
gesellschaftliche Indiskretion begangen hatte: Womöglich
war seine Frau, für die er im letzten Jahr die siebzig Rosen
gekauft hatte, inzwischen verstorben? Hatte sie womöglich mit ihrer Begrüßung gegen die Hauptregel ihres Be-
rufsstandes verstoßen, nämlich keine konkreten Fragen
stellen und auf keine Einzelheiten eingehen? Als hätte sie
nicht gewusst, dass man in einem Blumenladen immer
wieder Gefahr lief, einen Fauxpas zu begehen. Endlich
nickte er.

»Ja, ja. Richtig. Dieses Jahr einundsiebzig.«

Seine Stimme klang fast fröhlich. Die Erleichterung,
die sie spürte, war geradezu physisch. Der Volltreffer
stärkte allerdings ihr Selbstbewusstsein, sodass sie gleich
eine persönliche Frage nachschob.

»Ist das wirklich wahr«, sagte sie ungläubig, »Sie kaufen Ihrer Frau einundsiebzig Rosen, obwohl sie keinen
runden Geburtstag hat?«

»Aber natürlich. Jede andere Zahl würde für sie eine
fatale Enttäuschung bedeuten.«

Auch an diese Ausdrucksweise konnte sie sich erinnern.

»Sie haben wirklich Klasse!«, rutschte ihr heraus.

Er hob die Hände, um anzudeuten, er weise das Kompliment zurück.

»Die hätte ich gerne. Aber ... Einen Blumenstrauß zu kaufen ist der einfachste und bequemste Weg ... Sie wissen das sicher besser als ich.«

»Da haben Sie recht.«

Auch seine Aufrichtigkeit und die Fähigkeit zur Selbstreflexion unterschieden ihn von den meisten Männern. Sie wusste längst: Als Blumenverkäuferin bekam sie die abgewandte Seite der Liebe zu sehen. Täglich begegneten ihr Geiz, Hast und Berechnung. Sie hasste die Seitenblicke auf die Uhr, das ungeduldige Seufzen von Männern, die zwar bereit waren, ihrer Frau hier und da einen Strauß zu schenken *(Hübsch soll er sein, aber bitte nicht so teuer, ja?)*, aber keine zehn Minuten Zeit übrig hatten. Blumen zu kaufen ist ein Akt der Liebe, warum merkt man ihnen diese Liebe nicht an, wunderte sie sich naiv. Warum benimmt sich jeder zweite wie ein Griesgram? Manchmal konnte sie sich beim besten Willen nicht vorstellen, dass diese Kälte und Gereiztheit später in ein wärmendes Gefühl übergeht.

Aber dieser alte Mann war anders. Sie sahen sich an. Wäre er fünfundzwanzig Jahre jünger, könnten sie vielleicht ein Paar werden, dachte sie. Dann würden vielleicht fünfzehn Rosen reichen. Sie räusperte sich.

»... wieder Teerosen?«

»Wenn Sie so viele zusammenbekommen, gerne. Sie können ruhig auch andere nehmen.«

»Ich glaube, es könnte klappen. Ich muss mal nachschauen.«

Sie ging nach hinten, öffnete die Glastür, die in das klimatisierte Lager führte, und überflog schnell das Regal mit den Teerosen: Ausgezeichnet, es lagen neun Bunde da. Sie stapelte sieben Zehnerpacken auf ihren Arm, aus dem achten Bund holte sie eine einzelne Rose heraus, die sie in einem plötzlichen Impuls zwischen die Zähne nahm; ähnliche Dinge tat sie normalerweise nicht.

Sie fand ihn, wie er gedankenverloren die pastellfarbenen Keramikvasen betrachtete. In seiner Jugend muss er richtig gut ausgesehen haben, dachte sie, als sie ihn im Profil sah. Beim Anblick der Rose in ihrem Mund lächelte er erfreut.

»Bravo«, rief er.

Er klatschte ein paar Mal wie ein Flamencotänzer in die Hände. Sie streckte ihre kleinen, hinter den Rosen versteckten Brüste hervor und zuckte mit der Schulter in einer parodistischen Nachahmung der feurigen Tanzbewegung. Sie lachten. Wären bloß alle Kunden wie er, dann könnte diese Arbeit die reinste Freude sein, dachte sie. Die Müdigkeit, die sie in den letzten Jahren quälte, kam von den Menschen, nicht von den Blumen. Sie trennte die einzelnen Bunde auf, schnitt die Stiele zurecht und legte die Rosen flink zu einem Strauß zusammen. Er trat einen Schritt zurück und ließ sie in Ruhe arbeiten, aber als sie nach einer Weile zu ihm hinsah, fing er ihren Blick auf und lächelte sie nett an. Sie wusste eine Menge über das Blumenbinden, war geschickt und hatte auch eigene Ideen, die sie gerne einbrachte, aber immer wieder fühlte sie sich von den Kunden misstrauisch angeglotzt, ohne eine Rückmeldung, ob sie mit ihrer Arbeit zufrieden waren oder nicht. Das machte sie nur nervös.

»Wie lange sind Sie schon verheiratet«, sagte sie, »wenn es kein Geheimnis ist.«

»Seit einundvierzig Jahren. In diesem Jahr werden es einundvierzig Jahre sein.«

»Mensch, das ist aber was!«, rief sie spontan aus.

Die sanfte, gleichzeitig aber selbstbewusste Art, wie er diese unglaubliche Zahl aussprach, rührte sie beinah zu Tränen. Sie hoffte, er beließe das so, er werde es nicht mit einem der blöden Witze über Ehefrauen oder Ehe abschwächen. Zum Glück schien er ihre heimliche Bitte erhört zu haben. Sie war ihm dankbar: Nach all den Enttäuschungen, die sie erlebt hatte, hatte sie solche Kunden dringend nötig. Kunden, die ihr den Glauben ans Leben zurückgaben. Der Strauß war fertig.

»Ganz wunderbar«, sagte er. »Wirklich.«

Es tat ihr leid, dass er ging.

3.

Was hätte diese mollige Frau wohl gedacht, hätte sie die wahre Ursache für seinen Kauf gekannt? Aus einem unbekannten Grund versuchte er, sich ihre Reaktion auszumalen. Zweifelsohne wäre sie enttäuscht. Sie hätte sich betrogen gefühlt. Außerdem war er hundertprozentig davon überzeugt, dass sie lediglich die vordergründige Bedeutung seines Anliegens verstanden hätte: Für sie wäre es nur vulgär gewesen. Auch wenn sie ihre Tage inmitten einer überwältigenden Menge von Blumen verbrachte, inmitten eines unglaublichen Reichtums an Farben, Formen und Düften, hätte sie wohl kaum verstanden, dass auch Liebe verschiedene Gesichter hatte. Nicht nur das eine, von dem sie träumte. Er warf ihr das nicht vor. Sie war noch zu jung. Das Leben hat ihr noch nicht gezeigt, dass auch dort, wo auf den ersten Blick keine Liebe gedeiht, eine verspielte Freude am Umgang miteinander, Empathie und Freundschaft ein ähnlich wertvolles Gefühl hervorbringen können.

Unterwegs zu seiner Junggesellenwohnung sah er sich nach einer Frau um, der er ohne eine große Szene oder lange Erklärungen die zwei überflüssigen Rosen schenken könnte, aber obwohl er sich Mühe gab, fand er unter den Vorbeigehenden keine passende Kandidatin. Er musste sich beeilen. Plötzlich kam ihm der Gedanke, dass es schön wäre, wirklich verheiratet zu sein. Beziehungsweise so lange verheiratet zu sein, doch er verwarf die Idee gleich wieder. Wahrscheinlich wäre es ganz furchtbar, sagte er sich. Alles soll so bleiben wie es war. Jammert denn das Trüffelschwein, keine Hauskatze zu sein? Er war fast schon zu Hause. Mit einem gereizten Seufzer blieb er am nächsten Mülleimer stehen, sah sich um und warf die zwei Rosen weg.

Diese offensichtliche Verschwendung raubte ihm für einen Moment seine gute Laune.

Matthias Politycki

Sonnenbaden in Sibirien

Baku – Irkutsk, Juni 1987

Solange das Sowjetreich mit all seinen seligen Errungen-
schaften zusammenhielt, lohnte die große Rundreise, die
von Moskau in der Regel über den Kaukasus und Zentral-
asien bis ins hinterste Sibirien führte, nicht zuletzt deswegen, weil dem deutschen Reiseleiter (der womöglich sub-
versive Ambitionen hatte) in Moskau immer ein einhei-
mischer Intourist-Führer zur Seite gestellt wurde. In
unserm Fall ein leicht skeptisch, aber durchaus freundlich
blickendes Männlein namens Pjotr.

Heißt hier nicht jeder so?, witzelten wir uns durch den
Begrüßungsabend, man reichte Tee, Torte, Wodka, während eine Rockband die Hits der frühen Siebziger abnu-
delte und Pjotr an seiner Brille rückte, am Kragen zupfte,
die Hände ineinander verschlang. Die Hände verknotete,
verwirrte, weil er nach seiner »heiligen Tasche« mit den
Reiseunterlagen suchte und dabei auf unschuldigste Weise
schuldbewußt in die Runde grinste. Die Hände erst wieder entknotete, entwirrte, als er die Tasche entdeckt hatte,
wie sie arglos an seiner Schulter hing.

Pjotr. Schon tags drauf ahnte der eine oder andre von
uns, daß sich hinter seiner Tolpatscherei nichts Geringeres
verbergen müsse als ein besonders raffinierter Sonderling,
der seine Spleens ausgerechnet dadurch auslebte, daß er
sich arglosen Touristen andiente: *Die* würden seine gesam-
melten Ticks als russischen Nationalcharakter durchgehen
lassen. Am zweiten Tag waren wir der Meinung, Pjotr sei
nicht etwa nur Schelm, sondern verkappter Systemkritiker,

der sich des Tölpeltums als Maske bediente, zumindest ein hochintelligenter Abweichler, der mit Hilfe vorgegaukelter Einfalt seinen geistigen Freiraum wahrte. Am dritten Tag einigten wir uns darauf, Pjotrs gespielte Weltfremdheit solle davon ablenken, daß er uns nach Strich & Faden für den KGB ... und am vierten Tag wußten wir gar nichts mehr über ihn.

Pjotr. Trotz aller Mißlichkeiten, so schritt er mit uns übern Roten Platz, von den Trillerpfeifen der breitbeinig dort nach dem Rechten sehenden Soldaten? Polizisten? vielfach zur Räson gerufen, trotz aller Mißlichkeiten, die ihm bisweilen im Umgang mit andern »Werktätigen« so widerführen, glaube er fest ans Gute im Menschen. Insbesondre im Sowjetmenschen, selbst wenn ihm deren trillerpfeifende Ermahnungen nicht ganz verständlich werden wollten: Ständig wurde er zurückgepfiffen, zur Seite gepfiffen, bei jedem seiner Schritte konnte man in Angst vor dem nächsten Anpfiff geraten. Bis er sich samt heiliger Tasche schließlich auf die längste Rolltreppe der Welt rettete, in die sicheren Abgründe einer U-Bahn-Station.

Pjotr. Nein, auch ein heimlicher Anarchist war er nicht, auf seinen schmalen abschüssigen Schultern lastete kein Druck einer revolutionären oder wenigstens volkserzieherischen Aufgabe, nein. Aber was dann? Vielleicht hatte er schlichtweg genug mit der Abwicklung seiner eignen Seltsamkeiten zu tun? Und war deshalb ständig auf der Flucht: vor den andern, der sogenannten Tücke des Objekts oder gar einem Teil seiner selbst, wie man den stets sich ändernden Positionen seiner Brille ablesen konnte. Einer Brille, die er nach dem Marsch durch den Regen – Schlechtwetter schien hier zum täglichen Besichtigungsprogramm zu gehören –, die er nach Betreten des Kaufhauses GUM oder des Lenin-Mausoleums keineswegs gleich abnahm, um durch Trockenreiben der Gläser wieder für den vollen Durchblick zu sorgen. Sondern, im

Gegenteil, nichts dergleichen machte, nichts. Auf daß er den Blick – durch den glitzernden Wasserperlenvorhang seiner Brillengläser allen Zudringlichkeiten entzogen – für ein paar Minuten völlig nach innen drehen durfte.

Pjotrs Hauptproblem bestand nun darin, rechtzeitig zurückzukehren aus solch selbstgewählten Momenten des Urlaubs vom Urlaub, zumindest einigermaßen rechtzeitig: Immerhin fungierte er als Reiseleiter. Den Rest der Zeit agierte er nämlich fehlerfrei, in äußerster Besorgtheit um unser Wohl, jedes Jungfrauenkloster (prächtige Popen!) mußte zur rechten Zeit betreten, jeder Staatszirkus (dressierte Schweine!) zur rechten Zeit verlassen und damit das Glück auf dieser Welt vermehrt werden. Wenn ihm das besonders reibungslos gelang, womöglich trotz widriger Umstände, verteilte er vor Freude feuchte Schlabberküsse (linke Wange, rechte Wange), in freudigster Erregung auch schon mal an den nächststehenden Mann. Was ihm keinesfalls vermehrte Zuneigung eintrug.

Denn im Auffinden entsprechender Gelegenheiten war er äußerst gewitzt, jedweder Programmpunkt schien ihm von unwägbaren Zwischenfällen bedroht und, nach Ausbleiben derselben, auf wundersamste Weise bewältigt: Bereits auf unsrer nächsten Station, in Tiflis, wo zwischen lauter Weinbergen zunächst alles zu klappen schien, legte er ein bedeutendes Zeugnis seines Pflichtbewußtseins ab. Als er die Frau eines Gynäkologen, wir wanderten durch einsame georgische Landschaft, der Sewan-See leuchtete türkis inmitten nackter Berge, als er die Frau, die sich zusehends dringlicher mit einigen Mitwanderern beraten und schließlich entschlossen hinter ein paar Felsen geschlagen hatte, als er die Frau, in der festen Meinung, sie sei aus Unachtsamkeit vom Weg abgekommen und also drauf & dran verlorenzugehen, als er die Frau, die sich gerade erst in Sicherheit wähnte, gleich wieder aufgespürt und das drohende Schicksal von ihr abgewandt hatte: da küßte er sie auf derart herzliche Weise, daß … sie jedenfalls danach nicht mehr hintern Felsen mußte.

Dabei feierte Pjotr in solchen Momenten nicht etwa nur die Rettung aus einer jählings vom Schicksal auferlegten Schieflage, sondern in und mit ihr die ganze Welt, vorausgesetzt es war eine nach sowjetischem Zuschnitt. Am Abend just jenes bedeutsamen Tages, wir saßen an nuß- und gräserartigen Vorspeisen, an Auberginen in Senfsoße, an Hasenspießen, trat er darob in eine philosophische Diskussion. Ausgerechnet mit dem Gynäkologen. Und vertrat mehrere grüne und rote Limonaden lang, heftig seine beiden Hände an der heiligen Tasche verklammernd, die Ansicht, es gebe lediglich zwei Arten des Denkens, eine sozialistische und eine falsche, und wenn die sozialistische Ordnung mal wieder den gerechten Sieg davongetragen, mal wieder triumphiert habe über kapitalistische Störversuche, sei das wahrlich Grund zu feiern.

Worauf ihm der Gynäkologe nicht zu widersprechen wußte.

Noch während der anschließenden Tage in Eriwan, die *im Prinzip* für Blicke auf den Ararat vorgesehen waren, in unserm Fall aber ausnahmsweise für welche auf Wolken, noch während der anschließenden Tage in Baku, für die uns Pjotr den Zauber des Aralsees versprochen und mit Hilfe einiger verkommner Öltürme dann tatsächlich vermittelt hatte, wußten wir nicht, ob wir unsern Intourist-Begleiter nun einfach belächeln oder doch eher beargwöhnen sollten. Erst der Tag unsres Abflugs nach Sibirien sollte die Entscheidung bringen.

Kaum hatten wir das Hotel geräumt, fragte Pjotr, wie's bei derartigen Anlässen so seine Art war, besorgt bei jedem einzelnen nach, ob er den Zimmerschlüssel abgegeben habe. Da wir der Reihe nach nickten, setzte er sich seine skeptische Grundmiene auf – es schien auch heute ohne sein

Zutun zu gehen? – und der Bus in Bewegung. Erst kurz vor dem Flughafen hielt er auf freier Strecke mit einem Mal an: Es sei doch noch ein Schlüssel aufgetaucht, verkündete Pjotr zu unser aller Erstaunen, nicht ohne sich durch Abnehmen der Brille möglichen Nachfragen zu entziehen.

Ach, Pjotr, an diesem Tag verhalfst du uns zu einem Nachtflug nach Irkutsk, weil wir … zwar ohne dich zum Flughafen weitergefahren waren, dort jedoch an jedem Schalter aufs neue feststellen mußten, wie sehr der Lauf der Dinge deiner rettenden Eingriffe bedurfte. Wohingegen du, einen Autofahrer umarmend, der auf dein Gestikulieren hin angehalten und sogar ausgestiegen war, wohingegen du schleunigst das Weite gesucht hattest, Richtung Innenstadt, Richtung Hotel.

Lange, allzu lange warteten wir am Rande des Rollfeldes, keine einzige Trillerpfeife wollte ertönen, sofern wir darauf Spaziergänge unternahmen. Selbst unser deutscher Reiseleiter, ein aufs äußerste lässiger Herr, der ansonsten hinter deinem Rücken »das Gröbste« immer zu richten gewußt, blickte häufiger auf die Uhr, als es seinem Image förderlich war. Doch erst, als wir zugesehen hatten, wie sich unsre keinesfalls planmäßig startende Maschine mit wackelnden Flügeln vom Boden hochpropellert hatte, kamst im spinnenbeinigen Galopp *du* übers Rollfeld gerannt, beschwörend die heilige Tasche in die Höhe haltend, hier sind sie, die unseligen Tickets, das Taxi vom Hotel war leider nicht schneller und –

– obwohl du sehr erschöpft warst nach diesem knappen Abwenden der Katastrophe, versäumtest du's nicht, uns über die lange Wartezeit hinwegzutrösten, indem du vom Sonnenbaden in Sibirien scherztest: Unter den neuen Umständen könnten wir damit gleich nach der morgigen Landung beginnen, welch Glück, wenn man's also richtig herum bedachte, daß uns die erste Übernachtung dort erspart blieb! Statt dessen würden wir bereits die allerfrühsten Sonnenstrahlen, der Bräunungseffekt sei ja bekanntlich vormittags – Sonnenbaden! höhnten wir. In Sibirien! Da würden wir unsre Zeit wohl eher mit den sattsam bekannten zwei Latten verbringen – der einen zum Gletscherspalten-Überqueren, der andern, um dabei die Wölfe abzuwehren, haha.

Pjotr, er ruckelte nicht mal mehr an seiner Brille, sah uns nur verständnislos an: So viel Glück im Unglück, so viel gerade noch gerettete Ordnung im Chaos – doch keiner außer ihm, der das zu schätzen wußte. Und wollten die Worte schier in ihm erglühen, er verkniff sie sich, die Hände fest an der heiligen Tasche, und eine nonverbale Bekundung seiner Erleichterung erst recht.

Aber, Pjotr, mit einer derart dicken Stewardess, die sich dann in der Nachtmaschine durch die Reihen zwängte, indem sie mit ihren werktätigen Hüften gleichzeitig an *beiden* Gangsitzen entlangstreifte und die darin Dösenden weckte, mit einer derart durchsetzungsfähigen Person hatte dein freundliches Wesen nicht gerechnet. Zwar zeigte nach Mitternacht auch sie, daß sie menschlicher Regungen fähig, indem sie sich den gewichtigen Dienst erleichterte und die Schuhe auszog, war ansonsten allerdings ein Muster an sozialistischer Pflichterfüllung.

Wahrscheinlich war's somit vom Dienstplan fest vorgegeben, nicht persönliche Willkür, daß sie um zwei Uhr nachts das Aeroflot-Menü servierte: kaltes Huhn, nein: kalte Henne, nein: das Segment eines zum Himmel stumm schreienden Hahns, dem man selbst im Tode noch ansah, welch hartes Leben er geführt, garniert mit einer Tomate, und das alles nicht etwa vorab portioniert und unter Klarsichtfolie gequetscht, sondern auf dem Servierwägelchen frei sich entfaltend – ein regelrechter Haufen an halben, nein, an gevierteilten Hähnen, in den die Dicke ohne jedes Zögern, Erklären, Vorbereiten: mit gleichmäßiger Gerechtigkeit eine Gabel hineinfahren ließ, herausfahren ließ, das aufgespießte Stück auf einem Plastikteller plazierend, den sie ihm mit der andern Hand entgegendrückte. Um es – in derselben ruckartigen Bewegung – mit dem Daumen schon wieder von der Gabel abzustreifen, Mahlzeit.

Solcherart ihr Wägelchen durch die Nacht schiebend, weckte sie gnadenlos sämtliche Schläfer, ein Mahl auftischend, von dem man nicht mal zu träumen gewagt, und trunken griff man zu. Immerhin hatte man in den Stunden am Rollfeld bereits etliche Flaschen eines süßlich warmen Krimsekts und am Ende den selbstgebrannten Schnaps des Taxifahrers überlebt, mit dem Pjotr so schnell, aber eben nicht schnell genug zum Flughafen nachgekommen war – Schnaps, der uns im übrigen als Wodka angedient worden, obwohl er dann eher nach einem scharfen Rasierwasser schmeckte, wahrscheinlich nannte man alles in diesem Lande Wodka, was irgendwie Alkohol in sich barg.

Daß wir nur zögernd zu uns kommen wollten, während das Servierwägelchen näherrückte, durfte uns also nicht wundern. Einzig Pjotr, zusätzlich erschöpft von den vielen Sprüngen, die er tags zuvor über Spalten und Abgründe gesetzt, die das Leben vor ihm aufgetan, einzig Pjotr hielt weiterhin Einkehr bei sich selbst – noch wußte er nicht, daß ein Koffer der Gruppe inzwischen eigenmächtig nach Taschkent flog und erst Tage später zu seinem Besitzer zurückfinden würde –, einzig Pjotr verharrte in stiller Einkehr. Und schreckte entsprechend hoch vom Sitz, als die Reihe an ihn kam: ausgerechnet gegen den Plastikteller, den ihm die Dicke bösartig nah vor den Kopf gehalten, so daß der Hahn schreiend zu Boden flatterte.

Doch noch während sich Pjotr an den Kopf faßte, wo der versammelte Schmerz des Tages mit demjenigen der Nacht sich mischte, fast hätte er dabei die Brille von der Nase gewischt, tauchte die Dicke
behende!

nach unten, stach mit der Gabel in das für ihn bestimmte Nachtmahl und brachte's zurück auf Höhe der Augen. *Pjotrs* Augen; und indem sie ihn fest fixierte, der seinerseits den Blick nicht vom Hahn zu lösen vermochte, drückte sie das, was von der Welt auch für ihn vorgesehen gewesen, drückte's mit dem Daumen ganz langsam herunter von den Gabelzinken, ganz langsam, drückte's zurück auf den Plastikteller, den sie weiterhin in der Linken gehalten, Pjotr wagte keine Bewegung, drückte den viertel Hahn zurück neben die Tomate. Da war's, für einen Moment, dermaßen still rundum, daß man nur das Summen der Propeller vernahm

während am Badestrand bei Jesolo ein totes Schwein, angespült von wer-weiß-wo, so lang von einer Kinderschar bestaunt wurde, bis der frechste der Knirpse – wäre er noch eine Spur mutiger gewesen, er hätte's gleich beklettert und behopst –, bis der kleinste der Knirpse entschlossen die Augen zukniff, seine Hand ausstreckte und: das Schwein berührte ...

dermaßen still, daß man nur das Gefeixe rundum vernahm. Dann stand Pjotr auf, umarmte die Dicke und drückte ihr einen seiner Schlabberküsse auf die Wange. Wieder mal war die sozialistische Ordnung, wiewohl knapp, gerettet worden.

Von diesem Moment an liebten wir ihn, ob Tolpatsch, ob Schelm, ob Regimekritiker, ob Informant des KGB, er konnte machen, was er wollte. Wenige Stunden später, als man uns übern Baikalsee schipperte und dabei büchsenweise alten Kaviar andrehte; auch gegen Mittag, als man uns in einem Holzhüttendorf am Ufer ablieferte – tatsächlich querte ein Huhn den Weg, ein Schaf blökte, eine Ziege meckerte, ein Stier zeugte, ein Hund schaute; und erst recht am Nachmittag, als man uns in ein heimatkund-

liches Museum führte, wo's viele Mücken gab und See-
hund-Embryos in Einmachgläsern (die freilich nicht mal
gegen Westgeld zu erwerben waren, wie unser Gynäkologe einsehen mußte): den ganzen Tag über sahen wir Menschen, die mit nacktem Oberkörper in der Sonne lagen.
Das Thermometer zeigte 27 Grad.

MILENA MOSER

Wenn Männer zu sehr kochen

Kennen Sie den vom Mann und dem Gartengrill? Nein?
Egal, ist auch total überholt. Die Mär von den Männern,
die nicht kochen können, es sei denn am offenen Feuer.
Schnee von gestern. Männer sind in der Regel genauere,
leidenschaftlichere Köche als Frauen. Sie kochen mit einer Intensität, die im Alltag nichts verloren hat, und bei
jeder Gelegenheit – solange ein Publikum vorhanden ist.

Und manchmal wünschten wir uns, sie würden es nicht
tun.

Weil sie jede Einladung zum Abendessen in ein kulina-
risches Seminar verwandeln. Erst einmal wird das Be-
schaffen der Zutaten nacherzählt – so etwas Profanes wie
in den Laden zu gehen ist Frauen vorbehalten. Nein, da
muss mit mehr Finesse vorgegangen werden: Das filigrane
Fischlein eigenhändig aus dem eiskalten Wasser von Alas-
ka gezogen und noch vor Ort zerstückelt, das zarte Lamm
beim Biobauern des Vertrauens bestellt, den Tag der
Schlachtung mit der Astrologin abgestimmt. Das Rezept
einem achtzehnpunktigen Koch abgeluchst, der im Vor-
feld mit alkoholischen Getränken aus dem eigenen Keller
gefügig gemacht wurde. Und dann in monatelangen
Selbstversuchen zu der Sinfonie der Sinne weiterent-
wickelt, die nun auf unseren Tellern liegt und die wir
kaum anzurühren wagen.

Hat jemand »en Guete« gesagt? Nein, wir sind noch
nicht so weit. Erst müssen die Geräte gewürdigt werden,
die am Gelingen maßgeblich beteiligt waren. Nur Frauen
können so naiv sein zu meinen, ein Messer müsse einfach

scharf sein! Nein, der Stahl aus Sheffield muss von The Clash besungen und dann von japanischen Mönchen in einem bestimmten meditativen Rhythmus geschmiedet werden. So ein Messer hat nicht jeder, hat genau genommen nur unser Gastgeber, und er sagt uns auch gleich noch, was es gekostet hat.

Und bevor jemand das Glas an die Lippen setzt: die obligate Einführungsvorlesung in die Önologie. Es muss gegurgelt werden.

Das nennt sich eine Einladung zum Essen, aber das ist nur ein Vorwand. Das merkt jeder am Tisch sehr schnell. Solche Anlässe sind nichts anderes als die kultiviertere Version von »Mein Auto ist größer als deins und erst noch zwei«.

Wenn ich zum Essen einlade, ist das natürlich auch ein Vorwand. Ich kann nämlich nicht kochen. Aber auch ich brauche einen Vorwand: um mit alten oder neuen Freunden zusammenzusitzen, zu reden, es schön zu haben.

Ich serviere Spaghetti, weil mir die meistens gelingen. Wenn nicht, hab ich die Nummer vom Pizza-Lieferdienst. Weil ich lieber mit den Gästen am Tisch sitze als allein in der Küche stehe. Weil ich hören will, was sie zu erzählen haben. Das interessiert mich brennend. Jedenfalls viel mehr als das psychiatrische Gutachten über das Krebstier, das in der Spaghettisauce schwimmt. Manche Gäste, die zum ersten Mal kommen, schauen irritiert. Ihre Blicke rutschen hin und her, vom einen zum andern: Darf man das? Fertig gekaufte Vorspeisen auf den Tisch stellen? Darf man sich einfach so entspannen? Ist es egal, wer den selteneren Wein mitgebracht hat? Uninteressant sogar?

Die meisten genießen das. Und kommen gerne wieder. Für die anderen präzisiere ich bei der nächsten Einladung: »Diesmal kocht mein Mann. Er konnte einen butterzarten Hasen adoptieren, direkt aus einem Klostergarten und von den Mönchen besungen, ich sage euch, ein Gedicht!«

PAULUS HOCHGATTERER

Der Vogelzug

Ich genieße lebenslange Freifahrt auf allen Linien der österreichischen Bundesbahnen. Dies, seitdem ich vor einigen Jahren mit meinem Pritschenwagen einen Öltankzug, den sein geisteskranker Fahrer zwischen Amstetten und Sankt Georgen am Ybbsfeld auf einem Westbahnübergang geparkt hatte, von den Geleisen geschleppt habe. Die Trägheit des Lkw hatte ich damals unterschätzt, so daß der Tanker auf meinen Pritschenwagen auffuhr, ihn zerstörte und mir eine Gehirnquetschung mit leichten Folgen beibrachte. Die Zeitungen konnten daher schreiben: *Unter Einsatz seines Lebens.* Ich durfte wählen zwischen einem neuen Pritschenwagen und der lebenslangen Freifahrt auf allen Strecken der österreichischen Bundesbahnen, Autobuslinien eingeschlossen. Angesichts einer amtsärztlichen Empfehlung, das Autofahren nach der Schädelverletzung besser zu lassen, fiel mir die Entscheidung nicht schwer. Den Pritschenwagen begrub ich auf einer Wrackdeponie östlich des Amstettner Bahnhofes. Ich vergoß einerseits eine kleine Träne, andererseits hatte der Kübel ohnehin eine Menge unliebsamer Eigenschaften gehabt.

Der nächste Zug war damals der aus Salzburg einherbrausende Intercity *Andreas Hofer,* natürlich vollbesetzt; ein Gemetzel wäre die Folge gewesen, und beim bloßen Denken daran steigt mir heute noch der Geruch verbrannter Leichen in die Nase. – Mit dem *Andreas Hofer* nach Salzburg und zurück – das sollte in Hinkunft meine Lieblingsunternehmung werden. Bald wußte ich die Durchfahrtszeiten sämtlicher Stationen auswendig, bald kannte ich auch die Stammfahrgäste: einen dicken Steuerberater aus Attnang-Puchheim, eine vertrocknete Gutachterin der Unfallversicherungsanstalt aus Linz, einen kurzsichtigen Veterinärmedizinstudenten aus Sankt Pölten. Ich benutzte nie den Speisewagen, ich schlief nie, ich las nie Zeitung oder ein Buch, ich besitze keinen Walkman, ich ging nur aufs Klo, wenn es ein Blasenkatarrh oder eine Darmverstimmung nicht anders erlaubten. Ich fuhr ausnahmslos zweite Klasse, obwohl mir die erste offenstand. Die zweite Klasse beschert beim Bahnfahren die größeren Eindrücke. Die Menschen in der ersten Klasse stinken nach Moschus und anderem zu dick aufgetragenen Zeug. Die Menschen in der zweiten Klasse stinken eher nach Landwirtschaft, das ist mir angenehmer.

Bis zu jenem Tag hatte ich den *Andreas Hofer* kein einziges Mal versäumt. Ich hatte stets in Salzburg einen Spaziergang durch den Mirabellgarten oder auf den Mönchsberg gemacht, danach im *Tomaselli* ein Naturschnitzel mit Erbsenreis und einem kleinen Bier zu mir genommen und mich immer rechtzeitig zum Hauptbahnhof begeben. Dann passierte die Sache mit meinem fünfzigsten Geburtstag, das heißt, der Geburtstag stellte sich zwangsläufig ein, ich vergoß eine kleine Träne, und es wäre weiter nichts gewesen, wäre meine Nichte nicht auf die Idee gekommen, mir eine Armbanduhr zu schenken. Gegen die Uhr war an sich nichts zu sagen: Sie sah altmodisch aus, wie ich es gern habe, hatte, da ich unter Lederarmbändern Schweißausschläge bekomme, ein flexibles Gliederarmband aus Metall, auch einen respektablen Sekundenzeiger, besaß nur kein mechanisches Werk, sondern eine Knopfbatterie, die mir von vornherein verdächtig war.

Ich saß also auch an jenem Tag im *Tomaselli*, hatte

zur Rundung meines Wohlgefühles soeben einen Kleinen Braunen bestellt und vertiefte mich in den Anblick eines eigenartigen Pärchens: Ein hagerer junger Mann, dessen Gesicht durch ein riesiges blauschwarzes Muttermal zwischen rechtem Nasenflügel und Oberlippe entstellt wurde, balzte penetrant eine grauhaarige Frau an, die dem Alter nach gut und gern seine Mutter hätte sein können. Die Frau turtelte in einer Weise, für die »unpassend« ein Hilfsausdruck ist, zurück, und mein Blick streifte etwa zu jenem Zeitpunkt, an dem mir der Kaffee serviert wurde, beiläufig die Armbanduhr. Mir blieben noch fünfundzwanzig Minuten Beobachtungszeit, mehr als es mein innerer Zeitsinn vermutet hätte. Nach einigem Herumspekulieren kam ich zu dem Schluß, der junge Mann müsse ein Musikstudent sein, der spätromantische Streichquartette und Oratorien komponierte. Er flüsterte der Frau hinter vorgehaltener Hand zu, fütterte sie mit seinem Kuchen, legte ihr die Hand auf den Unterarm und vollführte zwischendurch kurze Salven von staccatoartigen Wackelbewegungen mit dem Kopf. Als er schließlich – längst hatte ich meinen Kaffee ausgetrunken – zu mir herüberschaute und ich auf meiner Haut den brennenden Schmerz der Verletzung durch diese bösartigen schwarzgrünen Vogelaugen spürte, zugleich auch schon die Gewißheit, es sei grundsätzlich etwas schiefgelaufen, war es zu spät, buchstäblich, rührte sich der Sekundenzeiger meiner Armbanduhr nicht mehr, und ich hatte immer noch dreiundzwanzigeinhalb Minuten Zuschauzeit.

Der *Andreas Hofer* war weg, unumstößlich, passierte vermutlich soeben den Gaisberg und hatte mich in einem Zustand der Verstörung zurückgelassen: Zum Uhrmacher, um die Batterie tauschen zu lassen? Die Uhr auf die Schienen legen und warten auf die Tonnen der nächsten Lokomotive? Die Uhr auf den Boden des Bahnsteiges und drauf mit den eigenen Füßen? Ich war also mit meinem Zorn auf alles Batteriebetriebene, auf Nichten und auf muttermaltragende junge Männer mit ödipalem Wiederholungszwang beschäftigt und mit der Frage, wo, wenn schon nicht im *Tomaselli,* ich die zweistündige Wartezeit zubringen sollte, als aus dem Lautsprecher eine Baßstimme in bayrischem Akzent die Abfahrt eines eingeschobenen Eilzuges in Richtung Wien ankündigte. – Aufgrund besonders starken Fahrgastandranges, hieß es. Das blieb mir für einen Augenblick als absolut unübliche Formulierung im Ohr hängen, doch war ich andererseits über die unerwartete Gelegenheit so froh, daß ich die kurze Irritation sofort wieder vergaß. – *E 311* auf Bahnsteig vier. Ich rannte.

Es gab in dem gesamten Zug keine erste Klasse, das fiel mir, während ich ihn entlanglief, gleich einmal angenehm auf. Es roch sofort ein wenig nach Landwirtschaft, die Waggons waren auch nicht die neuesten, abgewohnt sozusagen, aber für Einschubzüge holte man sie sicherlich von irgendeinem Abstellgleis. Ich stieg ganz hinten zu, eine Gewohnheit, die aus meiner kindischen Lust am Blick aus dem Heckfenster rührt. Besonders auf langen Geraden stehe ich und schaue den Schienen zu, wie sie pfeilschnell auf den Horizont zujagen. Das Heckfenster war ziemlich verdreckt, doch ich habe glücklicherweise immer ein Papiertaschentuch bei mir.

Der Schaffner, eine finstere schnauzbärtige Gestalt, warf von außen die Tür zu. Ich sollte ihn nie wiedersehen.

Der Zug war ziemlich voll besetzt, und ich fühlte mich inmitten all der völlig fremden Menschen nicht wohl. Ich konnte klarerweise kein einziges aus dem *Andreas Hofer* vertrautes Gesicht ausnehmen; dazu kamen noch Mengen von Touristen, die in fremden Sprachen wild durcheinander redeten. Beim Durchgehen kam ich mir gepeitscht vor von den unverständlichen Sätzen, die da auf mich niederprasselten. Endlich gelangte ich an einen Coupéwagen, konnte in ein Sechserabteil flüchten und die Schiebetür hinter mir zuziehen.

Die alte Frau trug ein Kleid aus glänzendem, nachtblauem Baumwollstoff und ein schwarzes Kopftuch. Sie blickte starr zum Fenster hinaus und erwiderte meinen Gruß nicht. Sie bewegte ihre Hände in ständiger Unruhe über ein rundliches Gebilde, das, bedeckt durch ein großgeblümtes Tuch, auf ihrem Schoß lag. Ich vermutete eine Kristallkugel und machte, da man Wahrsagerinnen besser in Ruhe läßt, keinerlei Kommunikationsversuch, bis auf der Höhe von Straßwalchen ein Laut unter dem Tuch zu hören war, unwillig, gequält und ein bißchen gespenstisch. Ich muß jedenfalls ziemlich verschreckt geschaut haben, denn die Alte grinste mich plötzlich hämisch an und zog das Tuch weg. In einem kuppelförmigen Rattankäfig saß ein prächtiger Pirol, goldgelb und nahezu von der Größe eines Raben. Er hatte die Nickhaut über seine Augen gesenkt und krächzte leise vor sich hin. Ich wurde von der Vision überfallen, die Frau werde dem Vogel den Kragen umdrehen, ihn rupfen, braten und verzehren, vielleicht mit einem Serviettenknödel. – Was machen Sie mit dem Vogel? fragte ich. – Der Pirol, sagte die Alte, der Pirol ist ein gescheites Tier. – Was machen Sie mit ihm? fragte ich. – Der Pirol sagt dir im Schlaf deine Zukunft voraus, antwortete sie. – Essen Sie ihn? fragte ich. – Im Schlaf deine Zukunft, sagte die Alte, hörst du ihn träumen? – Beim Lachen zog sie ihre Lippen über die Zähne in den Mund hinein. – Essen Sie den Pirol? fragte ich flehentlich. Sie krallte ihre Finger um die Streben des Käfigs. – Wenn er die Augen öffnet, trifft dich der Blitz, sagte sie leise. Ich spürte eine scharfe Kälte im Mark, sprang auf und rannte davon.

In dem Abteil, vor dem ich endlich zur Ruhe kam, saß allein ein vielleicht zehnjähriger Bub. Das erschien mir ungefährlich, und ich setzte mich dazu. Der Bub beachtete mich nicht. Er trug eine schwarzgerahmte Brille mit sehr dicken Gläsern, die den Anschein erweckten, als rollten seine Augen dann und wann auf seine Knie hinab. Er las laut aus einem Buch: Zogen zwei junge Burschen durch den Wald. Der eine mochte achtzehn Jahre alt sein und war ein Zirkelschmied. – Mir kam das irgendwie bekannt vor, doch konnte ich es nicht wirklich einordnen. Der Bub hatte krause, feuerrote Haare und eine blasse, durchscheinende Haut. – Was ist ein Zirkelschmied? fragte er. – Ein Handwerker, der Zirkel schmiedet, sagte ich und war selbst unzufrieden mit dieser Antwort. – Der andere, ein Goldarbeiter, las der Bub weiter, konnte nach seinem Aussehen kaum sechzehn Jahre zählen und tat wohl jetzt eben seine erste Reise in die Welt. – Der Bub blickte mich an, und ich versuchte mich innerlich für die Frage zu rüsten, was denn ein Goldarbeiter sei. – Wie werden Zirkel geschmiedet? fragte er mich und erwischte mich neuerlich auf dem falschen Fuß. – Heute werden Zirkel nicht mehr geschmiedet, stammelte ich und spürte, wie mir das Blut in den Kopf schoß. – Der Abend war schon heraufgekommen, las der Bub, und die Schatten der riesengroßen Fichten und Buchen verfinsterten den schmalen Weg, auf dem die beiden wanderten. – Seine Finger waren wie von einer Wachsfigur. Sogar an ihren Endgliedern sah man blaue Adern unter der Haut liegen. – Der Zirkelschmied, las er, schritt wacker vorwärts und pfiff ein Lied. – Was ist ein Zirkelschmied? fragte er, und ich hatte den Eindruck, als berührten seine Augäpfel meine Wangen. – Es gibt heute keine Zirkelschmiede mehr, sagte ich, glaub mir das! – Hier steht es, sagte der Bub und wies mit einem Finger spitz auf das Buch, was ist ein Zirkelschmied? – Es gibt keine Zirkelschmiede, es gibt keine Zirkelschmiede, es gibt keine Zirkelschmiede! schrie ich ihn an. Da war es, als senke sich eine Nickhaut über seine Augen, er zog die Beine zum Schneidersitz hoch, ließ das Buch in den Schoß gleiten und gab einen gluckernden Laut von sich. Ich erwartete ein singendes Krächzen als Antwort und blickte in der Suche nach einem gelben Vogel erst nach oben. Von unten freilich ertönte ein vielfaches Echo. Unter den Sitzbänken hervor schoben sich Truthähne, einer nach dem anderen, drängten sich an meine Beine, reckten die Köpfe zwischen meinen Knien empor, wackelten mit ihren grausigen roten Anhängseln, schauten frech und verspotteten mich kehlig. Der Bub machte einen zufriedenen Eindruck. Als der Raum zwischen den Bänken gefüllt war mit Vogelleibern, war nicht etwa Schluß, sondern quollen unter die erste Schicht neue Tiere, so daß es die einen hob, bis sie sich buchstäblich Aug in Aug mit mir befanden. Der Bub blickte reglos zu mir herüber, in einer freundlichen Kälte, die einzig darauf zu warten schien, daß ich unter dem gräßlichen Getier verschwände wie in einem Sumpfloch. Wie es mir gelang, mich über oder durch das Gewimmel zur Tür zu hechten, weiß ich nicht mehr; ich weiß allerdings, daß ich draußen auf dem Gang noch mehrmals verzweifelt brüllte: Zirkelschmiede sind ausgestorben!

Die Welser Heide ist eine beruhigende Landschaft. Nachdem ich auf dem Gang eine Zeitlang zum Fenster hinausgesehen hatte, hatte ich soweit die Fassung wiedererlangt, daß ich mich endlich wiederum in ein Abteil wagte. Kein Mensch befand sich darin. Ich war offenbar völlig erschöpft, denn ich muß auf der Stelle eingeschlafen sein.

Der dicke Mann, der mir vis-à-vis saß, als ich erwachte, trug eine graue Lodenjacke mit dunkelgrünen Kragenaufschlägen und Hirschhornknöpfen. Er tauchte seine Hand immer wieder in einen Leinensack, den er neben sich auf der Bank stehen hatte, und ließ etwas zwischen seinen

Fingern durchrieseln, das aussah wie Getreidekörner. Er hatte äußerst buschige schwarze Augenbrauen und eine feine Narbe über seinem rechten Unterkiefer. Er pfiff den *Schönfeldmarsch,* laut und so sicher, daß ich darauf schwören hätte können, er spiele in einer Blasmusik-kapelle das erste Flügelhorn. – Ich könnte im Zug nie schlafen, sagte er. – Ich schlafe sonst auch nie, antwortete ich, es ist unvermutet über mich gekommen. – Der Mann roch zwar nach Landwirtschaft, hatte jedoch trotzdem etwas zutiefst Irritierendes an sich. An seinen Fingern, die aussahen wie halbwüchsige Knackwürste, lag es sicher nicht. – Ich könnte im Zug ununterbrochen essen, sagte er, vom Niedersetzen bis zum Aussteigen immerzu essen. Meine Frau hat es mir verboten. Sie ist mit dem Hausarzt im Bunde. – Immer wieder pfiff er ein paar Takte, traf jeden Ton, jedes Intervall. – Sind Sie Kunstpfeifer? fragte ich. Er lachte schallend auf, griff dann neben sich und stellte mir mit Schwung jenen Leinensack aufs Knie. – Dinkelspelzen, sagte er, Dinkelspelzen sind mein Metier. – Also doch Landwirtschaft, dachte ich. Der Mann fuhr das Klapptischchen unter dem Fenster aus, holte aus seinem graugrünen Rucksack, der auf dem Gepäckträger lag, ein großes Schneidbrett und ein Taschenmesser mit einem Wurzelholzgriff hervor. – Nicht was Sie jetzt denken, sagte er, ich halte mich an die Anweisungen meiner Frau. – Er klappte das Messer auf. – Dinkelspelzen, sagte er, Din-kelspelzen sind mein Metier, indirekt. – Konzentriert be-gann er in den Innentaschen seiner Lodenjacke zu kramen. Er zog daraus nacheinander hervor: einen Stieglitz, eine Mönchsgrasmücke, ein Rotkehlchen, einen Kernbeißer und einen sibirischen Seidenschwanz. Er legte sie neben-einander aufs Schneidbrett. In dem Schweißausbruch, der mich überfiel, war ich noch imstande, auszunehmen, daß die Vögel allesamt lebten. Um ihre Beine, Körper und Flügel sowie um ihre Schnäbel war jeweils ein feines weißes Baumwollgarn geschlungen, das sie an jeder Art von Fortbewegung und am Lautgeben hinderte. Ab und zu war so etwas wie ein leises Tschilpen zu hören. Die Vögel hatten alle die Augen weit offen und schauten mich an. Der Mann strich dem Seidenschwanz mit einem seiner Wurstfinger über den Kopf. – Dinkelspelzen, sagte er, ich bin der einzige Tierpräparator, der zum Stopfen Dinkelspelzen verwendet.

Ab jenem Zeitpunkt, an dem der Mann zu seinem Messer griff, werden meine Erinnerungen zunehmend verschwommen.

Ich sehe mich zunächst den Gang entlangstürzen, meinen Kopf umschwirrt von einem Stieglitz, einer Mönchsgrasmücke, einem Rotkehlchen, einem Kernbeißer und einem sibirischen Seidenschwanz. Sie alle zwitschern wild etwas, das klingt wie der *Schönfeldmarsch* und hacken auf meine Kopfhaut und meine Ohrmuscheln los. Rings um mich diese Augen, wie kleine schwarze Blitze! Im Lauf nehme ich wahr, daß es draußen dämmrig geworden ist, bin kurz überrascht und frage mich, auf welchem Abschnitt der Strecke wir uns befinden, ob wir Linz schon passiert haben oder gar schon Sankt Pölten. Bevor ich irgendeinen Anhaltspunkt entdecken kann, öffnet sich vor mir automatisch die Tür zum nächsten Waggon. Ich eile durch, in panischer Flucht und der Hoffnung, hier vielleicht die fünf tollwütigen Biester loszuwerden. Hinter mir schlägt die Tür zu.

Ich befinde mich in einem Güterwaggon, der groß ist wie ein Turnsaal und zunächst völlig leer. Schon beginnt sich mein Nervenflattern etwas zu mindern, da schiebt sich am jenseitigen Ende des Waggons eine Luke auf, eine Art Fenster. Durch sie ergießt sich ein unübersehbarer Vogelschwarm in den Raum, ein Flügelrauschen, ein Krächzen, ein Kreischen, ein Singen. Die Wolke wälzt sich auf mich zu, zielstrebig, in einer gewaltigen Schraubenbewegung. Ich weiß die Tür hinter mir geschlossen, wende mich daher erst gar nicht um. Ich erkenne den Gimpel, die Wacholderdrossel, das Wintergoldhähnchen, die Alpendohle, das Haselhuhn, den Feldfasan, den Schwarzstorch und den Wespenbussard. An der Spitze des Schwarmes fliegt ein riesiger Kolkrabe, ruhig, ohne Schrei, meinem Gesicht entgegen. Unmittelbar bevor er mich erreicht, kann ich hineinschauen in seine Augen, in diese unglaublich blauschwarzen Knopfaugen!

Ich kam etwa zwanzig Meter neben dem ostseitigen Ausgang des Doppeltunnels der Westbahn zwischen Eichgraben und Rekawinkel zu mir, ziemlich verdreckt, jedoch nicht im mindesten verletzt. Nach der Aussage jenes pensionierten Werkzeugmachers, der mich dort fand und wachrüttelte, sei ich anfangs völlig ohne Gedächtnis und Orientierung gewesen, habe wirres Zeug geredet, von Raben und Nachtigallen, auch von Andreas Hofer, was kurz die Vermutung habe auftauchen lassen, ich sei ein Tiroler. Das habe sich jedoch durch meinen einwandfrei wienerischen Akzent von selbst widerlegt. Die Frau des Werkzeugmachers meinte schließlich, es hätten mich möglicherweise die Berichte von jenem tragischen Zugunglück in einen derartigen Verwirrtheitszustand gestürzt: Vor zwei Tagen sei nämlich der Schnellzug *Andreas Hofer* zwischen Amstetten und Sankt Georgen am Ybbsfeld in einen auf einem Bahnübergang geparkten Öltankzug gerast, was ein fürchterliches Gemetzel zur Folge gehabt habe. Den Fahrer des Tankzuges habe man bis jetzt nicht ausforschen können.

Dies war der Punkt, ab dem allmählich meine Erinnerung zurückkehrte.

Rock Around The Clock

Hätte Tante Märjen in den Achtzigerjahren noch gelebt, wäre sie womöglich mit E. T. verwechselt worden. Sie hatte den gleichen schrumpeligen Kopf, aus dem große Augen leuchteten. Diese Ähnlichkeit mit dem Außerirdischen war allerdings rein äußerlich. Märjen war keineswegs heimwehkrank oder sonst seelisch verwundet wie E. T.

Tante Märjens Augen waren die eines Spähers. Wahrscheinlich konnte sie auch um die Ecke sehen. Sie wachte in den Fünfzigerjahren über unsere Moral. Über Ruthas, Millas und meine. Eigentlich hieß Märjen nach ihrer aus Amerika stammenden Mutter Maryann, aber für uns war sie Märjen und noch schlimmer als die Polizei. Unsere Mütter arbeiteten von halb acht Uhr morgens bis abends um sechs in der Modellabteilung einer Textilfabrik. Meine Mutter zeichnete Entwürfe, die Mutter von Rutha und Milla nähte danach die Modelle der Strickwaren, Pullover, Röcke, Jacken. Es war ein anstrengender Job, zwar weniger körperlich anstrengend, wie bei den Fabrikarbeiterinnen, aber dafür mussten unsere Mütter für einen Misserfolg ihrer Kreationen geradestehen.

Tante Märjen war nicht meine richtige Tante, Gott sei Dank; sie war nur die Tante von Rutha und Milla. Trotzdem hatte sie tagsüber die Oberhoheit auch über mich, und sie verlangte, dass ich sie Tante nenne. Ich sehe sie immer noch deutlich vor mir. Heute denke ich, dass sie eine unglückliche, einsame Frau gewesen sein muss. Aber als kaum sechzehnjähriges Mädchen fürchtete ich mich vor ihr. Tante Märjen sah bedrohlich aus mit ihrer papierenen gelbbräunlichen Haut, dem flusigen Haar, das sie vergeblich mit der Brennschere in Wellen zu legen versuchte. Sie trug ständig eine Art schwarzen Kittel über ihrer Kleidung, die sie wohl dadurch schonen wollte. In dieser Schwärze erschien sie mir wie das leibhaftige Unglück, das Sinnbild der Strafe für was auch immer, der fleischgewordene Vorwurf, das ständig lauernde Misstrauen. Wenn sie mich ansah, war ich bedrückt. Ihre Lippen waren ein dünner Strich. Wenn sie den Mund aufmachte, dann meist, um uns zu tadeln oder uns zu drohen. Selbst wenn ich hätte zuhören wollen, wäre es mir nicht möglich gewesen, denn ich starrte jedes Mal wie hypnotisiert auf ihre gelbliche schief gewachsene untere Zahnreihe.

Wenn Rutha, Milla und ich aus der Schule kamen, wusste Tante Märjen schon, wer von den Jungen uns nach Hause begleitet oder gar unsere Tasche getragen hatte. »Ihr seid eine Schande für die Familie!«, rief sie dann. »Am helllichten Tag wird mit den Kerlen poussiert. Vor aller Augen. Was sollen denn die Leute denken? Mir tun eure Mütter leid, dass sie derart leichtsinnige Töchter haben!«

In meinem Fall hatte Tante Märjen schon Schicksal gespielt. Erfolgreich. Sie hatte den Eltern meiner Schülerliebe Karl-Friedrich, genannt Torro, unsere Poussagen in den glühendsten Farben geschildert. Es waren Geschichten, die offenbar Tante Märjens Fantasie entsprungen waren, denn Torro und ich strebten nach Reinem und Hohem. Doch Torros Eltern, getrieben von der panischen Angst, vor der Zeit mit Enkeln gesegnet zu werden, schickten ihren einzigen Sohn postwendend ins ferne Amerika, wohin man geschäftliche Beziehungen hatte.

Tante Märjens Sieg war jedoch einer nach Art des Pyrrhus. Nach einem Jahr im Exil kam Torro zurück, und er kam nicht allein. Im Gepäck hatte er den größten Feind, den das Leben für Tante Märjen bereithalten sollte. Es handelte sich um äußerlich unscheinbare Schallplatten, die es allerdings in sich hatten. Sie gerieten zu einer Offenbarung für Rutha, Milla und mich. Und das kam so:

Noch am Abend seiner Rückkehr aus den USA trafen wir Torro und seine Freunde Manni und Klaus, ausgerüstet mit den besagten Schallplatten, an der Friedenseiche. Es verwirrte mich, dass Torro nicht zuerst ein Treffen allein mit mir arrangiert hatte. Schließlich war ich für ein reichlich langes Jahr seine zurückgelassene große Liebe gewesen. »Du kannst Dir gar nicht vorstellen, wie sehr ich Dich liebe. Ich könnte lachen und weinen. Weil Du meine bist und doch ein Meer zwischen uns liegt.« Das oder Ähnliches hatte Torro mir in einem Stapel von Briefen versichert. Auch dass wir heiraten und Kinder kriegen würden. Durfte ich da nicht erwarten, dass er zuerst einmal mich allein treffen wollte? Mir wurde plötzlich klar, dass ich die Spielregeln nicht kannte. Wer weiß, was mein Karl-Friedrich in den USA erlebt hatte. Jedenfalls war ich verblüfft über diesen amerikanischen Torro.

»Mit deinem Bürstenschnitt und den braunweißen Schuhen siehst du aus wie ein GI auf Urlaub«, flüsterte ich ihm zu. »Ich komme ja nur deinetwegen«, flüsterte er rasch zurück, »ich wollte bloß nicht, dass es am ersten Tag schon wieder Gezeter gibt.«

Durch die Gassen gingen wir möglichst unauffällig zu unserem großen, alten Haus, in dem auch Rutha, Milla, ihre kriegsverwitwete Mutter und eben Tante Märjen lebten. Wir öffneten behutsam das quietschende Gartentor, bewegten uns vorsichtig durch den schmalen Gang neben der Waschküche, gelangten ungesehen in die Diele und in unser großes Wohnzimmer, wo wir so geräuschlos wie möglich den Schlüssel in dem alten Schloss umdrehten. Einer der Jungs hängte seine Kappe darüber. So – jetzt konnte Tante Märjen nicht einmal durchs Schlüsselloch spionieren.

Wir holten unseren Plattenspieler aus dem Schrank. Torro zeigte uns Ausschnitte aus amerikanischen Magazinen über einen Rock-'n'-Roll-Musiker namens Bill Haley. Torro meinte, wir sollten uns nicht daran stören, dass er etwas dicklich und schon in den Dreißigern wäre, und schon gar nicht an der Schmalzlocke auf der Stirn – »Der Mann macht eine Musik, dass es dich elektrisiert. Du kannst einfach nicht sitzen bleiben«, sagte Torro –, und da hörten wir auch schon den *Rock-A-Beatin' Boogie,* wir hörten »*Rock, rock, rock, everybody, roll, roll, roll, everybody*«, und Torro kickte seine langen Beine nach rechts und links, zog seine Knie hoch, dann wieder steppte er mit kleinen Schritten. Ich hatte noch niemanden so wild tanzen sehen, ich glaube, mir blieb der Mund offen stehen, doch Milla war sofort im Rhythmus. »Hey, Klaus, *let's go!*«, rief sie, und die beiden sprangen herum wie Derwische. Rutha und Manni übten das mit dem Kicken, beide hatten schon hochrote Gesichter, und Rutha rief: »Mann, Torro, zeig mir das noch mal richtig!«, und Torro kickte bereitwillig ein wenig langsamer, doch dann rollte er mich in seine Arme und wieder zurück, und jedes Mal flüsterte er mir etwas zu: »Ich liebe deine Augen«, »Ich kann mich nicht sattsehen an deinem Mund« und dergleichen. Ich roch den Duft seines weißen Hemdes, spürte den sehnigen Körper, und Torro flüsterte wieder: »Du machst mich ganz schön verrückt!«, während Tante Märjen draußen vor der Tür hämmerte und schrie, scheinbar ebenfalls verrückt geworden, nur anders. Sie schrie, dass wir sofort aufmachen sollten, aber sofort, sonst hole sie die Polizei.

Wir waren allerdings gerade so richtig im Rock-'n'-Roll-Fieber, und die alte Schraube draußen war uns so was von egal! Wir schoben ruck, zuck den Tisch an die Wand, stellten die Stühle obendrauf, und Torro hatte längst *Crazy Man, Crazy* aufgelegt. Wir tanzten das, was wir für Rock 'n' Roll hielten, und Milla rief an der Türe, dass Tante Märjen mittanzen könne, sie müsse aber unbedingt einen Mann mitbringen. Und Torro rief: »Danke, Märjen, danke, dass du so schöne Intrigen gesponnen hast! Ich hab nämlich in den USA den Geschlechtsverkehr kennengelernt! Du als halbe Amerikanerin musst vielleicht noch lernen, dass Rock 'n' Roll ein Slangwort ist. Und weißt du, wofür? Für Geschlechtsverkehr!«

Damit hatte Torro mich angestachelt. Meine Wut auf Märjen und ihre Lügen war plötzlich wieder lebendig in mir. Ich schrie durchs Schlüsselloch: »Hallo, du da draußen, du kannst unseren Eltern ruhig verraten, dass wir es miteinander getrieben haben, Torro und ich. Und die anderen auch. Denn diesmal lügst du damit nicht!«

»Abschaum!«, tönte es von Tante Märjen zurück. »Ihr seid schuld am Verfall der Sittlichkeit. Ihr werdet schon sehen, wo ihr mal landet!«

Wir hörten, wie sie sich mit polternden Schritten entfernte. Und zum ersten Mal war uns ihr Geschrei gleichgültig.

Torro hatte noch mehr Amerika für uns mitgebracht. Und weitere Zeitungsausschnitte und Plakate zeigten einen so hübschen Jungen, dass Milla, Rutha und ich ungehemmt »Oh!« und »Ah!« schrien. Was war das denn für einer? »Das ist ›Elvis the Pelvis‹«, sagte Torro stolz, als wäre er dessen Manager. Mindestens. »Soll das vielleicht ›Elvis, das Becken‹ heißen?«, fragte ich ungläubig. Von den Zeitungsausschnitten und aus Torros Erzählungen erfuhren wir, dass dieser Elvis Presley nicht nur mit einer besonders samtenen Stimme sang, sondern seine Lieder zusätzlich mit so aufreizenden Hüftbewegungen unterstützte, dass seine Fans wie von Sinnen kreischten. Als wir *Don't Be Cruel* hörten, *Hound Dog* und *Heartbreak Hotel,* waren wir seiner Stimme verfallen.

»Die dürfen richtig wild sein«, rief Milla, »die machen was los! Die lassen sich von keinem was sagen!« Verblüfft sahen die Jungen sich an, bis Torro sagte: »Und wir auch nicht mehr!«

Sie versprachen es sich in die Hand, und wir schlugen mit ein.

Tante Märjen hatte unsere Mütter schon am Fabriktor abgefangen. Sie berichtete ihnen von einer anstößigen Orgie der drei Mädchen mit den drei Jungen: »Greta, Lisbeth, ich habe diesmal das Schlimmste nicht mehr verhüten können. Die haben so unanständige Sachen geschrien, dass ich es nicht mehr ausgehalten habe!«

Wir standen hinter der Friedenseiche, geschützt vom Gebüsch, und sahen unsere Mütter näher kommen. Die beiden Frauen schoben ihre Räder schwerfällig die Hauptstraße hoch. Sie redeten miteinander, und wir sahen ihre ratlosen Gesichter. Milla, Rutha und ich waren mit einem Mal beklommen, unsere Augen trafen sich. »Vielleicht holt mein Stiefvater wieder die Schmicke vom Schrank«, überlegte ich. »Dem dreh ich den Hals um!«, drohte Torro. Doch Milla sah ihn an und meinte, sie würde auf diese Musik nicht mehr verzichten. »Alle Platten von denen kaufe ich mir, alle, darauf können die in der Hauptstraße 21 Gift nehmen!« Und zu mir meinte sie kämpferisch: »Wenn dein Stiefvater wirklich wieder die Peitsche holt, dann rennst du einfach runter zu uns! Schrei wie verrückt! Dann gehen wir zu dritt auf ihn los! Den kriegen wir klein, der hat doch bei Bockemühlen Emma jetzt schon den dritten Schnaps intus!«

Ich sah, dass meine beiden Freundinnen genauso berauscht waren wie ich. Wir lachten. Lachten bis zum Ersticken. Zum ersten Mal konnten wir alles vergessen.

Den Krieg, der dieselben Farben hat wie meine Kindheit. Der Krieg hatte aus uns kleine Erwachsene gemacht, mit Wasserscheiteln und strengen Zöpfen. Er war überall gewesen, der Krieg, alle waren darin verwickelt. Auch wir Kinder. Unsere Körper waren vermischt gewesen mit dem Krieg. In unserem Denken, wenn wir wach waren, und in unseren Träumen, wenn wir schliefen. Er hatte uns besetzt, der Krieg, und einer der Besatzer war Tante Märjen.

Nie, nie, nie vorher hatten wir geahnt, wie anders das Leben sein konnte. Wie großartig. Wie außerordentlich schön es war, sich halb totzulachen. Auch ohne Grund. Und ich wusste, dass ich keine Hilfe brauchte. Völlig allein wollte ich den Gespenstern in meinem Leben Paroli bieten. Vor allem meinem Stiefvater, diesem Verrückten, immer noch vom Dritten Reich Berauschten. In meinem Kopf hatte sich das Wort »Freiheit« breitgemacht. Ich wollte eine Erziehung, frei von meinem Stiefvater, frei von Märjen, ich wollte freies Tanzen, freies Singen, notfalls auch freies Kreischen. Ich wollte den Torro frei. Überhaupt das ganze Leben. Frei.

Eine deutsche Leidenschaft
namens Nudelsalat

In Damaskus fühlt sich ein Gastgeber beleidigt, wenn seine Gäste etwas zu essen mitbringen. Und kein Araber käme auf die Idee, selbst zu kochen oder zu backen, wenn er eingeladen ist. Die Deutschen sind anders. Wenn man sie einlädt, bringen sie stets etwas mit: Eingekochtes vielleicht oder Eingelegtes, manchmal auch selbst gebackenen Kuchen und in der Regel Nudelsalat. Man sagt, wenn man zehn Deutsche einlädt, sollte man mit drei Nudelsalaten rechnen. Warum Nudelsalat, mit Erbsen und Würstchen und Mayonnaise? Wahrscheinlich deshalb, weil man Nudelsalat mit der einen Hand zubereiten kann, während man sich mit der anderen zurechtmacht.

Auch nach dreißig Jahren in Deutschland finde ich Nudelsalat noch immer schrecklich.

In Damaskus hungert ein Gast am Tag der Einladung, weil er weiß, dass ihm eine Prüfung bevorsteht. Er kann nicht bloß einfach behaupten, dass er das Essen köstlich findet, er muss es beweisen, indem er eine Unmenge davon verdrückt. Das grenzt oft an Körperverletzung, denn keine Ausrede hilft. Gegen die Argumente schüchterner, satter oder auch magenkranker Gäste halten Araber immer entwaffnende, in Reime gefasste Erpressungen bereit.

Das kommt vom Einfluss der Wüste auf das Leben der Araber. Die arabische Kultur hat dort ihren Ursprung, und wenn man einen Fremden mit Essen versorgte, rettete man nicht selten ein Leben.

Ein Nomade bewirtet den Fremden, weil er in ihm sich selbst sieht, eine Sicht, die bei Städtern getrübt oder völlig verschwunden ist. Ein Nomade weiß von Kind auf, dass er nur durch Zufall heute der Gastgeber ist, dass aber vielleicht bereits morgen ein Sandsturm ihn zum durstigen Fremden werden lässt, der im Augenblick seiner Ankunft bei dem, der ihm Schutz geben kann, kein Verhör, sondern Wasser, Brot und Ruhe braucht. Deshalb verbietet es die Moral der arabischen Nomaden, den Fremden in den ersten drei Tagen nach dem Woher und Wohin zu fragen. Diese freundliche Bewirtung des Gastes, mittels derer er zu Kräften kommt, hat in Arabien einen Namen: Gastrecht.

Die Araber der Wüste identifizierten sich mit dem Fremden so sehr, dass manche Stämme das Feuer die ganze Nacht besonders hell lodern ließen, damit der Schein dem irrenden Fremden den Weg zeigte, und wenn es stürmte, banden sie ihre Hunde draußen vor dem Zelt an, damit ihr Bellen dem Fremden Orientierung bot.

Aber auch wenn die Araber in Städten leben, tragen sie noch immer ein Stück Wüste in ihrem Herzen. Den Ruf eines großzügigen Gastgebers zu haben freut einen Araber wie sonst nichts auf der Welt.

Deutsche einzuladen ist angenehm. Sie kommen pünktlich. Sagen sie um vier, dann kommen sie um vier, manchmal sogar Viertel vor. »Wir haben mit Stau gerechnet«, erklären sie dem verlegenen Gastgeber.

Im Gegensatz zu Italienern, Arabern, Spaniern und Griechen, deren mediterrane üppige Küche sie zu hochnäsig und zu feige macht, um sich auf andere Speisen einzulassen, sind die Deutschen sehr mutig, ihre eher bescheidene Küche zu verlassen und andere, exotische Gerichte zu probieren. Sie scheuen weder vor japanischen, chinesischen, afrikanischen oder afghanischen Kochkünsten zurück. Und wenn es ihnen schmeckt, sagen sie nach genau neunzig Sekunden: »Lecker, kannst du mir das Rezept geben?«

Ein arabischer Koch aber kann die Entstehung eines Gerichts, das er gezaubert hat, gar nicht knapp und verständlich beschreiben. Er fängt bei seiner Großmutter an und endet bei lauter Gewürzen, die kein Mensch kennt, weil sie nur in seinem Dorf wachsen, und deren Name noch kein Botaniker ins Deutsche übersetzt hat. Die Kochzeit folgt Gewohnheiten aus dem Mittelalter, als man noch keine Armbanduhr hatte und die Stunden genüsslich vergeudete. Ein unscheinbarer Brei braucht nicht selten zwei Tage Vorbereitung, und das völlig unbeeindruckt von aller modernen Hektik.

Auch wenn den Deutschen das Essen gar nicht schmeckt, bleiben sie sehr höflich. Sie lächeln und sagen knapp: »Interessant.« Ich habe mich jahrelang gefragt, warum die Deutschen, Enkel der Dichter und Philosophen, ein Essen interessant finden. Ein Essen kann nicht interessant sein. Es ist weder eine mathematische Gleichung noch eine Naturerscheinung. Es schmeckt oder es schmeckt nicht. Ich hielt den Ausdruck für unpräzise, unbeholfen. Erst vor Kurzem konnte ich diese höchst verschlüsselte Aussage dechiffrieren. Meine Güte! Die heutigen Deutschen machen ihren Vorfahren alle Ehre. Interessant – das ist eine geballte, auf ein Wort verdichtete Kritik, die die Verrisse des unbarmherzigsten Literaturkritikers wie süße Limonade wirken lässt. Sie meinen: Interessant, wie man aus wunderbaren Produkten und Ingredienzien so ein scheußliches Gericht kochen kann. Das alles steckt in diesem einen Wort.

Deutsche Gäste kommen nicht nur pünktlich, sie sind auch präzise in ihren Angaben. Wenn sie sagen, sie kommen zu fünft, dann kommen sie zu fünft. Man kann bereits am Nachmittag den Tisch decken. Und sollten sie wirklich einmal einen sechsten Gast mitbringen wollen, telefonieren sie vorher stundenlang mit dem Gastgeber, entschuldigen sich dafür und loben dabei die zusätzliche Person als einen Engel der guten Laune und des gediegenen Geschmacks.

So großartig Araber als Gastgeber sind, als Gäste sind sie furchtbar. Sie sagen, sie kommen zu dritt um zwölf Uhr zum Mittagessen. Um sieben Uhr abends treffen sie ein. Und vor Begeisterung über die Einladung bringen sie Nachbarn, Cousins, Tanten und Schwiegersöhne mit. Aber das bleibt ihr Geheimnis, bis sie vor der Tür stehen. Sie wollen dem Gastgeber doch eine besondere Überraschung bereiten und dessen Freude durch voreilige Anmeldung nicht schmälern.

Arabische Gäste kommen in der Regel unangemeldet. Und was macht der Gastgeber? Er hört die Klingel an seiner Tür, steht auf, unwillig, weil er gerade einen Krimi anschaut oder ein wenig Ruhe braucht, aber keine Gäste. Nun öffnet er die Tür und sieht einen Freund mit Anhang (fünf bis zehn Personen) vor sich. Er sagt nicht etwa: »Was gibt's?«, oder: »Wen willst du mit diesem Trupp überfallen?«, oder: »Kannst du dich nicht vorher anmelden, wo du mich doch auch sonst täglich mit deinen Anrufen traktierst?«

Nein, das sagt er nicht. Er lächelt, um sein Gesicht zu wahren und nicht als Geizkragen zu gelten, und bittet die Gäste feierlich herein, als hätte er auf sie gewartet. Und nun improvisiert er, spannt die ganze Familie und nicht selten auch noch die halbe Nachbarschaft für seine Blitzaktion ein, um den Gästen aus dem Nichts ein üppiges Mahl auf den sich biegenden Tisch zu zaubern. Am Ende sind der Gastgeber und seine Familie zwar restlos erschöpft, die Gäste aber sind zufrieden. Und der Gastgeber ist gerettet, er hat sein Gesicht gewahrt.

Einmal zählten wir in Damaskus eine Prozession von neunundzwanzig Menschen vor unserer Tür, als meine Mutter ihre Schwester eingeladen hatte, um mit ihr nach dem Essen in Ruhe zu reden.

Gastfreundschaft ist aber nicht angeboren. Das wissen die Araber und erziehen ihre Kinder deshalb von klein auf zur Liebe und Achtung gegenüber Gästen. »Der Gast ist ein Heiliger«, sagte meine Mutter, »wenn er sich bei dir wohlfühlt, segnet er dein Haus.«

Wir waren Kinder. »Und was, wenn er ein Teufel ist?«, fragten wir naiv und vorwitzig.

»Dann vergisst er die Stunden bei euch nicht, und wenn ihr bei ihm landet, schont er euch ein bisschen«, antwortete meine Mutter weise.

Ein arabisches Sprichwort sagt: Wer vierzig Tage mit Leuten zusammenlebt, wird wie sie. Seit fast vierzig Jahren lebe ich inzwischen mit den Deutschen zusammen, und ich erkenne Veränderungen an mir. Ein Fremder muss nicht Blutwurst und Saumagen essen, um angepasst zu sein. Spätestens wenn er anfängt, pünktlich zur Bushaltestelle und zum Bahnhof zu gehen, weil Busse und Züge nicht anhalten, wenn er ihnen winkt, ist er es. Und was ist mit den Mitbringseln der Gäste? Wein und Käse kann ich inzwischen annehmen, aber Nudelsalat – niemals.

Stimmung in Rot

Mein erster Gedanke war: Das ist es! Das Rot, nach dem ich so lange gesucht hatte.

Der zweite war, ob ich das Bild mitnehmen könnte.

Das Gewirr von Stimmen hallt durch die großen geöffneten Türen der Kunstgalerie in Timmendorfer Strand. Bis zur Eröffnung der Vernissage wird es noch eine halbe Stunde dauern, und einige der Gäste stehen draußen auf der Kurpromenade, um eine Zigarette zu rauchen, auf Freunde zu warten oder einfach nur um ein wenig zu plaudern.

Jemand sagt, dass Gerhard Richter kommen würde. Die Dame in der elfenbeinfarbenen Hose im Marlene-Dietrich-Stil und einem ausladenden weißen Hut, auf dem ein Arrangement thront, das wie ein Vogelnest anmutet, schüttelt leicht genervt den Kopf. Nein, nein, doch nicht Richter. Immer diese Halbwahrheiten! Baselitz sei es, der zugesagt habe. Eventuell. Das habe sie aus absolut zuverlässiger Quelle. Aber es sollten nur die wenigsten wissen, damit nicht allzu viel Aufregung entstünde.

Sie gehört offenbar zu den Eingeweihten dieses erlesenen Künstlerkreises und erntet bewundernde Blicke, die sie gekonnt gelassen ignoriert. Sie wendet sich von den Umstehenden ab und geht hinunter zum Strand. Es kann nicht schaden, sich noch ein wenig zu zeigen, bevor die Veranstaltung beginnt. Ein kleines Bad in der Menge sozusagen.

Sie setzt die große Prada-Sonnenbrille auf; die Ballerinas aus weißem Lack in der Rechten, schreitet sie langsam zwischen den Strandkörben hindurch in Richtung Wasser.

Das Wetter ist ein Sommertraum. Der Himmel zeigt sich in seinem tiefsten Blau, und ein feiner warmer Wind umspielt ihre weiten Hosenbeine, sodass es gerade noch elegant wirkt. Bei stärkerem Wind, der den Stoff wie eine Fahne um ihre Beine hätte flattern lassen, wäre sie natürlich nicht an den Strand gegangen.

Kinder spielen am Wasser, Softbälle ploppen dumpf an Schläger, es duftet nach Sonnencreme, teuren Parfums und Zigaretten. Sie zieht neugierige Blicke auf sich. Nur der Mann, der in dem Strandkorb hockt, stiert sie ungeniert an. Mit einer Mischung aus Belustigung und Verachtung. Für einen Moment flackert in seinem Blick etwas Bedrohliches auf. Sie kennt das Gesicht von irgendwoher. Er scheint regelmäßig hier herumzulungern. Ungepflegt ist er, versoffen. Sie hält unwillkürlich den Atem an, um ihn nicht riechen zu müssen, denn das tut er zweifelsohne. Penner!

Jemand schlägt mit einem Kaffeelöffel an sein Champagnerglas. Das laute Stimmengewirr verebbt und geht in ein gedämpftes Gemurmel über. Die Galeristin hat die Bühne betreten und kündigt den Maler an, der sich endlich wieder der Öffentlichkeit zeigt. Max Opladen.

Jahrelang war er, der geniale, skandalträchtige Landschaftsmaler, abgetaucht, sodass die Spekulationen über seinen Verbleib immer wilder wurden. Er sei seinem Drogenkonsum erlegen, hieß es anfangs, denn er hielt es mit seinen Kokspartys ziemlich offen. Eine Aids-Erkrankung wurde ins Rennen geschickt, ebenso eine Steuerflucht und die Verführung Minderjähriger. Opladen selbst schwieg hartnäckig. Keine Dementis, keine Verleumdungsklagen, keine Eingeständnisse.

Irgendwann ging man davon aus, er sei tot. Bekifft in seinem Pool ersoffen.

Doch dann tauchte das Bild auf. ›Nordmeer‹, das Seestück in Rot. Es war ein echter Opladen, daran bestand kein Zweifel, denn der Künstler hatte zum Abschluss rote Farbe auf das Bild geschleudert. Dieser spontane Farbauftrag ist eines seiner Markenzeichen.

Hurra! Wir haben es immer gewusst. Er lebt und er malt!

Die Bombe platzte vor drei Monaten. Dann erschien das zweite Bild: ›Stimmung‹. Eine graue Landschaft, die an Turner erinnerte, unfertig, skizzenhaft, doch bedeutend schwermütiger. Kein Bild, das sich eine psychiatrische Klinik in den Flur hängen sollte.

Er sei in Klausur gegangen, war jetzt in der Presse zu lesen. Er habe die letzten beiden Jahre gebraucht, um sich seiner selbst zu vergewissern und um sich einer inneren Reinigung zu unterziehen. Er habe sich dem Buddhismus zugewandt, hieß es. Und er müsse seinen Standpunkt innerhalb der Kunstwelt neu überdenken.

Max Opladen ist tot; es lebe Max Opladen!

Braun gebrannt, nonchalant in seinem hellen Anzug, unter dem ein orangefarbenes T-Shirt mit einer gelben Sonne strahlt, steht der Maler nun neben der Galeristin, die ihm endlich das Mikrofon überreicht, begleitet von lang anhaltendem Applaus und Pfiffen.

Souverän lächelnd geht er langsam auf und ab, hebt entschuldigend die Arme, so wie es Showmaster tun, wenn der Applaus nicht enden will. Formt mit den Lippen ein tonloses »Tja« und verneigt sich immer wieder vor der Galeristin.

Er wirkt frischer, beinahe jünger. Auf die Frage der Galeristin, wo er sich denn all die Jahre versteckt habe, schüttelt er nur geheimnisvoll lächelnd den Kopf und hält sich verschmitzt den Zeigefinger vor den Mund.

Die Bühne gehört jetzt ihnen. Max Opladen und seiner schönen Begleiterin. Es sind bestimmt einige unter den Besuchern, die jetzt denselben Gedanken haben. Dass seine Zurückgezogenheit nicht unbedingt mit der eines Mönchs zu vergleichen sei. Er hält die Hand der schlanken, hoch gewachsenen Frau, der das weißblonde Haar bis zur Taille reicht. Sie steht so da, als gehöre sie zu ihm, wie ein Teddy zu einem kleinen Kind gehört.

»Eine Russin«, raunt die Marlene, als wäre sie eine vorübergehende Geschmacksverirrung des Malers.

»Aber dreißig Jahre jünger als wir, meine Süße«, erwidert ihre Freundin trocken.

Die Galeristin hat sich jetzt dem großformatigen Landschaftsbild ›Stimmung‹ zugewandt. Opladen solle bitte etwas zum Titel sagen, war die Stimmung wirklich so düster wie auf dem Bild?

»Der Titel, meine Liebe, der Titel spricht doch für sich. Muss ich mich wirklich dazu äußern?« Wieder sein aasiges Lächeln. »Das wollen Sie nicht hören. Nicht an diesem wunderschönen Tag, in diesen wunderbaren Räumen …« Er geht auf die Galeristin zu, umarmt sie und gibt ihr zwei Wangenküsse. Zum Publikum raunt er: »Sie ist so wunderbar, ein Applaus. Bitte, nur für sie!«

Opladen macht einige Schritte zur Seite und steht nun genau vor dem Bild mit der trüben Landschaft.

Niemand hat auf den Mann geachtet, der schräg hinter der Frau mit dem auffälligen weißen Hut steht und der gerade eine Walther PPK aus der Plastiktüte eines Discounters zieht. Auch als er die Waffe langsam auf den Künstler richtet, greift niemand ein.

»Aber Edgar, du Arschloch!«, ruft der Mann laut. »Hast du vergessen, dass das Bild eigentlich ›Stimmung *in* Rot‹ heißen sollte?«

Der Knall wird durch die weiträumige Architektur des Gebäudes noch verstärkt. Er ist so laut, dass die Menschen unter dem Glasdach schockartig verharren. Alle starren nur noch auf das große graue Landschaftsbild, auf dem jetzt rote Blitze leuchten. Feine rote Linien laufen auseinander und tropfen zu Boden. Auf dem Himmel prangen helle pastose Flecken wie weiße Wolken.

Von der Rede der Galeristin bekam ich nicht viel mit. Ich hörte Satzfetzen wie »Kunst ist der Vorschlaghammer ...«, »Realität zertrümmern ...«, »ein Dialog der Farben ...«.

Ich hatte kein Ohr für dieses Gequatsche. Die Interpretationen meiner Arbeiten haben mich noch nie interessiert. Ich wollte nur ihn sehen. Edgar Hallmann. Deshalb war ich gekommen.

Mein Gesicht brannte, ich hatte mir während der Warterei in dem Strandkorb einen Sonnenbrand geholt. Ihr alberner Hut versperrte mir die Sicht auf die Bühne. Immer wieder wendete sie den Kopf, weil sie sehen wollte, wer von ihren Bussifreunden noch gekommen war. Vergewisserte sich, dass auch sie gesehen wurde.

Ich stand seitlich hinter ihr. Als sie mich bemerkte, schenkte sie mir den abfälligsten Blick, den sie zustandebringen konnte. Sie muss sich gefragt haben, wie es diesem Penner hatte gelingen können, hier Zutritt zu finden.

Ich sah in ihren Augen, dass sie für einen kurzen Moment überlegte, ob sie einen der Security-Leute holen sollte, um meine Einladung zu überprüfen. Sie war genauso boshaft hochnäsig wie früher.

Und er stand da oben in seinem albernen Anzug und redete und redete. Er ging immer zwischen ›Nordmeer‹ und ›Stimmung‹ hin und her. Es hatte mich im ersten Moment erschreckt, wie ähnlich er mir sah. Wir waren damals schon oft verwechselt worden, wir hätten Zwillinge sein können, nur war er jünger als ich. Jetzt hatte er sich vorsichtshalber einen Bart stehen lassen, einen, der unten spitz zulief. Ja, er hatte gute Arbeit geleistet, er sah tatsächlich aus wie ich.

Er flirtete mit dem Publikum, rieb sich immer wieder die Hände, legte sie ineinander wie ein Prediger und strahlte gütig in die Gesichter der Menschen. Er wollte zeigen, wie sehr er sich geschmeichelt fühlte, dass so viele Gäste gekommen waren. Als ob er gar nicht genug Liebe in sich trüge, um sie gerecht an alle zu verteilen.

Aber ich wusste, dass er in Wahrheit nur an sich dachte. Ich konnte seine Gedanken lesen wie die Denkblase eines billigen Comics: »Was bin ich doch für ein Genie!«

Zwei Jahre. Ich habe zwei Jahre gebraucht, um den langen Weg aus der Vergessenheit bis hierher, in die neue Galerie an der Kurpromenade, zu finden. Zwei beschissene Jahre, in denen ich mein verloren gegangenes Leben Stück für Stück hatte zurückholen müssen.

Ich, Maximilian Magnus Opladen. Maler, Witwer ohne Kinder und ohne Gedächtnis. Aber das Gedächtnis ist ein einzigartiges Phänomen, und es hatte die lange Zeit gebraucht, um mir zu verraten, dass ich auf dem Beifahrersitz seines roten Cabriolets gesessen hatte, eine halbleere Flasche Moët in der Hand, und dass eine CD von Neil Diamond gelaufen war, den ich auf den Tod nicht ausstehen konnte. Ich erinnerte mich auch wieder daran, dass ich mich gefragt hatte, wie in aller Welt ich mit jemandem befreundet sein sollte, der diesen Sänger mochte.

Es war drei Uhr morgens gewesen, als wir zwischen Timmendorfer Strand und Niendorf aus der Kurve flogen.

Vita minima. Ich war scheintot.

»Herr Hallmann, Sie haben großes Glück gehabt, dass ein anderes Fahrzeug vorbeigekommen ist«, sagten sie mir in der Klinik.

»Hallmann?«

»Ja. Ihr Name ist Edgar Hallmann. Gott sei Dank hatten Sie Ihre Papiere bei sich.«

»Hallmann. Na, gut. Wenn Sie das sagen …«

Er hatte nur einen Fehler begangen, der talent- und erfolglose Maler Edgar Hallmann, der sich nun Max Opladen nannte. Er hätte wissen müssen, dass ich meine Arbeiten nie unvollendet lassen würde. Das galt auch für das düstere Bild, das ich ›Stimmung in Rot‹ taufen wollte.

»Wieso ›Stimmung in Rot‹?«, hatte Hallmann gefragt. »Das Bild ist doch gar nicht rot.«

Nein, war es auch noch nicht. Das Rot sollte erst später dazukommen. Monatelang hatte ich mit der Farbe experimentiert und wollte sie während einer Performance auf das Bild schleudern.

Rot wie Liebe und Leidenschaft, Gewalt und Aggression.

Wie Blut.

Übrigens, das Bild habe ich mitnehmen dürfen, es hängt jetzt in meiner Zelle. Leider wurde das schöne Rot entfernt. Aber ich habe ja nun genügend Zeit, an einem neuen Rot zu arbeiten. Gestern habe ich eine Staffelei und Farbe bekommen.

Was will ich mehr?

Buchteln

Natürlich klingelte das Telefon, als ich gerade einen Satz an der Angel hatte, den entscheidenden Satz, den ich nie wieder erwischen würde.

Eigentlich habe sie nur die Bücher zurückbringen wollen, erklärte mir die Frau, weil sie im Augenblick wirklich keine Zeit habe, aber die Bibliothekarin habe gesagt, das müsse sie unbedingt lesen und habe Seite 35 aufgeschlagen, und da habe der Name ihres Pflegevaters gestanden. Selbstverständlich habe sie das Buch mitgenommen und sofort zu lesen begonnen und habe darin ihren Papa wiedergefunden, ihren Papa und nicht den Mann, über den die Leute geschimpft hätten, an dem sie kein gutes Haar gelassen hätten. Ihren Vater habe sie in dem Buch reden gehört, genauso habe er geredet, so sei er gewesen.

Ich war benommen, wie Leute, die aus dem Tiefschlaf gerissen werden, da sagte die Frau: »Ich bin nämlich die Tochter vom Herrn Tasch. Also eigentlich die Pflegetochter. Theresia heiße ich.«

Augenblicklich sah ich den Mann vor mir, wie er neben seinem Einspänner auf uns wartete, wenn wir am Bahnhof ankamen, Papa, Mama, meine kleine Schwester und ich, wie er mich hochhob und auf den Kutschbock setzte. Herrn Tasch, der später sogar dem allmächtigen Stiefgroßvater gegenübertrat und mich verteidigte. Herrn Tasch, dessen Haare dieselbe Farbe hatten wie das Fell seiner Stute.

»Sie müssen in Aussee gelebt haben. Wo haben Sie gewohnt?«, fragte die Frauenstimme.

Aussee. Der bloße Name des Ortes macht etwas mit mir, das ich bis heute nicht steuern kann. Meine Mutter, die starb, als ich vier war, kann ich nur auf der Seewiese klar sehen, in einem Ruderboot auf dem See, am Ufer der Traun. Aber es ist auch der Ort, wo ich mit sechs Jahren so verzweifelt war, dass ich ernsthaft versuchte, mir das Leben zu nehmen. Wenn der Loser zum ersten Mal in der Straßenkurve auftaucht, bekomme ich Herzklopfen. Der Loser, der für mich immer noch der Berg schlechthin ist.

»Wo Sie gewohnt haben, hab ich gefragt?«

Ich musste mich konzentrieren. »Verzeihung. Puchen 82.«

»Das gibt's nicht!«, rief sie und wiederholte: »Das gibt es nicht. Das ist das Haus, das der Papa nach meiner Hochzeit für mich gekauft hat! Sie müssen mich unbedingt besuchen. Aber kommen Sie bald. Ich bin schon über siebzig.«

Das konnte ich leicht versprechen, ich hatte im nächsten Monat eine Lesung an der dortigen Hauptschule. Der Anruf beschäftigte mich noch lange.

Allen Charakteren in dem Buch, das ich über meine Kindheit in Aussee schrieb, hatte ich andere Namen gegeben, wie ich es fast immer tue, weil sie ja doch durch meine Augen gesehen, in meiner Sprache geschildert werden. Auch Herrn Tasch hatte ich verschiedene Namen anprobiert, aber keiner hatte ihm gepasst, ein jeder hatte irgendwo gespannt, irgendwo geschlottert, war einfach nicht richtig gewesen, bis ich resigniert und entschieden hatte, Herr Tasch müsse eben Herr Tasch bleiben. Er war ja auch keine Hauptperson, hatte ich mich beruhigt.

Als das Buch erschienen war, rief mich eine Cousine an und beklagte sich bitter, dass ich ausgerechnet Herrn Tasch so freundlich geschildert hätte. Der sei doch ein total verkommener, düsterer Mensch gewesen, sie hätte sich immer gefürchtet vor ihm, und es habe auch geheißen, dass er es gewesen sei, der ...

Ich hatte sie gleich unterbrochen. Gerüchte interessierten mich nicht, behauptete ich, nachdem ich lange genug gezögert hatte, um mir selbst denken zu können, wie der Satz weitergegangen wäre.

In der Nacht vor meinem Besuch bei Frau Zach hatte ich einen Albtraum. Ohne die Füße zu heben, kam der Alte auf mich zu, der Vater meiner Stiefmutter, größer als die hohen Fichten im Garten, seine Stimme prasselte von allen Seiten wie Hagelkörner auf mich ein in einer Sprache, deren Wörter ich nicht kannte, deren Sinn ich aber verstand. Ich hätte ihn verleumdet, und dafür würde ich nun bestraft werden. Schweißgebadet wachte ich auf, sobald ich die Augen schloss, war der Alte wieder da und lachte dröhnend.

Am Morgen holte mich eine Lehrerin ab, die es verstanden hatte, ihre eigene Freude an Büchern auch in ihren Schülerinnen und Schülern zu wecken. Aus der Lesung entwickelte sich ein lebendiges Gespräch voller Überraschungen. Doch sobald ich allein war, kam eine seltsame Beklemmung über mich, beinahe etwas wie Prüfungsangst. Ich lief an der Traun entlang, als könnte ich vor mir selbst davonrennen. Kurz vor drei stand ich vor dem alten Gartentor, atmete tief ein, öffnete es und meinte, das knirschende Quietschen von früher zu erkennen.

Es gab keine hohen Fichten mehr, der Kleine Loser war abgetragen worden, die undurchdringliche Hecke verschwunden, auf dem gepflegten Rasen lag kein gipsernes Reh, an dem die Farbe abblätterte, standen keine Steinvasen mit Fuchsien. Die Veranda hinter dem Haus war nicht mehr da, dafür ein neuer Anbau und eine Terrasse davor. Aber wie damals blühte Phlox in Rosa, Weiß und Lila, überragt von Rittersporn. Ich blieb stehen.

Theresia kam aus dem Haus, streckte mir beide Hände entgegen. »Wir haben viel verändert«, sagte sie. »Hoffentlich sind Sie nicht enttäuscht.«

Ich schüttelte den Kopf. »Nein, wirklich nicht. Schön haben Sie's hier.«

In dieser Ordnung war kein Platz für Gespenster. Hier konnte ich auf der Terrasse sitzen, die es in meiner Kindheit noch nicht gegeben hatte, konnte Theresias köstlichen Streuselkuchen essen, ihren Kaffee trinken, ihr zuhören.

Seit sie mein Buch gelesen hatte, sagte sie, frage sie sich jeden Tag beim Aufräumen, wo das arme Mäderl geschlafen habe, das müsse ich ihr dann zeigen, aber jetzt solle ich erst noch ein Stück von dem Streuselkuchen nehmen. Ich könne mir gar nicht vorstellen, wie wichtig das Buch für sie gewesen sei, sie habe es schon zweimal gelesen. Sie fuhr sich über die Augen.

Im Haus war ich vor allem überrascht, wie winzig die Räume waren. Unvorstellbar, dass damals sieben Erwachsene und neun Kinder hier gewohnt hatten, das erklärte das Gefühl drückender Enge, wenn ich an die Zeit dachte. Mit sieben Jahren war ich zum letzten Mal hier gewesen, trotzdem meinte ich, an manchen Stellen vom bedrohlichen Schatten einer Erinnerung getroffen zu werden. Ich war erleichtert, als wir wieder auf der Terrasse saßen und Theresia zögernd ihre eigene Geschichte zu erzählen begann.

Ihre Mutter war sehr jung, als sie schwanger und gleich darauf vom Vater des Kindes verlassen wurde. Kurz darauf lernte sie einen anderen Mann kennen, wurde wieder schwanger und erneut verlassen. Die Großmutter hatte gesagt: »Mit einem kannst du zu mir kommen, mit zweien nicht.« Da gab die Mutter das Neugeborene einer Schweinehändlerin, die packte das Baby in den Kinder-

wagen zu den Ferkeln und zog damit durch das Salz-
kammergut. Eines Tages war eine Beerdigung in Alt
Aussee, da war auch die Schweinehändlerin zum Toten-
mahl eingeladen. Eine junge Frau hörte im Gastgarten
verzweifeltes Weinen, ging hinaus und sah das völlig
verdreckte Baby zwischen den Ferkeln im Kinderwagen
liegen. Sie hob es heraus, brachte es zu einer Freundin,
die gegenüber wohnte, badete es, wickelte es in eine
Decke und trug es wieder ins Gasthaus. Die Schweinehändlerin war empört und wollte das Kind zurückhaben,
aber der Bürgermeister drohte mit der Polizei. Da meldete sich Frau Tasch, die zur Trauergemeinde gehörte,
und erklärte, sie wolle die Kleine nehmen, sie könne
ohnehin keine Kinder bekommen, und das Pflegegeld
könne sie gut brauchen.

Der Arzt, der alles mit angesehen hatte, warnte Frau
Tasch, das Kind sei krank und würde sicherlich bald
sterben. »Sie ließ sich davon aber nicht abschrecken«, fuhr
Theresia fort, »und ist mit mir nach Hause gegangen, und
als ihr Mann gekommen ist, hab ich die Arme nach ihm
ausgestreckt, und er hat mich aufgehoben, und von dem
Moment an war er mein Papa und ich war sein Kind. Und
das war's.«

Die junge Frau, die das Baby zwischen den Ferkeln
herausgeholt hatte, wurde Jahre später übrigens Theresias
Schwiegermutter.

Frau Tasch versorgte das Kind, hielt es sauber, gab ihm zu
essen, schickte es, sobald es alt genug war, pünktlich in
die Schule und kümmerte sich darum, dass es seine Haus-
aufgaben erledigte. Theresia war ihr dankbar, pflückte
zum Muttertag bunte Wiesensträuße und sagte fehlerfrei
Gedichte auf. »Aber irgendwie …« Der Satz blieb in der
Luft hängen. Nach einer Pause nickte sie mir zu. »Sie
wissen ja, wie das ist, wenn man nicht wirklich gewollt

ist. Aber sie hat ihre Pflicht getan, wie sie's verstanden hat. Hat halt kein Talent gehabt zum Freuen.«

Theresia schenkte Kaffee nach, kam wieder auf mein Buch zu sprechen. Es beschäftigt mich heute noch, wie diese Frau, die sich kein Selbstmitleid gestattete, so viel Mitgefühl für »das arme Mäderl« aufbringen konnte, für das Kind, das ich gewesen war.

Wir blickten hinüber zur Traunbrücke. Dort hätten sie gewohnt, erzählte sie. Wenn Herr Tasch heimkam, halfterte Theresia das Pferd ab, führte es in den Stall, striegelte es, füllte den Wassereimer und den Hafersack. Sie half beim Ausmisten und polierte das Zaumzeug. Behutsam nahm die Stute eine Karotte oder einen halben Apfel mit ihren weichen Lippen aus Theresias Hand. Dann standen sie und Herr Tasch an die Box gelehnt und hörten der Traun beim Rauschen zu, bevor sie zum Essen ins Haus gingen.

»Er war mein Papa«, wiederholte sie. »Die Leute haben ihn ja nicht wirklich gekannt.« Sehr gerade saß sie da in ihrem bunten Sommerkleid, hinter ihr ließen die schrägen Sonnenstrahlen den Rittersporn aufleuchten. In diesem Licht war ihr schmales, ernstes Gesicht schön. Es tat mir leid, dass ich keinen Fotoapparat mithatte.

Das Gartentor quietschte, ich wurde abgeholt, musste meinen Zug erreichen. Sie umarmte mich zum Abschied, packte mir zwei Stück Streuselkuchen ein für die Reise nach Wien, winkte mir nach.

Zwei Monate später hatte ich eine Lesung in der Stadtbücherei, zu der kam sie mit ihrer Tochter und brachte mir ein Körbchen mit duftenden Buchteln und einer Karte, auf der stand: »Die größte Freude für das arme Mäderl war, wenn ihr die Nachbarin eine Buchtel geschenkt hat. Jetzt habe ich die für Sie gebacken.«

Ich hatte vorgehabt, Theresia am nächsten Tag noch einmal zu besuchen, und freute mich auf ein weiteres

Gespräch, das war leider nicht möglich. Wenigstens schrieb ich ihr zu Weihnachten eine Karte.

Im Herbst des nächsten Jahres fuhr ich mit meinen Schwestern nach Aussee. Ich wusste, dass Theresia Zimmer vermietete, und stellte es mir schön vor, ein Wochenende in unserem alten Haus zu verbringen. Als wir klopften, öffnete Theresias Tochter. Sie erkannte mich nicht und zeigte uns zwei Zimmer, die meinen Schwestern nicht gefielen. Ich brachte nicht den Mut auf, nach Theresia zu fragen.

ARNO GEIGER

Anna nicht vergessen

Mit einem Ruck richtet sie sich auf. Sie greift neben das Bett nach dem Slip vom Vortag und tappt, halb taumelnd vor Müdigkeit, in den dunklen Flur, wo ihre Füße auf dem Linoleum ein kraftloses Schmatzen erzeugen.

»Aufstehen, häßliches Entlein!« ruft sie ins Dunkel des Kinderzimmers hinein, etwas, das ihre Mutter manchmal gesagt hat und das Ella nur wiederholt, weil sich Anna ans erste Wecken ohnehin nie erinnert.

Nachdem Ella geduscht und sich angezogen hat, macht sie auch im Kinderzimmer Licht. Der Raum tritt aus dem Dunkel hervor. Ella setzt sich an den Bettrand; dabei spürt sie, welch ungeheure Kraftanstrengung allein das Ertragen des Gedankens kostet, daß es gleich wieder losgehen wird. Schlaftrunken umarmt Anna Ellas Hüften und tastet nach den weichsten Stellen. Ihre Hände sind heiß und feucht und blaß mit Tinte befleckt. Sie blinzelt aus ihren dicken Lidern und setzt zum Reden an. Doch Ella zieht es vor, das Mädchen nicht zu Wort kommen zu lassen.

»Vielleicht willst du schauen, ob es geschneit hat«, sagt Ella. Sie wuschelt Anna durchs Haar und verzieht sich rasch, hinüber in die Küche. Nachdem sie dort am Herd das Gas aufgedreht hat, bleibt sie eine Weile zwischen Spüle und Küchentisch stehen, ziemlich niedergeschlagen, und starrt gedankenverloren auf die Pokahontas-Pantoffeln, die Anna am Vorabend unter dem Tisch zurückgelassen hat.

Ella ist jetzt dreißig Jahre alt, eine schlanke, attraktive Frau, die mit der Zeit nüchtern geworden ist, obwohl sie mit zwanzig als jemand gegolten hat, der nicht zu bremsen ist. Wenn sie erschöpft auf dem Sofa liegt oder sich für eine Viertelstunde im Klo einriegelt, packt sie manchmal die Angst, daß sie mit jedem Jahr an Lebensfreude verliert, während andere immer glücklicher werden. Alle ihre Klientinnen sind so, so wie sie selbst, auf der stimmungsmäßigen Talfahrt. Das gilt auch für die Frau, die sie am Vormittag treffen wird; das hat Ella schon am Telefon erkannt. »Ich tue das nur, weil ich ihn liebe«, hat die Frau mit gedämpfter Stimme gesagt, und daran denkt Ella, während sie den Kakao in die Milch rührt und probiert, ob die Milch nicht zu heiß ist. Sie gießt einen Schluck kalter Milch nach, dann stellt sie die Tasse vor das Mädchen, das sich Augenblicke zuvor auf seinen Stuhl geschoben hat.

Es ist schwer, Anna nicht gern zu haben mit ihren verschlafenen Zügen, den verklebten Lidern und dem nur unvollständig weggewischten Zahnpastaschaum um die Lippen. Trotzdem empfindet Ella eine bedrückende Distanz zu diesem Kind, das ihr bisher auf eine seltsame Art fremd geblieben ist. Sie versteht Anna nicht wirklich. Allein wie das Mädchen am Tisch sitzt, ein Smacks nach dem anderen auf die rechte Handfläche legt und mit der Linken von unten gegen den Handrücken schlägt, so daß das Smacks in ihren aufgerissenen Mund fliegt … Ella hat keine Ahnung, ob Anna es aus reiner Gedankenlosigkeit tut oder als Rache dafür, daß von Schnee weiterhin keine Rede sein kann. Draußen ist es noch genauso trostlos und grau wie schon seit Mitte November. Anna katapultiert das nächste Smacks in ihren Mund. Ella tritt der Schweiß auf die Stirn, so sehr muß sie sich zusammenreißen, damit sie nicht die Beherrschung verliert. Sie wendet dem Kind den Rücken zu und sagt lediglich:

»Trödel nicht herum, komm schon, in fünf Minuten müssen wir los.«

Schon zweimal ist Ella in die Schule zitiert worden,

weil sich Anna regelmäßig verspätet. Ella hat der Lehrerin gesagt, daß sie nicht bereit ist, um Mitternacht aufzustehen, nur damit Anna rechtzeitig zum Unterricht kommt. Die Lehrerin solle zusehen, daß Anna eine Freundin oder sonstwie Spaß an der Sache finde, dann müsse nicht ständig jemand wie mit der Peitsche hinter ihr hersein.

Anna läßt einem Smacks eine Reihe kieferverrenkender Gähner folgen, die ihren ganzen Körper zum Schlottern bringen. Sie beschließt das letzte Gähnen mit einem langgedehnten »Ahh«. Anna streckt sich. Nach einem weiteren gänsehaften Schütteln will sie nach dem nächsten Smacks greifen. Doch Ella kommt ihr zuvor. Sie zieht die Frühstücksschale vom Tisch und stellt sie auf die Arbeitsfläche zwischen Herd und Spülbecken.

»Jetzt schau, daß du in dein Zeug hineinkommst, aber husch.«

»Mama, ich will zu Hause bleiben. Bitte. Ich will nicht in die Schule.«

Noch am Vortag hat Anna versprochen, wegen der Schule nicht mehr herumzuquengeln (zur Abwechslung hatte sie behauptet, daß ihr das Kreischen der Kreide Angst einjage). Doch jetzt, da Ella sie an das Versprechen erinnert, schaut Anna, als habe sie keinen blassen Schimmer, wovon ihre Mutter redet. Ella schlürft den Kaffee, sie betrachtet ihre Tochter, die trotzig, fast reglos, auf dem Stuhl sitzt. Die Füße reichen noch lange nicht bis zum Boden. Anna lächelt zaghaft, ganz so, als habe sie die Hoffnung, Ella werde sich doch noch mit ihr gegen die Schule verbünden, nicht ganz aufgegeben. Aber Ella wiederholt nur ihr »Husch, in die Schuhe!« in einem Ton, der nicht zum Nachfragen ermuntert.

Anna gähnt nochmals, entschließt sich dann aber, vom Tisch aufzustehen und in die Diele zu zotteln, wo der Schuhkasten steht. Bevor sie den Schuhkasten erreicht, schreckt sie mit einem Schrei zurück, sie tut, als wäre ihr jemand mit einem nassen Waschlappen unter den Pullover gefahren. Dann springt sie Ella ans rechte Bein, krallt sich in den Stoff der Jeans und ruft:

»Auf dem Schuhkasten sitzt ein Kobold. Der darf nicht gestört werden.«

Ella zieht das Kind am Bein hinter sich her, öffnet den Kasten und nimmt die neuen Winterstiefel heraus, die Anna von ihrem Vater bekommen hat, diesem Vollidioten. Sie hebt Anna hoch, so daß das Mädchen jetzt selbst auf dem Schuhkasten zu sitzen kommt. Ohne Platz für weitere Ablenkungsmanöver zu lassen, packt Ella die höckerigen Kinderknie und stellt so den Widerstand her, der nötig ist, damit sie dem Mädchen die Stiefel anziehen kann.

Um neun hat Ella das Treffen mit der Kundin. Die Frau ist wie alle, nervös, ganz fahrig, unglücklich; eine mittelgroße, bleichgesichtige Frau um die Vierzig mit rötlichem Haar und ziemlich starken Formen. Das Treffen findet im Burggarten statt, weil sich manche Dinge besser im Gehen besprechen. Im dünnen Vormittagslicht wirken die Sommersprossen auf dem Nasensattel der Frau wie die letzten Konzentrationen von Lebensfreude in einem ansonsten müden Gesicht.

Die Frau spricht gewählt, fast manierlich leise, als lebe sie in einem von Unzufriedenheit luftverdünnten Raum, der ihre Atmung einschränkt. Auch die Mimik ist sparsam, wird aber hie und da von abrupten Handbewegungen flankiert, so auch, als Ella nach den Gründen für das Mißtrauen der Frau fragt und von ihr die Antwort erhält, sie finde in den Taschen ihres Mannes Lokalrechnungen, die so hoch seien, daß sie nicht glauben könne, er trinke das alles alleine.

Seit gut zwei Jahren arbeitet Ella für eine Sicherheitsagentur und stellt im Auftrag von Frauen deren Ehemänner auf die Probe, ob sie für amouröse Abstecher zu haben sind. Früher hätte sie nie gedacht, daß sie je einen Job ergattern wird, der ihr Spaß macht – da hat sie immer alles nur deshalb getan, damit sie es irgendwann nicht mehr tun muß. Mit der Arbeit für die Sicherheitsagentur ist es zum Glück etwas anderes, wenn auch bestimmt nicht wegen der Verdienstmöglichkeiten. Ella mag die Anforderungen, die dieser Job an sie stellt, und sie mag das Ausgeflippte daran. Aus ihrer Sicht erzielt sie sogar gute Ergebnisse, wenn auch genaugenommen jedes Ergebnis zählt; es ist, als schickte man sie zum Autozählen an eine Kreuzung. Trotzdem fährt Ella besser, wenn die Männer auf ihr Angebot eingehen, dann braucht sie sich nicht gegen Verdächtigungen zu rechtfertigen, sie habe keinen Charme, kenne die nötigen Kniffe nicht oder lege sich zu wenig ins Zeug.

Ella zählt die Geschäftsbedingungen auf. Dabei betrachtet sie die Fotos, die sie von der Frau erhalten hat und die einen Mann zeigen, der lässig wirken will, aber eher einer dieser farblosen Typen ist, die niemandem auffallen. Kann gut sein, daß er ein Leben lang kein eindeutiges Angebot erhält oder besser, erhalten würde. Ella kündigt an, daß sie sich beim Flirten nicht zurückhalten werde, und weil sie mit den Spielregeln durch ist und die Frau nichts erwidert, sagt sie aufs Geratewohl:

»Er ist am Abend wohl oft weg.«

»Das kann man so sagen.«

Die Frau lacht. Für einen Moment ist sie richtig gut gelaunt, wohl bei dem Gedanken, daß sie sich nichts mehr gefallen lassen will und endlich eine Entscheidung gefunden hat oder wenigstens einen Ersatz für diese Entscheidung. Kurz strahlt ihr Gesicht etwas Herausforderndes aus, von dem man meinen könnte, es sei stark genug, um anzudauern. Da ist der Augenblick wieder vorbei. Sie sagt:

»Ich muß die Möbelpacker kommen lassen, wenn ich ein Sofa verstellen will, so selten ist er zu Hause.«

Die Frau macht wieder eine dieser abrupten Handbewegungen, von denen nicht ganz klar ist, was dahintersteckt. Aber Ella weiß ohnehin, daß die Auskünfte der Frau mit mindestens zehn Fragezeichen versehen sind. Die übliche Geschichte halt – mit Eifersucht und Mißtrauen, aber nicht uninteressant. Daß die Veränderung am Kilometerzähler selten mit dem Weg zur Arbeit und zurück übereinstimme und daß die Frau ihrem Mann zwar traue, wenn auch immer weniger, und ganz sicher könne man nie sein, wie einer reagiere, wenn sich ihm eine hübsche Frau an den Hals werfe.

»Meine Seelenruhe ist mir das Geld wert«, sagt die Frau; dabei wird sie vermutlich einen neuerlichen Rückschlag mit teurem Geld bezahlen müssen, die nächste Etappe auf dem Weg von einem Fehlschlag zum anderen.

Aber zweifellos läßt sich auch darüber hinwegkommen.

Einige leichte Regentropfen fallen. Ella blickt hoch. Es wäre angenehmer, wenn es schneien würde. Aber die hellen Flechten, die sich von der harten, irgendwie verkrusteten Wolkendecke lösen, versprechen mehr, als sie halten. Bei genauem Hinsehen erweisen sie sich als eine Art feuchter Nebel, der langsam auf die Stadt sinkt.

»Wird ihr Mann alleine dort sein?« fragt Ella.

»Er vertraut sich mir in diesen Dingen nicht unbedingt an. Und was er mir sonst noch alles verheimlicht ... ich weiß es nicht.«

Noch einmal holt die Frau aus, sagt aber lediglich mit anderen Worten, was sie schon einmal gesagt hat. Ella nickt ein paarmal an den passenden Stellen, aber sie hakt nicht nach und gibt schon gar nicht ihre Meinung dazu ab, das hat sich so bewährt.

»Dann schaue ich einmal, daß ich weiterkomme«, sagt sie nach einer Weile, schüttelt der Frau die Hand und geht.

An einem der ersten Schultage hat sich Ella mittags um zehn Minuten verspätet, aus einem triftigen Grund, es war nicht so, daß sie nicht versucht hatte, pünktlich zu sein. Trotzdem hat sie noch am selben Tag unter Annas Anleitung Zettel in der Wohnung aufhängen müssen, in der Küche am Kühlschrank, im Bad am Spiegel und an der Innenseite der Wohnungstür:

Anna nicht vergessen!

Auf allen Zetteln dieselbe Ermahnung, damit Annas Angst nicht Wirklichkeit wird, sie könnte eines Tages wie von Zauberhand aus dem Gedächtnis ihrer Mutter verschwinden.

Ella erledigt ihre Einkäufe im Laufschritt, sie gibt die Weihnachtspost nach Übersee auf. Die restliche Zeit reicht gerade noch für eine schnelle Tasse Kaffee und ein Telefonat, das sie mit Maria, ihrer Schwester, führt, schon auf dem Weg zur Schule. Dort stürmt Anna keine Minute nach dem letzten Klingeln hinter einigen Buben, die es noch eiliger haben, aus dem Tor, sie kommt strahlend zum Auto gelaufen, reißt eine der hinteren Türen auf und wirft sich ins Wageninnere. Nachdem sie die Schultasche auf ihren Schoß gestellt hat, schnallt sie sich mitsamt der Schultasche an, und noch während sie mit dem Gurt beschäftigt ist, beginnt sie in ungewohnter Ausführlichkeit von einem Jungen zu erzählen, der eine Wüstenrennmaus mit in den Unterricht gebracht habe.

Ella kann sich nicht daran erinnern, von ihrer Tochter je einen vergleichbar langen Bericht aus der Schule erhalten zu haben, er dauert die ganze Fahrt nach Hause, Anna fällt sich ständig selbst ins Wort, verhaspelt sich und plappert weiter. Zuletzt schildert sie allerhand

Kunststücke, die die Wüstenrennmaus vorgeführt habe, durch Klorollen rennen und auf den Vorderbeinen gehen.

»Auf den Vorderbeinen?« fragt Ella. »Vielleicht, wenn man das arme Vieh am Schwanz hochhält.«

»Nein, schwöre, Mama! Wenn ich auch eine Maus habe, zeige ich es dir.«

Ella streift ihre Tochter mit einem kurzen Blick in den Rückspiegel. Sie schaut Sekunden später ein zweites Mal und sieht, daß Anna errötet.

»Ich darf eine Maus geschenkt haben.«

Während Ella den Wagen in die Tiefgarage steuert, überlegt sie, ob es den Jungen mit den Wüstenrennmäusen gibt, ganz sicher ist sie nicht, da sich Annas Phantasie meistens an Dingen festfährt, die sie im Fernsehen gesehen hat. Andererseits will sie das Risiko, die Erlaubnis in der Hoffnung zu geben, daß die Geschichte in Annas Kopf folgenlos verpufft, nicht eingehen, denn die Begeisterung des Kindes klingt ehrlich.

»Mama, bitte! Sie haben Nachwuchs, acht Mäusekinder. Moritz hat eines bekommen und Aurelia auch.«

Das Tor der Garage fährt tutend zu. Ella manövriert den Wagen auf den Abstellplatz.

»Was heißt bekommen?« Ella fixiert das Kind neuerlich im Rückspiegel. Bei den vielen Talenten, die Anna besitzt, geht ihr dasjenige, die Unschuldige zu spielen, glücklicherweise ab.

»Moritz und Aurelia haben eine Maus mit nach Hause genommen.«

»Und du?« fragt Ella.

Nach einem kurzen Zögern löst Anna den Sicherheitsgurt, sie dreht die Schultasche zu sich her. Die Schnappverschlüsse klicken, der Deckel klappt hoch, und der Geruch nach Spitzabfällen breitet sich im Wagen aus. Anna zögert nochmals, als ihre Hand bereits in der Tasche ist, dann hebt sie eine Klorolle heraus, die vorne und hinten mit liniertem Heftpapier zugeklebt ist.

»Ich habe gedacht, damit du sie ansehen kannst.«

Anna hält die Klorolle hoch, und trotz der Unsicherheit über Ellas Reaktion überwiegt die Freude, Besitzerin einer Wüstenrennmaus zu sein. Annas lächelnder Mund steht halb offen, die Zunge hängt ihr über die Unterlippe, Zeichen der Anspannung.

»Du weißt doch, daß wir keine Haustiere haben dürfen. Die Hausordnung läßt es nicht zu.«

Ella steigt aus dem Wagen, hievt die Einkäufe aus dem Kofferraum und ärgert sich währenddessen über die Lehrerin, die die Weitergabe der Mäuse erlaubt hat. Dieser Gedanke bringt sie auf und gibt den Ausschlag, daß sie das Mädchen schroffer als beabsichtigt anfährt:

»Ein Haustier kommt nicht in Frage, das weißt du.«

Sie blickt durch das Seitenfenster ins Wageninnere, wo Anna zu weinen anfängt, aber nicht mit dem erwarteten übertriebenen Geheul, sondern beinahe lautlos, vom Kopf bis zu den Füßen, in wahnwitzig kleinen Atemzügen.

»Bitte«, ruft sie zwischen zwei Schluchzern, »sie ist doch so klein!«

Aber Ella zieht erst recht die Brauen zusammen, zu oft schon hat sie spontane Zugeständnisse gemacht, die ihr hinterher, nach einer teuer erkauften Frist, mit dem doppelten Zores auf den Kopf gefallen sind. Als alleinerziehende Mutter mit ständig bedrohter Autorität kann sie sich taktische Vertröstungen und leere Versprechen nicht leisten. Daran hält sie sich, so schwer es zuweilen fällt. Also setzt sie ein betont strenges Gesicht auf. Sie redet auf das Mädchen ein: daß vormittags niemand zu Hause sei und die Maus an Einsamkeit eingehen werde, daß man nie wieder, wie im vergangenen Sommer, nach Italien in den Urlaub fahren könne und so weiter und so weiter.

Aber jedes Wort ist umsonst.

»Klick«, macht es. Das Licht in der Tiefgarage ver-
löscht. Der kahle, von Betonstelen zu Quadraten segmen-
tierte Raum liegt jetzt öd in dem Schimmer, der durch
zwei vertikal verlaufende Fensterschlitze rechts der Einfahrt fällt. Die zähe Betonluft hat einen Beigeschmack
von Gummi.

»Steig jetzt bitte aus«, sagt Ella. Aber sie weiß, noch
während sie redet, daß Anna sich weigern wird. Das
Mädchen sieht weit an Ella vorbei, ein Gesicht, kalt und
abweisend, wie man es einem sechsjährigen Kind kaum
zutrauen würde. Ella spürt, daß nur mehr eine Kleinigkeit
fehlt, bis sie die Geduld verliert. Und weil sie von diesem
Moment mehr zu befürchten hat als Anna, die dann
gewonnen hat, will sie die Situation retten, indem sie der
Maus ein Besuchsrecht für diesen Tag gewährt. Doch
auch darauf kommt keine Reaktion. Anna scheint hin und
her gerissen zwischen den Möglichkeiten, aufzuheulen,
die Klorolle an den Bauch zu pressen oder sich die Ohren
zuzuhalten. Langsam rückt sie von der Wagenseite weg,
an der Ella steht.

»Wie soll's jetzt weitergehen?« fragt Ella.

»Anna, wie es weitergehen soll, habe ich dich gefragt!«

Ella lauscht auf das Ticken und Knacken des abkühlen-
den Motors. Endlich hebt Anna den Blick, irgendwie
verdutzt. Sie schaut Ella unschlüssig von der Seite an, dann
scheint sie einen Entschluß zu fassen. Sie richtet sich auf.
Ella denkt, Annas Widerstand sei erschöpft. Aber das
Kind hält sich die Kartonrolle ans Ohr und sagt mit der
unbefangensten Miene von der Welt, ohne dabei etwa
verlegen die Augen zu senken:

»Meine richtige Mutter wird mich bestimmt bald abho-
len.«

Vor Schreck kommt Ella beinahe der Kaffee hoch, ein
gleichzeitiger Zornkrampf, der ihr die Kehle zudrückt,
hebt den Effekt auf. Selbst wenn Ella irgend etwas zu

erwidern wüßte, im ersten Moment ist sie unfähig, etwas herauszubringen. Ihr Selbstwertgefühl als Mutter ist ohnehin ständig drauf und dran, sie im Stich zu lassen – aber das hier, das gibt ihr den Rest.

Nach einer kurzen Aufmerksamkeit für die Klorolle hebt Anna erneut den Kopf und blickt Ella an, um zu sehen, was für einen Eindruck das Gesagte macht. Ellas Unsicherheit überrascht das Mädchen, und wie um ihrer Ankündigung endgültig das Gewicht einer Tatsache zu geben, fügt sie hinzu:

»In drei Wochen holt sie mich ab.«

»Gut«, erwidert Ella, »wenn du dir da so sicher bist, gibst du die Maus morgen zurück, und sowie dich deine richtige Mutter zu sich genommen hat, machst du die Sache mit ihr aus. Ich fühle mich nicht mehr zuständig. – – Und jetzt raus aus meinem Auto, oder ich bringe dich für die letzten drei Wochen ins Heim. Sollen sie dort deine Erziehung übernehmen, die sind im Gegensatz zu mir professionell geschult. Ich möchte mir zu dem ganzen Ärger mit dir nicht auch noch von deiner Mutter Vorwürfe einfangen. Du gehorchst mir ja ohnehin nicht, und ich habe mir das bisher nur deshalb gefallen lassen, weil ich dachte, du bist mein Fleisch und Blut.«

Mit pochenden Schläfen horcht Ella dem eigenen Wortschwall hinterher. Sie kann es nicht ausstehen, wenn ihre Stimme in die Höhe geht. Außerdem bereut sie, was ihr da alles rausgerutscht ist. Na ja, gesagt ist gesagt. Sie tröstet sich damit, daß Anna ruhig spüren soll, daß sie wieder einmal zu weit gegangen ist.

Anna sitzt stumm auf der Rückbank, sie scheint alles noch einmal zu überdenken, doch offenbar hat der Hinweis auf das Heim und die professionelle Erziehung angeschlagen. Endlich steigt das Mädchen aus und folgt Ella im Aufblitzen der Blinkleuchten, das den Vorgang der Zentralverriegelung begleitet, zum Lift.

Während Ella das Mittagessen kocht, orgelt Anna in ihrem Zimmer herum und führt Gespräche mit der Wüstenrennmaus.

»Wie gut du auf den Vorderbeinen laufen kannst. Bravo! Du bist eine tüchtige Maus. Nicht alle können so gut auf den Vorderbeinen laufen.«

Beim Mittagessen hingegen, als habe sich Anna in dem einseitigen Gespräch mit der Maus völlig verausgabt, herrscht Funkstille. Sie nörgelt nicht einmal am Essen herum. Statt dessen lächelt sie ein Lächeln, von dem nicht ganz klar ist, ob aus Mitleid, daß Ella als Mutter nur vorübergehender Ersatz ist, oder als Zeichen eines schlechten Gewissens. Unmöglich, das festzustellen. Doch da Ella in versöhnlicher Stimmung ist, dreht sie sich nach dem Essen auf ihrem Stuhl zur Seite, sie öffnet die Beine, damit Anna zu ihr kommen und sich umarmen lassen kann. Anna geht darauf ein, sie wirkt ruhig, als habe sie die Aufregung schon wieder vergessen.

»Du kannst einem manchmal wirklich auf die Nerven gehen«, sagt Ella. Aber das kommt irgendwie schief heraus und ist nichts, womit eine Sechsjährige etwas anfangen kann. Im Radio läuft Iggy Pop. Annas Körper wiegt sich leicht im Takt des Liedes, den Blick auf Ella gerichtet, als erwarte sie etwas, das noch kommt.

»Jetzt reißen wir uns zusammen, ja? Wir haben uns den Tag schon genug versalzen, und für die Zukunft verspreche ich dir, daß ich nicht wegen jedem Dreck ausflippe. Und du sagst dafür nicht mehr so dumme Sachen wie das mit der erfundenen Mutter.«

Anna nimmt den Vorschlag mit vollkommen offenem Blick auf, doch dieser offene Blick ist nichts anderes als das schiere Erstaunen darüber, daß Ellas Begriff von dem, was sie Zukunft nennt, völlig unzulänglich ist.

»Aber in drei Wochen holt sie mich doch ab«, sagt Anna.

Ella mustert den ruhigen Gesichtsausdruck ihrer Tochter, für einen Augenblick denkt sie, daß sie sich etwas vom trotzigen Mut dieses Mädchens auch für sich selber wünschen würde. Sie hält Anna mit den Schenkeln an der Taille fest. Sie sagt:

»Hör einmal, hör mich zwei Minuten an.«

Sie will dem Mädchen erklären, daß die erfundene Mutter nicht kommt, wenn Anna nachts aufwacht und Angst vor der Dunkelheit hat. Aber im selben Moment spürt Ella, daß es zwecklos ist. Die Kraft, die das Kind aufwendet, um sich der Umklammerung von Ellas Schenkeln zu entziehen, wird größer. Ehe die Situation ein weiteres Mal eskaliert, läßt Ella ihre Tochter lieber aus.

»Bestimmt, in drei Wochen. Das ist dann deine große Zeit«, sagt Ella. Da ist Anna schon auf und davon, hinüber in ihr Zimmer. Den Rest des Nachmittags geht es dort weiter wie vor dem Essen, die ganze Zeit. Anna nennt die Wüstenrennmaus bei einem ellenlangen Phantasienamen und überschüttet das Tier mit wild ausschweifenden Erzählungen, wie es kommen kann, daß Kinder verwechselt, verloren oder weggegeben werden. Die Stimme des Mädchens hebt und senkt sich, ist manchmal sanft, dann wieder streng und immer eindringlich, als versuche Anna, die Glaubwürdigkeit ihrer Behauptungen an der Wüstenrennmaus zu erproben. Ella steht eine Zeitlang vor der Tür des Kinderzimmers, irgendwie stumpf vor Erschöpfung, wie nicht da, wie schon halb eingetauscht. Sie hört ihrer Tochter zu, bis ein glückliches Jauchzen des Mädchens sie aufschreckt. Daraufhin geht Ella ins Klo, sie sperrt sich dort ein und dreht den Wasserhahn auf, um nichts anderes zu hören. Gewöhnlich hilft das. So sitzt sie auf der geschlossenen Kloschüssel. Das Geräusch des Wassers hüllt sie ein. Das Gefühl von Einsamkeit legt sich langsam, und ihre Gedanken lösen sich in dem Plätschern irgendwann auf.

Es ist kurz nach halb acht. Ella ist mit Anna im Badezimmer und bohrt ihr mit dem Zeigefinger den Waschlappen in die Ohren, was Anna erstaunlich bereitwillig über sich ergehen läßt. Als es klingelt und Ella zur Tür geht, hat sie Hoffnung, daß Anna die abendliche Wäsche allein fortsetzen wird. Aber noch während Maria, Ellas um zwei Jahre ältere Schwester, aus ihren Schuhen schlüpft, sieht man Anna mit Keksen für die Maus scheu von der Küche in ihr Zimmer laufen.

»Sie sieht heute ein bißchen gedrückt aus«, sagt Maria.

Maria kommt vom Squashen, und obwohl in ihrer Stimme keinerlei Vorwurf mitschwingt, nur der übliche rauhe, atemlose Tonfall nach dem Sport, der jeden Satz nach einer Frage klingen läßt, verklemmt sich etwas in Ellas Gehirn, und sie erwidert, daß sie das Kind am liebsten zum Fenster hinausschmeißen würde. Anschließend gibt sie einen kurzen Überblick über die ruhmlose Situation: daß Anna die Ankunft ihrer richtigen Mutter erwarte und sich in der Zwischenzeit mit der Gesellschaft einer Wüstenrennmaus tröste.

Maria zupft verlegen an ihrer Nase. Mit schweifendem Blick sagt sie, daß sie Annas Verhalten für eine Phase halte, die vorübergehen werde. Womit Maria weiß Gott nicht unrecht hat. Nur vergißt sie, daß bei Anna jede schwierige Phase von einer neuen abgelöst wird, jedes schwierige Alter vom nächsten.

Maria schenkt sich von dem Wein ein, den sie mitgebracht hat, eine schon offene Flasche mit wieder eingestöpseltem Korken.

»Erlaube ihr doch die Maus. Sei nicht so verbissen.«

»Ich verbissen? Ich bin nicht verbissen. Ich gebe Anna schon viel zu lange und viel zu oft nach, eigentlich in allem, wo mir der Gesetzgeber freie Hand läßt. Außerdem erinnere ich dich an den Hamster, den wir in unserer Kindheit hatten und von dem wir tagelang nicht gemerkt

haben, daß er tot war. Oder besser: von dem wir es tagelang nicht merken *wollten,* daß er tot war, wo doch sein
Laufrad immer so gequietscht hat.«

»Deshalb dieses Trara?«

»Weil unser Interesse an dem Hamster nach einem
Monat erschöpft war. Und weil Anna ganz nach ihrer
Mutter schlägt, zum Glück, muß man sagen, denn wenn
ich an ihren Vater denke – – mein Gott, sie kann auf
Knien dankbar sein, daß sie mir wie aus dem Gesicht ge-
spuckt ist. Da mag sie noch zehnmal das Gegenteil behaupten.«

Anna steckt den Kopf aus dem Kinderzimmer und ruft:
»Es schneit.«

Ella und Maria drehen sich zum großen Fenster und
zur Balkontür, dort sieht man nur die Gardinen und die
Nacht hinter dem Licht der Stehlampe. Mit der Maus auf
der flachen Hand, mit fast übertrieben unschuldsvoller
Miene, tappt Anna barfuß zu Maria. Maria sucht Ellas
Blick, irgend etwas blitzt zwischen den Schwestern auf,
das die Situation mildert, ein Stück gemeinsam verbrach-
ter Kindheit mit Hamsterdressur und Gummihüpfen. Ella
schüttelt den Kopf, andeutungsweise und doch fest genug, so daß Maria Bescheid weiß.

»Ich habe gehört, du willst eine neue Familie gründen«,
sagt Maria zu ihrer Nichte und lacht.

Ella, verlegen, weil sie selbst unfähig ist, die Sache leicht-
zunehmen, geht hinaus in den Flur und telefoniert ein
weiteres Mal mit der Ich-tue-es-nur-weil-ich-ihn-liebe-
Klientin. Es ist ein kurzes Telefonat, es klingt, als würden
flüsternd kodierte Botschaften ausgetauscht, schnell und
effizient. Ella fährt mit dem Zeigefinger in die Windungen
der Hörerschnur.

»Er wird dort sein«, sagt die Klientin.

»Ich werde alle Register ziehen.«

»Ja«, sagt die Klientin.

»Dann treffen wir uns morgen um halb neun am selben Ort.«

»Gut, morgen um halb neun am selben Ort.«

Ella drückt die Verbindungstaste, wählt neu und bestellt ein Taxi auf zwanzig nach acht. Sie geht ins Schlafzimmer, um sich etwas Nettes anzuziehen – was Männer halt so anspricht. Sie wechselt vom Schlafzimmer ins Bad. Dorthin kommt nach einiger Zeit auch Maria mit den Weingläsern und berichtet, daß sie Anna angewiesen habe, eine alte Zeitung in kleine Stücke zu zerreißen und in einen Schuhkarton zu geben, ein Mäusebett für die bevorstehende Nacht.

»Möchtest du dir nicht wenigstens einen BH anziehen?« fragt sie.

»Den Teufel werd ich.«

Ella nimmt einen Schluck vom Wein. Mit dem Lippenstift in der Hand wendet sie sich wieder dem Spiegel zu, hinter den einer der Zettel gesteckt ist, *Anna nicht vergessen.* Auch ein paar Postkarten helfen, den Spiegel zu rahmen, von Freunden aus dem Urlaub und von deren ausländischen Arbeitsplätzen. Ella betrachtet sich, umrahmt von Tankstellen, moderner Kunst und schroffen Felsen, die aus Reisfeldern ragen. Sie hat einen schmalen, gut proportionierten Hals, schöne Brüste, eine große, dunkelhaarige Frau, in deren Gesicht sich in letzter Zeit ein paar Muskeln verspannt haben. Aber das sieht man gerade nicht, weil sich Ella über Marias kleinbürgerliche Reflexe amüsiert. Im Winter ohne BH ausgehen und Männer für Geld fragen, ob sie mit einem schlafen wollen, wer hätte sich das träumen lassen. Ella mag den Gedanken, daß sie ihrer Schwester die Fähigkeit voraus hat, realistisch zu denken. Sie entsinnt sich, daß Maria bei anderer Gelegenheit gesagt hat, daß sie lieber losziehen und Kaugummiautomaten knacken würde, als das zu tun, was Ella tut.

Ella schiebt ihr Haar zurecht, verwuschelt es wieder, dann öffnet sie ihre Handtasche und wirft einen raschen Blick auf die Fotos, die sie am Vormittag erhalten hat. Ehe sie sich dem Mikrofon widmet und es am Träger der Handtasche befestigt, reicht sie die Fotos an Maria weiter. Anschließend überprüft sie das Aufnahmegerät.

»Wie sehe ich aus?« fragt sie in Richtung des Mikrofons, geht in den Flur, schlüpft in ihre Vinylimitation eines Ozelotmantels und wiederholt die Frage mit einem herausfordernden Blick zu Maria, die ihr gefolgt ist:

»Na, sag schon, wie sehe ich aus?«

Maria heftet einen strengen Blick auf Ella und folgt den Bewegungen ihrer Schwester mit dem fertigen Satz auf den Lippen:

»Wie eine, die mit jedem ins Bett springt.«

Ella spult das Band zurück und drückt die Stop-Taste, dann Wiedergabe, worauf Marias Einschätzung ein zweites Mal ertönt, in einem rauhen, gedrungenen Partikelgemisch, als hätte sich der Abrieb früherer Bänder auf Marias Stimme gelegt:

»Wie eine, die mit jedem ins Bett springt.«

Ella findet, daß Maria übertreibt; und nicht nur in diesem Punkt.

Während Maria die Fotos in ein besseres Licht hält, sagt sie:

»Das ist doch absurd, da kann einer fünf Kinder zu Hause haben und eine Frau und eine Exfrau und vier Schwiegereltern und Bankbeamter sein und Prostataprobleme haben – wenn er von dir gesagt bekommt, daß du von ihm gefickt werden willst, geht ihm doch automatisch der Verstand durch, es sei denn, er ist ein Waschlappen, mit dem niemand verheiratet sein will.«

Ella spult das Band zurück auf die Anfangsposition.

»Ich brauche das Geld, und ich mach mir nicht den

ganzen Streß mit der Schminke, um dann moralische Bedenken zu haben.«

Jetzt tritt Anna in die Tür zwischen Wohnzimmer und Flur, ruhig, an einem Keks nagend, als ob das Gespräch zwischen Ella und Maria sie aus mangelnder Alternative interessiere. Woanders könnte sie es besser haben und glücklicher sein, denkt Ella, aber jeder könnte das, woanders glücklicher sein, hinter den sieben Bergen, *ich auch*. Die Maus klettert den rechten Ärmel von Annas Pyjama hoch. Maria redet weiter, sie tut ihr möglichstes, ihre Vorwürfe aus Rücksicht auf das Kind zu verklausulieren.

»Als drückte dir jemand den Tresorschlüssel in die Hand und sagte, die Alarmanlage ist abgestellt, das Sicherheitspersonal hat freibekommen, und nachgezählt wird wieder in fünfundzwanzigtausend Jahren.«

Ella schenkt dem Gesagten keine besondere Beachtung mehr. In ihren Augen ist das Thema erschöpft, und wenn nicht erschöpft, so will sie nicht zynisch erscheinen, indem sie sagt, daß sie dem Paar zu einem handfesten Anlaß zur Trennung verhilft; ihrer Meinung nach kann eine Beziehung kaum das richtige sein, wenn einer dem anderen mißtraut.

Mit ein paar Anweisungen für Maria, die nicht nötig sind, aber Ellas Ansprüche auf das Erziehungsrecht bei Anna unterstreichen, schlüpft Ella in ihre Schuhe, sie deckt im Kinderzimmer das Bett auf und rauscht zur Wohnungstür.

»Jetzt machen wir es uns einmal so richtig gemütlich«, sagt Maria und geht vor Anna in die Knie, um sich bei dem Mädchen einen Kuß abzuholen.

Es schneit tatsächlich, Ella hat es nicht ganz geglaubt. Es schneit sehr leicht, und die Stadt erscheint so schön wie schon lange nicht mehr, obwohl der Schnee nur an wenigen Stellen liegenbleibt. Ella blickt durch die Windschutzscheibe des Taxis nach draußen, und während sie versucht, sich mit dem Gedanken anzufreunden, daß Anna eines Tages nicht mehr dasein wird, sind die heranfliegenden Flocken wie eine Spirale, die alles in sausender Geschwindigkeit verschlingt.

Früher ist Ella jede Woche zweimal in die Disco gefahren und hat ständig neue Leute kennengelernt, für die sie ihr Leben von heute auf morgen umgekrempelt hat. Mittlerweile ist sie davon meilenweit entfernt, sie sieht lediglich, wie den Männern, denen sie bei der Arbeit die Hand aufs Knie legt, etwas Ähnliches *beinahe* passiert. Mit wenigen Ausnahmen glauben alle, daß mit Ella eine neue Zeitrechnung beginnt, als gingen von jetzt an alle Wünsche und Vorsätze in Erfüllung, die sie als Jugendliche hatten: daß sie mindestens eins fünfundachtzig groß und erfolgreich sein werden und daß sie zu denen gehören, die ein Leben lang nie auskneifen.

Auch Ella hatte solche Vorstellungen, Mädchenvorstellungen: daß sie bei einem Zirkus arbeiten und die ganze Welt bereisen wird und daß sie tanzen geht, sooft sie will, die ganze Nacht hindurch. Nach einer solchen Nacht sehnt sie sich wieder, als sie das Aufnahmegerät einschaltet und das angegebene Lokal betritt. Wenn sie sich den Mann möglichst schnell kauft, erspart sie sich nicht nur sein blödes Gerede, sondern es bleiben ihr auch zwei Stunden Zeit, um noch woanders hinzugehen.

An solchen Abenden wird immer alles ein bißchen weniger real. Ella bewegt sich zwischen den Menschen wie zwischen Gespenstern, weil auch sie selbst sich hinter all den Lügen, die sie gebraucht, vage und verschwommen fühlt – ein wenig ist es, als gehe sie über schwankenden Moorboden. Die Männer erfahren nichts über sie, absolut nichts, weder den richtigen Vornamen noch das richtige Alter oder den Beruf, den sie erlernt hat, das Studium, bei dem sie über die Hälfte nicht hinausgekommen ist. Sie denkt sich ständig neue Konstellationen für ihr Leben aus, hauptsächlich zur eigenen Unterhaltung, der letzte Abend, bevor sie für ein Jahr nach Kanada gehe, oder daß sie für eine Wertpapier-Schulung in der Stadt sei und im Hotel wohne. »Passing by«, sagt sie gerne. Solche Verschiebungen gefallen ihr.

»Rück ein Stück«, fordert sie den Mann auf und zwängt sich, eine Hand auf seiner Schulter, zwischen zwei Barhockern an die Theke, wo sie einige Zeit warten muß, bis sie ihre Bestellung anbringt. Das Lokal ist brechend voll, mit Jubeltrubelheiterkeit, genau das richtige für eine Annäherung. Die Luft riecht öde, nach zu hoch gedrehtem Heizkörper und abgestandenen Ausdünstungen. Die aufgereihten Flaschen hinter der Theke stechen grell von der schwarz gestrichenen Wand ab.

Ella bezahlt ihren Wein, dann legt sie dem Mann die freie Hand auf den Unterarm.

»Gehen wir nach hinten, dort ist es ruhiger, ja?«

Sie sagt es mit sorgfältig kalkulierter Unverschämtheit, fängt den überraschten Blick des Mannes, und während er sie weiter direkt betrachtet, fügt sie beiläufig hinzu:

»Ich lerne halt gerne ein neues Gesicht kennen.«

Der Mann sieht ziemlich zahm aus, augenscheinlich ist er kein ganz so leichtfertiger Vogel, wie seine Frau glauben machen will. Er ist nicht unattraktiv, gepflegt, im gebügelten Hemd, er macht auf Ella den Eindruck, als führe er ein geregeltes Leben. Zögernd rutscht er von seinem Barhocker und folgt Ella ans untere Ende der Theke, wo nicht weniger Gedränge ist als anderswo, von wo man aber weder den Gang zur Toilette einsehen kann noch die Tür nach draußen.

Sie stößt mit dem Mann an und fragt ihn nach seinem Namen. Sie findet, sein Name ist ähnlich blöd wie der der meisten Männer, mit denen sie zu tun bekommt. Aber vielleicht bildet sie sich das lediglich ein, weil sie auf Männer im Moment ganz allgemein nicht sonderlich gut zu sprechen ist, Schwachköpfe, einer wie der andere. Der Mann bietet ihr eine Zigarette an, sie kramt ihre eigenen hervor, und während sie sich die Tasche wieder so umhängt, daß das Mikrofon auf den Mann zeigt, läßt sie sich Feuer geben.

»Wie gut das tut«, sagt sie beim ersten Zug und lacht dabei ein einigermaßen überzeugendes Lachen. Sie ist mit den Abläufen seit zwei Jahren vertraut, spürt aber nach wie vor eine irritierende, nervöse Spannung, die sich erst legt, wenn sie einen Mann fragt, ob er mit ihr schlafen will. Da wird sie ganz ruhig und ihr Bewußtsein ganz klar, so klar wie sonst nie.

»Bist du verheiratet?« fragt sie.

Der Mann schaut auf und tut die Frage mit einer wegwerfenden Handbewegung ab. Damit kann Ella nichts anfangen. Sie hakt nach, bis der Mann sagt:

»Gott behüte, ich werde doch nicht ein Leben lang die Revolution predigen und dann heiraten. Ich könnte diese ständige Bevormundung nicht ertragen.«

Seine Hände zittern ein wenig; er trägt keinen Ehering. Verlegen starrt er auf sein Bierglas, und sein Kinn, das irgendwie zu weich ist, berührt beinahe den Krawattenknopf. Teile des Zigarettenrauchs, den er ausatmet, fahren in seine Hemdtasche.

Eine Weile unterhalten sie sich, ein belangloses Gespräch, das dann und wann durch Ellas gezielte Anspielungen etwas Zweideutiges bekommt. Ella weiß sehr früh, daß der Mann auf ihr Angebot eingehen wird, eine fast schon lächerlich offenkundige Sache. Sie läßt den Mann reden. Er erzählt von seiner Arbeit als Chemiker in der Pharmaindustrie (das stimmt sogar). Zwischendurch sieht sie durch die seitliche Glaswand nach draußen und ermahnt sich, nach links wegzugehen, wenn sie abhaut.

Einmal, sehr unangenehm, hat ein Mann sie beim Weggehen gesehen und ist ihr nachgelaufen.

Sie greift abermals nach der Hand ihres Gegenübers. Sie spürt die Wärme seiner Haut und das gleichzeitige Erstaunen darüber, daß hier ein Mensch ist, der sich sein Leben ebenfalls anders vorgestellt hat. Der Mann errötet leicht. In diesem Moment ist das Gefühl der Unwirklichkeit, das Ella empfindet, am stärksten, die Faszination, ein Gefühl von Macht, als würden jetzt auch ihre eigenen Träume in Erfüllung gehen, als könnte sie, angefangen bei ihrer eigenen Kindheit bis hin zu den Jahren mit Anna, alles irgendwie ausbessern, was danebengegangen ist. Sie fährt mit dem Fuß des Weinglases die Linien zweier Lichtkegel entlang, die sich auf der Zigarettenhand des Mannes überschneiden. Der Moment gefällt ihr, und während sie hofft, daß die Geste auch dem Mann im Gedächtnis haften bleibt, sagt sie, wie gerne sie mit ihm schlafen würde. Sie rückt näher an den Mann heran, schlüpft halb in seinen Arm, der das Bier hält, damit sie die Antwort näher am Mikrofon hat. Der Lärm im Lokal, diese Mischung aus Gläserklirren, Lachen und lauten Gesprächen, stockt ihr in den Ohren.

»Wollen wir?« fragt sie und sieht den Mann aufmerksam an. Er behält seine lässige Haltung, aber diese Haltung steht im Widerspruch zu der Art, in der er seine Lungenzüge nimmt, eher gierig als nervös. Dennoch wirkt er jetzt weniger harmlos als auf den ersten Blick.

»Du verlierst wohl nicht gerne Zeit?« sagt er, dreht sich zu Ella, und im selben Moment spürt sie seine Hand zwischen den Beinen, die sie dort so flüchtig berührt, daß es einigermaßen erträglich ist. Die Hand streift nach oben, über Ellas Hüfte, über die Seite ihres linken Busens, den Hals hoch in ihren Nacken.

»Wozu auch.«

»Ja, wozu auch«, wiederholt er.

»Dann willst du?« fragt sie und dehnt es unbestimmt. Es ist nicht leicht, die Dinge so auszudrücken, daß sich das Angebot nicht selbst herabzieht.

»Ich denke schon«, sagt er.

»Können wir zu dir?«

»Lieber zu dir, ich bin nicht darauf eingerichtet«, formuliert er angestrengt, in lauter unschlüssigen Silben. Ella kann seiner Stimme die innere Erregung anmerken, die Unsicherheit, die nicht vergehen will. Sie setzt nach (das sind die Spielregeln), ob es nicht vielleicht doch jemanden in seinem Leben gebe, der mit Eifersüchteleien reagieren könnte.

»Kein Thema.«

»Männer, die schon ein schlechtes Gewissen haben, bevor es soweit ist, gehen mir auf den Senkel.«

Herausfordernd läßt Ella einen Schluck Wein über und unter ihre Zunge gleiten, sie spürt abermals die Risse in der gespielten Selbstsicherheit des Mannes.

»Ich würde einfach lieber zu dir«, erklärt er. »Ich hatte es in letzter Zeit nicht so mit dem Aufräumen.«

»Gut, wenn wir leise sind.«

»An mir soll's nicht liegen.«

Er lächelt schwach, beugt sich vor und versucht, Ella auf den Mund zu küssen, was Ella, nachdem sie ihm die Wange ihrer linken Seite überlassen hat, davon abhält, noch weitere Fragen zu stellen. Offenbar ist der Mann keiner mit einem großen Mitteilungsbedürfnis, und sie ist nicht versessen darauf, ihm Anzahlungen auf das zu geben, was er nicht bekommen wird. Sie zwinkert dem Mann zu, drückt ihm ihre Zigarettenpackung samt Feuerzeug in die Hand, ein Ritual, das sich bewährt hat. Dann entschuldigt sie sich Richtung Klo. Während sie sich zwischen den Gruppen hindurchdrückt, öffnet sie ihre Handtasche, stoppt das Aufnahmegerät, schon im vorderen Teil des Lokals. Ein rascher Blick über die Schulter, ob ihr der

Mann folgt. Gleich darauf schlüpft sie zur Tür, hinaus auf die weihnachtlich erleuchtete Straße, wo sie wieder Boden unter die Füße bekommt, wo die Kälte auf ihre Zahnfüllungen trifft, wo ihr Körper sich gegen einen kräftigen Wind wappnet, der den Schnee in Stößen herantreibt.

Es schneit nach wie vor, dichter jetzt, aber weiterhin in leichten Flocken. Die Flocken, die auf die Schultern von Ellas Mantel fallen, heben sich nur einen Moment lang hell davon ab, ehe sie durchscheinend werden und schmelzen. Die Straße ist dort, wo keine Autos fahren, bereits weiß, wie mit weißer Tünche überzogen, einem ersten Anstrich, der den Asphalt durchschimmern läßt. Die fahrenden Autos erwecken den Eindruck, als bleibe der Schnee an den Reifen kleben. Ella genießt die einsame Strecke durch zwei Gassen, wo die Flocken in den Winkeln tanzen. Sie erreicht den Ring mit seinen kahlen Kastanienbäumen, unter denen eine Straßenbahn Richtung Oper fährt. Sie rennt ein Stück, am Parlament entlang, an Lampen und einer Telefonzelle vorbei. Sie erwischt die Bahn und ist weg.

Um Mitternacht kommt sie nach Hause. Maria, die vor dem Fernseher eingeschlafen ist, wacht nicht auf, als Ella den Fernseher abstellt und die Balkontür öffnet, um frische Luft einzulassen. Maria liegt ausgestreckt auf dem Rücken, ihr Körper wirkt schwer, das Licht fällt ihr in den halboffenen Mund; glücklich sieht sie nicht aus. Ella ist drauf und dran, ihre Schwester zu wecken, läßt es dann aber, als ihr einfällt, daß sie keine Lust zum Reden hat. Wie war dein Abend? In dieser Art.

Fürs erste zieht Ella es vor, sich Marias halbvolles Weinglas zu schnappen; damit stellt sie sich hinaus auf den Balkon.

Von hier aus kann sie sehen, daß in Annas Zimmer Licht brennt. Als sie sich dem Fenster nähert, hört sie Musik aus dem leise gestellten Radio, ein sinnloses, schunkelndes

Lied, das sich zur Fülle des Tages häuft wie der Schnee, der sich mittlerweile ebenfalls anzusammeln beginnt. Etwas zugleich Leichtes und Weites fällt mit dem Schnee in den Hof, es macht den Eindruck, als breite sich der Hof Stück für Stück aus. Kein Wind mehr, sogar die Blechverkleidungen am Dach machen keine Geräusche, nur dieser harmlose Schlager, der in Ellas Ohren ebenso kindisch wie melodramatisch klingt und trotzdem etwas anspricht, für das sie gerade empfänglich ist. Sie würde sich wünschen, daß es ewig so weiterginge, ruhig und ungetrübt. Aber das Glücksgefühl verflüchtigt sich rasch, schon beim nächsten Lied, das ihr nicht gefällt. Enttäuscht starrt Ella einen Moment in die Flocken, die sich ihren Platz im Hof suchen, und die Frage schiebt sich in ihren Kopf, wen Anna in ihr Abendgebet eingeschlossen hat, welche ihrer Mütter. Ella überlegt, ob sie Maria danach fragen soll. Aber gleich darauf verwirft sie den Gedanken wieder. Wozu auch, denkt sie.

Wenn Maria nach Hause gegangen ist, wird Ella in Annas Zimmer gehen, Licht und Radio abdrehen, und bis dahin genügt ihr die Gewißheit, daß es noch etwas gibt, das zu erledigen ist.

Sie beginnt zu frösteln, es durchläuft sie in Wellen. Sie verschränkt die Arme unter den Brüsten, die Schultern hochgezogen, die Ellbogen an die unteren Rippen gepreßt. Für einen Augenblick glaubt sie ihre Tochter vor sich zu sehen, schlafend, im Bett eingerollt, einen Zipfel des Polsterbezugs im Mund. Auf dem Nachttisch der Schuhkarton mit der Maus. Von jenseits der Fahrradständer ist jetzt ab und zu ein Geräusch zu hören, das sich über die Radiomusik schiebt, ähnlich einem vorsichtigen Hammerschlag, ein metallisches, unregelmäßig ertönendes Klacken, das die nächtliche Szenerie dehnt, wie in Müdigkeit ausgestreckt. In Annas Radio setzt *Fiesta Mexicana* ein, fast ohne Stimme, als zöge die Stimme es vor, im Warmen zu bleiben. Ella wippt fröstelnd auf den Fersen, mit in den Schuhen eingezogenen Zehen. Sie vernimmt das sachte Schlurfen von Schritten an einer Stelle des Hofes, die sie nicht einsieht, und wenig später das Rasseln eines Streuwagens, dessen Signallicht, schon in einiger Entfernung, orange durch die Lücke zwischen zwei Blöcken flammt.

ANGELA MURMANN

Mallorca-Wind

Ich denke, als Neuankömmling auf Mallorca tut man gut daran, erst mal viel zuzuhören. Man lernt eine Menge dabei. Doch manchmal erschließt sich einem die Lehre aus einer Geschichte nicht sofort. Oder überhaupt nicht.

Mit deutscher Gründlichkeit versuchte ich, dem roten Saharastaub Herr zu werden, das heißt, ich verbrachte jeden Tag Stunden damit, die Terrasse zu schrubben und die Gartenmöbel abzuputzen. Kaum war ich fertig, kam dieser verfluchte Wind, und schon sah alles wieder wie vorher aus. Ich kam mir vor wie Sisyphos.

Natürlich beschwerte ich mich bei allen länger Ansässigen über dieses Übel. Dieser Wind, der nicht vorhersehbar war, sich auch keineswegs ankündigte – also, der war eine echte Plage! Ja, und bei dem Stichwort »Wind« fiel dann einer Freundin von mir eine Geschichte ein, die sie mir zum Trost erzählte:

»Es ist schon lange her, aber alle, die an diesem Tag dabei waren, lachen noch heute über die Begebenheit, obwohl der Anlass alles andere als heiter war: Wir waren auf einer Beerdigung …«

Putzen, Wind, Beerdigung? Was für seltsame Zusammenhänge. Ich hörte mit verwundertem Interesse zu.

»Es war eine etwas sonderbare Beerdigung. Alle Freunde und Bekannten waren gebeten worden, sich am Donnerstag um elf Uhr auf der Finca der Witwe einzufinden. Natürlich kamen alle – dem Anlass entsprechend – schwarz gekleidet. Auch der Herr Pfarrer war da. Die Witwe allerdings empfing uns in einer knallgelben

Leggins. Mit einem Strahlen auf dem Gesicht teilte sie uns mit, der Wunsch des Verstorbenen sei immer gewesen, dass seine Beerdigung lustig werde, ferner, dass sie – seine Frau – seine Asche über sein Land streue.

Na ja, so ein Letzter Wille eben.

Also bat sie uns, im Halbkreis Aufstellung zu nehmen. Dann wurde Wein ausgeschenkt. Anschließend verschwand sie im Haus und kam mit der Urne zurück. Ich muss nicht extra erwähnen, dass der liebe Herr Pfarrer sich nicht sehr wohl fühlte.

So stand sie jetzt vor uns und versuchte, die Urne zu öffnen. Was aber nicht gelang. ›Hat denn keiner ein Taschenmesser dabei?!‹ Der Herr Pfarrer hatte und überließ es ihr. Nach langem Herumprobieren gelang es ihr endlich, die Urne zu öffnen. Mit ein paar salbungsvollen Worten wollte sie nun die Asche ausstreuen, als genau in diesem Augenblick eine Windböe kam und den teuren Verblichenen auf die Trauergemeinde blies.

Einige versuchten, ›ihn‹ abzuklopfen, andere, einfach nur Haltung zu bewahren. Auf jeden Fall wurde es eine lustige Beerdigung. Das hat der Verstorbene dem Wind zu verdanken.«

Ich bin mir nicht ganz sicher, welchen Trost ich in dieser Geschichte finden oder welche Lehre ich aus ihr ziehen soll. Dass ich vielleicht nicht nur Saharastaub abwische? Oder dass sich hinter Traurigem immer auch Lustiges verbirgt?

Werde weiterputzen, aber dabei nachdenken.

GUÐRÚN EVA MÍNERVUDÓTTIR

Die Füße der Frau im Buchladen

Viele pflegten mehr aus Interesse an Marta als an den Büchern, die sie verkaufte, in den Laden zu kommen. Nicht etwa, weil etwas Verdächtiges oder Krankhaftes dahintergesteckt hätte, sondern weil sie die Aufmerksamkeit derer anzog, die überhaupt offene Augen für das Einmalige in ihrer Umgebung hatten, und sie die Gabe besaß, die Neugier im Geist jener zu erregen, deren Gewohnheit es sonst nicht war, in den Angelegenheiten anderer Leute herumzuschnüffeln.

Wie ging sie dabei vor? Nicht mit einem geheimnisvollen Lächeln oder sonst einer Affektiertheit, und es waren nicht die zeitlosen schwarzen Samtröcke oder die cremefarbenen Blusen aus Seide, die an Cellokonzerte und Pferdekutschen erinnerten. Eine Menge Frauen kleidete sich so, ohne dass jemand deshalb nicht schlafen konnte. Nein, es war nicht etwas Einzelnes, es war bloß diese Frau, die den Buchladen an der Lyngstræti besaß und führte.

Sie erweckte auch mehr als Neugier, sie erweckte bei den Männern etwas, das man ohne Weiteres als Edelmut bezeichnen könnte. Keinem kam es in den Sinn, mit ihr um den Preis zu feilschen, und nie hätte jemand daran gedacht, sie beim Bedienen anzutreiben, auch wenn sie sich Zeit nahm. Die Kinder, die kamen, um unanständige Bücher mitgehen zu lassen, vergaßen ihr Vorhaben, wenn Marta ihnen Schokoküsse aus einer Kristallschale anbot.

Zuweilen steckten Fotografen ihre Nase hinein und schauten mit sehnsüchtigen Augen auf Martas geraden Rücken, den gleichmäßig fallenden, knöchellangen Rock und ihr dichtes, ergrauendes Haar. Aber sie wagten nicht, sie wie irgendein junges Mädchen darum zu bitten, für sie zu posieren, sondern begnügten sich damit, das Regal mit den alten Schwarten im Ledereinband, die Schachteln mit gebrauchten Taschenbüchern, den Ständer, auf dem sie ausgewählte Bücher aufstellte, und den schweren, mit Schnitzereien verzierten Schreibtisch, an dem sie morgens manchmal saß und Quittungen und Rechnungen schrieb, abzubilden.

Diejenigen, die sich selbst als besondere und gute Kunden betrachteten, begannen manchmal eine Unterhaltung mit Marta, die solche Unterfangen gut aufnahm. Manchmal vergaß sie sich und sprach auch von sich selbst, bis ihr darüber die Röte ins Gesicht stieg. »Also«, sagte sie dann, »jetzt höre ich mal mit diesem Geschwätz auf.«

Die Geduldigen und Aufmerksamen wussten darum einiges über Marta: dass sie den Buchladen von ihrem Großvater geerbt hatte, der damals den alleinigen Wunsch hegte, dass Marta – und nur Marta – das Geschäft aufrechterhalten möge, und dass sie die Ausbildung zur Krankenschwester abgebrochen hatte, um seinem Wunsch zu entsprechen.

Eines Tages stand sie im Laden, angelehnt an ein großes Bücherregal, die Hände um eine Kaffeetasse, und plauderte mit einer alten Frau, die hin und wieder vorbeikam, um Zeitschriften zu kaufen. Die Frau nahm ihre Augen nicht von Martas Waren und stellte so seltsame Fragen, dass Marta dem Verlangen nachgab und von jenem kalten Wintertag vor mehr als vierzig Jahren zu erzählen begann.

Sie und ihre Mutter nahmen morgens meist den Bus, manchmal aber gingen sie zu Fuß, so wie an jenem bestimmten Tag. Die kleine Marta stieg barfuß in die Gummistiefel, was ihre Mutter ganz übersah. Danach machten sie sich auf, durch den bissigen Nordwind. Ihre Gesichter waren starr vor Kälte, die Oberschenkel taub und die Hände steif in den Wollfäustlingen, und sie waren noch nicht lange unterwegs, als Marta die Zehen zu schmerzen begannen. Der Schmerz nahm zu, bis sie sich weigerte, noch einen Schritt zu gehen, aber ihre Mutter zog sie weiter und sagte, sie wolle nicht zu spät kommen. Später ließ der Schmerz nach und verschwand schließlich, und Marta vergnügte sich den ganzen Tag bis zum Abend damit, eine große Schneewehe von innen auszuhöhlen und daraus eine Hütte zu bauen.

Die alte Frau brauchte sich nicht erzählen zu lassen, wie die Geschichte endete, und fragte nur, ob Grímur, der Arzt, sie alle hatte nehmen müssen.

»Drei an jedem Fuß«, sagte Marta. Sie sprach so leise, dass die Leute den Atem anhielten und mit dem ganzen Körper lauschten, wenn sie etwas sagte.

Die Augen der Frau weiteten sich beim Gedanken an Martas verunstaltete Füße.

»Hätte ich eine Tochter, würde ich dafür sorgen, dass sie niemals friert«, sagte Marta.

Die Augen der alten Frau wurden noch größer. Sie war schwerhörig, hätte aber darauf schwören können, dass Marta soeben preisgegeben hatte, eine Tochter zu haben. Gepeinigt vom Drang, nach dem Kindsvater zu fragen, bezahlte sie und verabschiedete sich. Es wäre taktlos gewesen zu fragen, und niemand, der bei Trost war, hätte sich Marta gegenüber taktlos verhalten.

Wie bereits erwähnt, wurden nicht alle, die in Martas Buchladen kamen, vom Interesse an Büchern geleitet. Einige waren viel interessierter an Marta selbst, und die zwei Männer, um die es so bestellt war, sollten ihr ruhiges Leben umgestalten, sodass kein Stein mehr auf dem anderen blieb.

Der Erste kam zum ersten Mal an jenem Tag, an dem

Marta der alten Frau erzählt hatte, dass sie an beiden Füßen nur noch je zwei Zehen hatte. Es kam Marta vor, als ob sie eine haarfeine Grenze überschritten hätte, und sie fühlte sich nicht gut. Sie begrüßte den Mann freundlich, doch er beachtete sie kaum, ging direkt zu den Schachteln mit den Taschenbüchern und pflückte ein paar hinaus, während er die Auswahl untersuchte. Er nahm sich nicht die Mühe, die Bücher anschließend wieder zurückzulegen, und kaufte nichts, deutete aber an, dass Martas Auswahl an Taschenbüchern ziemlich begrenzt sei. Dennoch kam er am nächsten Tag wieder und kaufte ein Buch über Wesen auf anderen Himmelskörpern und ihre Besuche auf der Erde. Marta hatte es bereits gelesen, sie fand es lustig, obwohl es unbedeutend war.

Sie mochte ihre Meinung nicht ungefragt kundtun, bot dem Mann aber an, sich aus der Kristallschale zu bedienen.

Er nahm ein großes Stück Marzipan und betrachtete Marta, während er mit vollen Backen kaute.

Als er das dritte Mal kam, zeigte er mit dem Zeigefinger auf sie, als wäre sie ein Ding, und sagte: »Immer, wenn ich dich sehe, möchte ich mir eine Prise genehmigen.«

Marta war gewiss ein außerordentlich höflicher Mensch, aber sie war nicht auf den Mund gefallen. »Immer, wenn ich dich sehe, möchte ich Händel hören«, antwortete sie.

Der Mann guckte starr vor sich hin, bevor es ihn schüttelte und er mit weit geöffnetem Mund lachte.

Marta lächelte vornehm. Danach, ohne zu wissen, warum, zog sie die unterste Schreibtischschublade heraus und holte zwei Tabakdosen aus Silber hervor, die ihrem Großvater gehört hatten. Sie gab dem Mann die Dosen.

»Was soll ich damit?«, fragte er.

»Ich kann sie nicht gebrauchen«, sagte sie, und es war offensichtlich, dass das stimmte.

Der Mann hieß Bárður.

Eine Woche verging, danach zwei, und sie glaubte bereits, dass sie ihn ungewollt vertrieben hatte, aber dann kam er, mit einem Gesichtsausdruck wie geschmolzene Butter, und er streifte lange zwischen den Bücherregalen umher, ehe er ein Gespräch mit ihr begann. Er sei nämlich gekommen, um ihr diese Kleinigkeit zu geben, sagte er und reichte ihr eine Platte, eine Prachtausgabe von Händels *Messias*.

Danach sah man die beiden oft mit leiser Stimme Gespräche führen, und den Grübelfalten auf Martas Stirn und Bárður Gestikulieren nach zu urteilen waren sie dabei, ein allgemeingültiges Gesetz über Moral oder etwas dergleichen zu suchen. Manchmal schienen sie sich dabei einig zu sein, aber keineswegs immer, und aufmerksame Zuhörer nahmen wahr, dass sie, auch wenn sie lange still beieinander gestanden hatten, rote Wangen und struppiges Haar hatten, wie nach großer Mühe.

Hier wendet sich die Geschichte dem anderen Mann zu. Beim ersten Mal, als er den Laden betrat, trug er einen Nadelstreifenanzug, der unglaublich gut zur Kristallschale passte und ebenso dunkel und mit feinen Silberstreifen versetzt war wie Martas Haar.

Marta verwendete kein Parfüm, sondern nur Öl, das aus Lilien gepresst war, einen Tropfen hinter jedes Ohr, und niemand konnte sicher sein, ob es wirklich ein Hauch von Lilie war oder eine Einbildung, ausgelöst durch die weiche, glänzende Beschaffenheit der Bluse, die sie trug. Aber auf einmal war es so, als breitete sich ihr Geist in jede Ecke aus.

Drei Kunden, ein Mann und zwei Frauen, standen lesend je in einer Ecke, blickten aber alle im gleichen Augenblick auf und sahen einen stilvoll gekleideten Mann eintreten, mit dem Kopf nicken und grüßen. Sie glaubten, den Duft deutlich wahrzunehmen, entschieden aber, dass er von draußen hineingetragen worden sein musste, als die Tür geöffnet wurde. Eine eigenartige Schlussfolgerung, da der Herbst schon weit fortgeschritten war, die Nächte frostig und die Frühlingsblumen schon längst wieder zu Erde geworden waren.

Der Mann schaute sich um, ehe er zum Regal ging, in dem Marta Bücher aus den Rubriken »Geschichte und populäres Wissen« aufbewahrte. Er fragte, was die Gesamtausgabe von *Unser Jahrhundert* kostete. Mehr wurde zwischen ihnen nicht gesprochen, und sie bot ihm nichts aus der Schale an. Aber er kam wieder, und dann sprachen sie zögerlich über Naturbeschreibungen in den Werken von Jón Trausti.

Er hieß Marteinn, und einmal kam er, als es fünf Minuten vor sechs Uhr war, mit einer Tüte aus dem Lebensmittelgeschäft. Er sagte, dass er Pfeffersteaks gekauft habe, aber die verflixten Packungen seien so groß, und nun habe er genug für zwei oder drei, ob er sie vielleicht einladen dürfe, wenn sie nichts anderes zu tun habe?

Sie nahm dankend an, ergriff ihren Mantel und löschte alle Lichter im Laden.

Bárður kam jeden Tag in den Buchladen, um Marta zu treffen, und es schien ihnen nie an aufregendem Gesprächsstoff zu fehlen. Marteinn kam ebenfalls jeden Tag, aber der Zufall wollte es, dass die beiden nie zur gleichen Zeit im Laden standen. Sie wussten also nichts voneinander, waren aber beide stolz auf den besonderen Platz, den sie in Martas Leben einnahmen. Aber welchen Platz nahmen sie genau ein? Ja, zu diesem Zeitpunkt der Geschichte war sie mit beiden im Bett gewesen. Marteinn war der Erste gewesen. Er hatte sie nach Hause eingeladen, Pfeffersteaks medium gebraten und zwei Weinflaschen mit ihr geleert. Er hatte ein großes Bett mit zwei geschnitzten Giebeln aus Kirschbaumholz, und Marta sagte sich, dass ihre Beziehung zum Tode verurteilt sei, wenn er sich Zeit nähme, seine Kleider zusammenzulegen, aber wenn er dies nicht tue, sei das ein gutes Omen.

Er legte die Hosen auf einen Stuhl und hängte sein Hemd an die Türklinke.

Marta holte tief Luft und knöpfte ihre Bluse auf. Sie zog alles bis auf die Socken aus. Die Socken abzustreifen weigerte sie sich, obwohl er sie liebevoll und höflich darum bat.

Seither waren viele Wochen vergangen, und sie hatten oft im gleichen Bett geschlafen. Aber Marta zog die Socken nie aus und verlor kein einziges Wort über ihre entstellten Füße.

Dann kam es dazu, dass Bárður beschloss, sich zu ermannen. Er kam kurz vor sechs, als Marta gerade dabei war, den Laden zu schließen, bekleidet mit einem T-Shirt mit dem Aufdruck »Kiss me«.

Marta schloss die Türe ab, löschte das Licht und ging in ein kleines Zimmer hinter dem Laden. Um den Mantel zu holen, sagte sie. Danach sah man nichts mehr von ihr, und als Bárður das Warten satthatte, ging er hinein zu ihr.

Dort saß sie auf einem karierten Sofa und sah nicht so aus, als sei sie mit etwas Wichtigem beschäftigt. Der Mantel hing am Haken an der Wand. Sie schlüpfte aus den Schuhen, und er streifte die Socken von ihren Füßen und küsste die beiden Zehen an jedem Fuß. Auf Berührungen an jenen Stellen, an denen die fehlenden Zehen hätten sein müssen, reagierte Marta sehr empfindlich.

Künftig hatte Marta über Mittag immer geschlossen und beschränkte ihre Treffen mit Bárður auf diese Zeit. Wenn er kam, schlüpfte sie als Erstes immer aus den Socken.

Natürlich kam es dazu, dass alles aufflog. Es wurde gerade zwölf Uhr, als Bárður beim Schreibtisch stand, sich aus der Kristallschale bediente und darauf wartete, dass Marta den Laden abschloss. Da kam Marteinn herein.

»Der Laden ist über Mittag geschlossen«, sagte Bárður.

»Komm herein, Marteinn«, sagte Marta.

Marteinn reichte ihr etwas Weiches in einer weißen Plastiktüte. Sie schaute in die Tüte, darin waren zwei Paar Wollsocken.

»Weil du an den Füßen so kälteempfindlich bist«, sagte er. »Meine Mutter strickt drei solche Paare in der Woche, sie hat nichts Besseres zu tun. Ich komme nicht nach, sie aufzutragen.«

Während dieser kurzen Rede färbten sich Martas Wangen rot. Da erkannte Bárður die Situation und richtete sich auf. »Empfindlich auf Kälte an den Füßen, soso«, sagte er, und dann erkannte Marteinn die Situation und fiel sogleich auf die Knie und hielt um Martas Hand an. Bárður rollte mit den Augen.

Viele hätten an ihrer Stelle versucht, sich aus den Schwierigkeiten herauszumogeln, nicht aber Marta. Sie sagte, sie könne keinen von ihnen heiraten, es sei denn, sie könnten ein und derselbe Mann werden.

Sie musterten sich gegenseitig mit offensichtlichem Missfallen. Dann blieben sie ganz einfach an ihrem Platz stehen, und jeder wartete darauf, dass der andere verschwinden würde.

Sie bat beide zu gehen. Sie konnte sich nicht in zwei Hälften teilen und noch weniger einen dem anderen vorziehen. Aber das Geschehene hatte sie erschreckt, und sie wollte allein sein, während sie sich beruhigte.

Am Tag danach kam Bárður, kurz vor zwölf wie immer. Er trug einen Anzug, ähnlich dem, den Marteinn getragen hatte.

Betrüblich, dachte Marta. Zog aber dennoch die Socken aus.

Marteinn kam kurz vor Ladenschluss, um sie abzuholen. Er hatte Schafskopfsülze, Hering und Schwarzbrot in einer Tüte. Er sah ziemlich traurig aus, doch Marta löschte das Licht und schloss die Tür. Sie ging mit ihm hinaus in den Herbstwind, wo sich die ersten Schneeflocken auf sie setzten.

Nun kam eine schwierige Zeit, in der alle drei auf irgendeine Weise verletzt, aber gleichzeitig zu stolz waren, es zuzugeben.

Von dem Augenblick an, in dem Marta am Morgen den Buchladen öffnete, bis sie am Abend die Türe ins Schloss fallen ließ, wichen Marteinn und Bárður nicht von ihrer Seite, außer allenfalls, um an der Ecke Süßbrot zum Kaffee zu holen. Keiner wollte dem anderen die Gelegenheit geben, eine ruhige Minute mit Marta zu verbringen. Sie husteten trocken, räusperten sich ständig und hatten bereits rote Augen, weil sie die ganze Zeit die Nase in staubige Bücher steckten. Ihre Nähe war bedrückend, und Marta musste sich sehr zusammennehmen, während sie bediente und mit den anderen Stammkunden plauderte.

Schließlich konnte sie sich nicht mehr zurückhalten und fragte, ob sie denn nicht wie andere Menschen arbeiten müssten. Sie verneinten. Bárður gab an, von der Invalidenrente zu leben, was seltsam war, denn man sah nicht, dass ihm etwas fehlte. Marteinn lebte vom Erbe seines Vaters. So lungerten sie also unter dem Vorwand, in interessanten Büchern zu blättern, weiter missmutig in ihren Ecken herum. Marta hatte die Vermutung, dass sie nicht darauf achteten, was sie lasen, nachdem sie sie mit alten Schulbüchern, Rezeptheften und sogar Strickzeitschriften beobachtet hatte. Sie hatten davon abgelassen, einen falschen Eindruck machen zu wollen, nachdem Marta ihnen zu verstehen gegeben hatte, dass sie, jeder für sich, niemals zu dem Mann werden könnten, nach dem sie sich sehnte, und dass sie es nicht wörtlich gemeint habe, als sie sagte, dass sie sie heiraten würde, wenn sie zu einer Einheit verschmölzen.

Abends, nach Ladenschluss, verabschiedete sie sich vor dem Buchladen und stieg in ein Taxi, aber sie gingen zu Fuß jeder in seine Richtung.

Als Marteinn zwei Hustenanfälle am selben Tag bekommen und Bárður eine Frau beschimpft hatte, die ihn gebeten hatte, zur Seite zu treten, entschied Marta, dass es so nicht weitergehen konnte. Am Abend bat sie sie zu bleiben, obwohl es sechs Uhr geworden war, und sie verschloss die Türe von innen und wies sie in das kleine Zimmer hinter dem Laden. Dort hatte sie ohne viel Aufhebens Kerzen angezündet und den Tisch für sie mit Fladenbrot, dänischem Dosenschinken, geräuchertem Lachs, Kaviar und Essiggurken gedeckt, und die Kaffeemaschine brummte friedlich in der Ecke.

Sie wünschte ihnen Guten Appetit und begründete damit eine neue Gewohnheit, denn danach feierten sie an jedem Abend ein Fest im kleinen Zimmer.

Wie brachten sie es zustande, den Frieden beizubehalten? Vielleicht war es der Kaffee, der einen versöhnlichen Ton in die Gespräche brachte, und wenn ihnen der Gesprächsstoff ausging, zog Marta schnell Karten hervor, sodass die Feiern nie langweilig waren.

Die abendlichen Treffen verliefen wie gesagt problemlos und erfreulich, zumindest bis zur Schlafenszeit. Dann wurden die Gespräche wieder steif. Marta deutete an, dass sie gerne mit ihnen beiden ins Bett gehen würde, aber sie, sosehr sie sich auch nach der Umarmung ihres warmen Körpers sehnten, konnten einander nicht ausstehen. Und schon gar nicht auf diese Weise. Deshalb trafen sie ein Gentlemen's Agreement unter sich, dass sie sich abwechslungsweise zu einer anständigen Zeit verabschieden und Gute Nacht wünschen würden. Der von ihnen, der bei Marta blieb, unterließ es, durch irgendwelche Bemerkungen Salz in die Wunden des anderen zu streuen. Und der, der gehen musste, gab sich Mühe, das Unglück zu verstecken.

Marta fand, dass ihre Person in zwei Teile auseinander-glitt. Die eine Hälfte schwebte auf Wolken in unbändiger Freude über die mit Sünden bestreute Richtung, die ihr Leben genommen hatte. Die andere Hälfte spürte die Erde unter ihren Füßen brennen und glaubte, dass etwas bevorstand, nicht unbedingt etwas Schlechtes, aber etwas, das sich mit göttlicher Strenge bewaffnete und Vorbote eines vollkommenen Endes war.

Während vierzig Jahren hatte Marta kein Gespür für die verlorenen Zehen gehabt, aber nun spürte sie eine Art Kribbeln, als ob Blut wieder durch ausgetrocknete Adern flösse. Sie hatte ein lebhaftes Gefühl in den sechs Zehen, die sie nicht mehr gesehen hatte, seit sie in der blut-befleckten Gaze des Arztes gelegen hatten. Das Gefühl in den Füßen nahm mit jedem Tag zu, und Bárður hatte begonnen, sich Wissen über allerlei gespenstische Vorgän-ge im Körper anzulesen, und hatte immer wieder etwas Neues zu erzählen. Von irgendwo trieb er Fotografien von leicht bekleideten Menschen auf, die ihre körper-lichen Gebrechen zeigten, Brandwunden, Narben und Stümpfe, so als wäre es Schmuck.

Marta war nicht angetan. Sie schaute sich die Bilder zwar an und meinte, dass sie bemerkenswert seien, aber sie sagte auch, dass diese Menschen ihr gleichgültig seien, jene auf den Bildern und jene mit den gespenstischen Körperteilen, von denen er die ganze Zeit sprach.

Die Feiern im kleinen Zimmer hinter dem Laden gin-gen weiter. Bis zu jenem Abend, als ein Schneesturm so heftig vor den Fenstern tobte, dass sie ihre Stimmen erhe-ben mussten, um über Marteinns Vorschlag zu beraten, dass sie am besten zu ihm nach Hause gehen sollten, wo es eine große Stube und eine gut eingerichtete Küche gäbe.

Bárður erwiderte, dass Marteinns Zuhause kaum als

neutraler Schauplatz bezeichnet werden könne, und schlug vor, sich weiterhin mit dem kleinen Zimmer zufriedenzugeben oder nach Hause zu Marta zu gehen. Keiner erwähnte es, aber es verstand sich von selbst, dass Bárður niemanden zu sich einladen konnte.

Statt sie aufzufordern, das amerikanische Fernsehen einzuschalten, wie sie es üblicherweise tat, wenn der Ton bei den Feiern rauer wurde, sah Marta mit leerem Blick über ihre Köpfe hinweg an die Wand und sagte nicht viel. Das machte es den beiden Männern schwer, denn sie hatten einander nicht viel zu sagen. Ein Umbruch lag in der Luft, und beide wollten die Entwicklung gern zu ihrem Vorteil nutzen.

An diesem Abend war Marteinn an der Reihe, bei Marta zu bleiben, aber als Bárður Anstalten machte, sich zu verabschieden, bat sie beide zu gehen. Aus Respekt vor Marta ließen sie sich nichts anmerken, obwohl sie ihr Verhalten sonderbar fanden. Bárður kam zu dem Schluss, dass ihr bestimmt nicht gut sei, nachdem sie den ganzen Abend geräucherten Lachs gegessen und dazu Kaffee getrunken hatte, aber Marteinn glaubte zu spüren, dass neue Zeiten anbrachen. Nach Mitternacht hatte sich das Unwetter zum größten Teil gelegt. Bárður lag schlaflos und Marteinn war einsam, und obwohl keiner von beiden die Gewohnheit hatte, mitten in der Nacht für einen Spaziergang nach draußen zu gehen, beschlossen beide, genau dies zu tun. Marteinn ging die Lyngstræti hinunter, am Buchladen vorbei und sah, dass dort nichts los war. Eine halbe Stunde später ging er wieder dort vorbei, und da war Marta draußen, ohne Mantel in der Kälte und im Wind. Sie lächelte und war voller ansteckender Freude. Marteinn war noch nichts Passendes eingefallen, das er zu ihr sagen könnte, als Bárður auftauchte und fragte, was sie machten.

Sie lachte schallend und hob ihren Rock bis zu den Knöcheln. Sie war barfuß. Es war das erste Mal, dass Marteinn ihre Füße sah, aber er ließ sich nichts anmerken, bis sie sich noch mehr in den Schein der Straßenlampe bewegte. Da hielten die beiden Männer den Atem an und beugten sich vor, um besser zu sehen, denn neue Zehen hatten an der Stelle der fehlenden zu wachsen begonnen, wie winzige Kartoffeln am Anfang des Frühlings.

»Ja, ja«, sagte Marta, und dass sie nicht bleiben könne, da sie sich für eine lange Reise bereit machen müsse.

Marteinn bot sich an, für sie nach dem Laden zu schauen, während sie fort wäre, aber sie sagte, dass sie keine Lust habe, länger an dieses Loch von Laden zu denken.

»Wohin geht es?«, fragte Bárður.

»Ich kann heilen«, sagte Marta.

Bárður schüttelte müde den Kopf, so als ob sie bereits gegangen wäre, doch Marteinn fragte mit Tränen der Freude in den Augen, ob sie nicht einen Assistenten oder Sekretär brauche.

Unter Wasser

Mein Verhältnis zum Wasser ist – ich kann das gar nicht anders sagen – eines, das man als »gebrochen« bezeichnen muss, auch wenn meine Liebe klar dem Meer gehört und ich dieses jedem noch so tollen Berg vorziehe. Was ist schon die beklemmende Enge von Gebirgstälern im Vergleich zur weiten Sicht über den Horizont, während die Wellen in unendlichem Gleichmaß an den Strand rollen? Eben. Zugleich aber ängstigt mich kaum etwas mehr, als in irgendeine dunkle Brühe steigen zu müssen. Ich schaue gerne *auf* das Meer, ich segle gerne *über* den See, ich gehe gerne am Fluss *entlang* und ich sitze gerne *am* Ufer. Aber *in* ein Wasser steige ich nur, wenn es sich wirklich nicht vermeiden lässt. Vor die Wahl gestellt: Wanne oder Dusche, nehme ich die Dusche. Nichts schlimmer als tiefe, dunkle Seen, schlammige Weiher, moorige Tümpel. Sobald ich den Grund nicht mehr sehen kann, spüre ich, wie die Haie, die Riesenkarpfen, die Wasserschlangen und die Kraken, das ganze grässliche Wassergetier herangeschwommen kommt, um mich zu verschlingen. Dann schon lieber gekachelte Hallenbäder mit klarem gechlortem Wasser. Hinzu kommt auch, dass ich ein lausiger Schwimmer bin. Seit etwa fünfundzwanzig Jahren versuche ich beispielsweise, mir die Kunst des Kraulens beizubringen. Keine Chance. Nach fünf Zügen rette ich mich vor dem Ertrinken allein dadurch, dass ich wieder so langsam und regelmäßig brustschwimme, wie die siebzigjährigen Seniorinnen in der Therme von Bad Pyrmont. Manchmal denke ich, ich sollte mir auch so eine rosa Badekappe mit Blütenapplikationen aus Tüll zulegen, um bei der anwesenden Damenwelt erst gar keine falschen Hoffnungen zu wecken. Hier kommt nicht Mark Spitz II., Mädels, hier kommt jemand, um den man schön brav einen großen Bogen herumschwimmen muss, damit er nicht absäuft. Kinder, die vom Beckenrand springen, sind mir ein Gräuel, und das Dreimeterbrett brauchen letztlich auch nur Leute, für die der Freitod eine alltägliche Handlungsoption ist. Ich bedaure es sehr, dass es keine wasserfesten Bücher gibt, mit denen ich mehr oder weniger subtil signalisieren könnte, dass ich, wenn schon nicht des Schwimmens, so doch wenigstens des Lesens mächtig bin. Ich meine: Wenn Gott gewollt hätte, dass der Mensch im Wasser bleibt, dann wären wir doch noch heute Pantoffeltierchen. Sind wir aber nicht.

Meine kleine Aquaphobie hat natürlich tiefenpsychologische Ursachen. Diese Ursachen sind ziemlich genau drei Meter tief, und schuld ist meine jüngere Schwester. Ich war acht und sie war fünf. Unsere praktisch denkende Mutter meldete uns beide im Schwimmkurs an, damit wir den Freischwimmer machten. Ich kann mich nicht erinnern, gefragt worden zu sein. Das Ende war, dass meine Schwester mit einer Stoffplakette, auf der eine schön geschwungene Welle drauf war, belohnt wurde, die ihr noch am selben Tag an die Badehose genäht wurde, während ich mich am Beckenrand festklammern und husten musste, weil ich nach drei Minuten eine Ladung Wasser geschluckt hatte. Kann es eine größere Demütigung geben? Nie habe ich mir eine Plakette an eine Badehose nähen lassen, selbst Jahre später nicht, als ich es dann endlich auch gedurft hätte. Mein Fehler allerdings war, dass ich Fräulein Schröder mein Wassertrauma bestenfalls andeutungsweise gestanden hatte.

»Komm«, sagte sie eines Sonntags, »es ist so schönes

Wetter. Lass uns doch zum Baden an den See fahren.«
»Och … hier ist es doch auch ganz schön«, versuchte ich
es. »Wir könnten die Liegestühle vom Speicher holen und
uns auf den Balkon legen. Wir könnten da liegen und uns
ein bisschen sonnen, wir könnten ein Buch lesen, Musik
hören, Schach spielen, Kuchen essen, Kaffee trinken,
Kreuzworträtsel lösen …« – »Nein, nein«, insistierte sie,
»ich muss hier raus. Ich will an einen See.« Widerstand
war zwecklos. Und wirklich, der Anblick war überraschend schön. Glitzernd lag der See in der Hügelland-
schaft des Voralpenlandes, die weißen Segel der Jollen
tanzten auf seiner tiefblauen Fläche, die Zweitausender
schimmerten im gleißenden Licht von ferne herüber.
»Hier ist es gut«, bestimmte Fräulein Schröder und ließ
die Badetasche auf die Wiese fallen. Sie hatte eine Decke
mitgenommen, die wir ausbreiteten. Sie hatte eine Ther-
moskanne mit Kaffee dabei und Obst und Kuchen. Ich
zog mir das Hemd aus, die Schuhe und die Socken. »Ich
habe, fürchte ich« – ich wühlte in meinem Beutel –, »ich
habe, wie es aussieht, wohl meine Badehose vergessen.«
»Das ist nicht dein Ernst«, brach es aus ihr heraus, »sag,
dass das nicht wahr ist.« Die Leute auf den Nachbar-
decken wandten uns abrupt die Köpfe zu. »Ich hab die
Hose eben vergessen«, zischte ich, »das kann ja mal passieren.« Sie glaubte mir nicht. Ich meine sogar, das böse
Wort »Sabotage« gehört zu haben. Sie sagte: »Dann ba-
dest du eben ohne Hose.« Meine Kehle schnürte sich zu,
mein Herzschlag beschleunigte sich, mir brach der
Schweiß aus. »Ohne Hose? Bist du wahnsinnig?! Das
kommt überhaupt nicht infrage. Das ist völlig ausgeschlossen. Was, wenn da irgendein großer Fisch kommt
und …« Ich bin natürlich nicht in diesen See gestiegen.
Ich bin nicht lebensmüde. Ich habe auf der Wiese gelegen,
Markus Werners ›Festland‹ gelesen und zwischendurch
ein Nickerchen gemacht. Fräulein Schröder aber hat aus-

schließlich mit so einem öligen Latino-Typen in Glitzer-
badehose geplaudert, der sich auf dem Nachbarhandtuch
räkelte und sich ständig mit Sonnenöl einrieb. Sie waren
gemeinsam schwimmen. Sie haben sogar, ich habe es genau gehört, auf dem See laut miteinander gelacht. Aber
später, als der dann sein Micky-Maus-Heft herauszog und
darin, soll ich wirklich sagen: »zu lesen« begann, warf mir
Fräulein Schröder einen geläuterten Blick herüber. Sie bot
mir sogar einen Apfel an, den ich gerne nahm. Ich sage es
ja: Am sechsten Tag schuf Gott Mann und Frau und nicht
Karpfen und Wels.

Ein vertrödelter Sonntag

… Eigentlich weiß ich nicht recht, warum ich an jenem Sonntag zu Haus geblieben war. Ich hätte mich doch mit Jenssen oder schlimmstenfalls mit Flix verabreden können. Aber, weiß der Himmel, auf Jenssens Gesellschaft hatte ich so gar keinen Appetit. Und Flix? Mit Flix war ich letzten Sonntag erst in Grünheide gewesen, und das hielt noch ein bißchen vor. Die »Zwillinge« saßen schon an der Ostsee, alles übrige hatte Ferien gemacht …

Und so war es wohl gekommen, daß ich auf dem Heimweg von dem kleinen Chinesischen, in dem ich zu Mittag gegessen hatte, plötzlich beschloß, einmal nur mit mir selbst zusammen zu sein.

So gegen zwei war's wohl, als ich aus der U-Bahn heraufkroch. Eine Morgenausgabe wollte ich mir noch kaufen, aber der Kiosk hatte zu. Also nicht.

Nun könnte man ja wohl programmgemäß erzählen: »Totenstill lagen die Straßen da. Sonntag! Die Häuser schliefen, und die Läden hatten frei.« Und so weiter …

Könnte man erzählen.

Aber das wäre glatt gelogen.

Nein, es war keineswegs sehr sonntäglich da draußen. Die Leute rasten über den Damm wie an einem ganz gewöhnlichen Donnerstag; lag das nun am Wind, der etwas übertrieben um die Ecken jaulte, oder hatten es diese Menschen auch sonntags eilig? Der Zwölfer-Omnibus ratterte wichtigtuerisch durch die Gegend, und die Elektrische namens Westend trottete brav hinterher. Alles wie sonst. Höchstens, daß die paar übriggebliebenen Fahrgäste auf der Plattform statt der täglichen Aktenmappen ein paar kümmerliche Blumensträuße in der Hand hatten.

»ff. Vanille-Eis. Halbgefrorenes!« offerierte das bunte Plakat am Eissalon. Aber die leichten Sonntagsfähnchen der promenierenden Fräuleins mit dem guten Strohhut waren eine Vorspiegelung falscher Tatsachen an diesem eingeschobenen Herbsttag mitten im Sommer. Ich fühlte mich durchaus wohl in meinem grauen Flausch, ich hatte meine Erfahrungen mit dem Barometer ...

Da stand ich nun, klimperte ein bißchen mit den Schlüsseln in meiner Tasche und verspürte noch gar keine rechte Lust, hinaufzugehen zu mir selbst. – Man könnte vielleicht einen kleinen Trip durch die Siedlung machen, an den Feldern vorbei, schlug ich mir vor.

Die Felder ...! Wie großartig sich das anhörte. Ja, also gehen wir mal ein bißchen durch die Felder.

Vorbei an der russischen Konditorei mit den gediegenen Vorkriegs-Plüschportieren, vorbei am Modesalon »Yvonne« nicht ohne den üblichen Blick auf das Himbeerfarbene, das ich mir nie werde kaufen können. Sonntäglich schlummert die Discontobank nebst Kapital und Reserven, verbindlich lächeln die Friseurpuppen, obgleich sie heute gar nicht dazu verpflichtet sind, dienstfrei haben sie. Eine mutige Kurve um den Schokoladenautomaten rechts an der Ecke, anderthalb Querstraßen links herum, und schon bin ich im Freien. Soweit vorrätig. Ein paar Bäume, ein Restbestand Spree, eine Portion Rasen, Stückchen Himmel und kein Zaun. Die Anlagen sind ausnahmsweise nicht »dem Schutze des Publikums ...« Keine Anlagen. Kein Publikum. Bestenfalls »Leute«. Kinderfräulein aus besserem Haus, junge Männer im Modeblatt-Anzug mit verwegenem Schlips, Sonntagsliebespärchen Arm in Arm. Brillen-Mütterchen mit Handarbeitsknäuel auf den Bänken und alte Männer, die ihren Hunger nach Sommer und Luft stillen wollen, denn eigentlich ist es Juli.

– Und dergleichen nennt sich nun Hochsommer. Eine verrückt gewordene Jahreszeit ist das diesmal, und wenn es Dienstag, Mittwoch noch soundsoviel Grad im Schatten gibt und eine dick unterstrichene »Hitzewelle in Amerika« im Abendblatt: zum Wochenende, darauf könnte man wetten, kommt das »Tief«. Nun zieht der Himmel ein Gesicht, daß einem alle Lust vergeht, hier weiter umherzustrolchen. Und wenn ihr da drüben noch so viel angebt in euren duftigen Sonntagsausgehkleidern und den protzigen Panamas, ich könnte schwören, daß dies eben der zweite Regentropfen gewesen ist.

Regen. Natürlich. Paßt so richtig ins Programm.

Durch die leergewordene Neubausiedlung mit den lächerlich kleinen Häuserchen und dem Bürgermeister aus Bronze trödle ich mich allmählich heim.

Während ich den Mantel hinhänge zum Trocknen, fange ich an, ganz intensiv an einen Kognak zu denken. Unfreundliche Bude, ich werde mir mal einen Tee »mit« machen. So. Jetzt noch eine Sonntagsausgabe, und das Glück wäre vollkommen. Gibt's aber nicht. Oben auf dem Regal döst noch eine uralte ›Illustrierte‹, die habe ich mir mal aufgehoben wegen einer dringend wichtigen Notiz. Längst vergessen. Nachdem das Kreuzworträtsel bis auf die letzte »Bezeichnung eines Gemütszustandes« gelöst ist, finde ich es ein ganz klein wenig langweilig.

Still ist das heute im Haus …

Keiner singt auf dem Hof. Noch nicht mal die Heilsarmee, obgleich die doch heute dran wäre. Unheimlich ist so eine Ruhe in einem Mietshaus. Kein Köter bläfft, kein Grammophon wimmert. Ja, nicht einmal Schwertfegers Mädchen grölt aus dem Küchenfenster: »… Abär nein, abär nein, sprach sie, ich küssäää nie …!«

Man könnte ja ein Buch lesen oder sonst was für seine

Bildung tun. Man könnte vielleicht arbeiten, wenn man arbeiten könnte. Schön still ist das heute.

So, wie ich es mir schon immer mal gewünscht habe. – Na, kleine Klappermaschine, sollen wir? Ach was, wir lassen dir deine schwarze Wachstuchhaube und deinen Sonntagsfrieden. Mit dem Arbeiten wird das heute nichts. Und der Brief nach Edinburg wird ja doch nie mehr geschrieben werden.

Wie aufdringlich so ein angebrochener Sonntagnachmittag sein kann. Es sollte wenigstens mal einer an der Tür läuten, damit man merkt, daß man überhaupt noch da ist. Für wen surrt dieser verflixte Fahrstuhl andauernd, kommt ja doch keiner zu mir. Ekelhaftes, pedantisches Ticken, ich werde diesen Wecker doch noch mal an die Wand …

Ich möchte gern wo eingeladen sein bei braven Leuten mit geregelter Tageseinteilung und einem Programm für den Lebenslauf. Nein, lieber nicht …

Warum ist diese Woche wieder so grau heruntergerollt von der Kalenderspule. Muß das so sein? Vernuschelt man nun seine Zeit, oder hat das Glück bloß vergessen, seine Visitenkarte bei mir abzugeben? Warum verlieb ich mich immer in die ganz ausgeleierten Phrasen: »… fühlt sich nicht wohl in seinen vier Wänden« oder beispielsweise »es ist, um aus der Haut zu fahren«. Ach, Blödsinn … Montag ist morgen. Montag. Aber bitte, noch nicht. Sonntag ist heute, ich hab es schriftlich, und wir werden mal runtergehen, nachsehen, ob das etwa immer noch regnet.

Punkt sieben ist es über der Telephonzelle drüben.

Ob ich den Jenssen doch noch anrufe? … Nein, ich rufe nicht an. Man kann so schön vor Litfaßsäulen stehen und tun, als ob man läse. »Schlüsselbund verloren« vielleicht oder: »Das gute Bier, die gute Musik«. Man kann sich auch die Ausverkaufsschaufenster im Warenhaus ansehen. Aber drüben im kleinen »Floh« geben sie tatsächlich noch einen alten Stummfilm mit der Garbo, als sie noch nicht »die Garbo« war. »Der Hauptfilm hat noch nicht begonnen«. Das »heitere Beiprogramm« und das Leben unserer gefiederten Freunde unter dem Vorwand »Kulturfilm« lasse ich über mich ergehen. Wenn es allzu schlimm wird, stecke ich zwei Pfefferminz auf einmal in den Mund. Roter Plüsch für siebzig Pfennig und lieber alter Filmstreifen, auf dem es regnet wie früher, wenn man heimlich von den unregelmäßigen Verben fort zu Harry Piel gelaufen war ...

Und dann ist es mit einem Male neun. ENDE!!! steht mit Riesenbuchstaben auf der Leinwand, und ich bin entlassen.

Dunkel ist es draußen, von allen Ecken kommen die grellglühenden Augen der Autos auf mich zu, lumpige Taxis und noble Achtzylinder. Sonntagabendausgehzeit, einundzwanzig Uhr ... Sommerpelze und schwarze Seide und grellweiße Waschlederne und rotgemalte Puppenlippen. Lacktäschchen und Achtfünfzig-Fähnchen aus dem Totalausverkauf. Lauter rosaseidene Beine und kostbares »Chanel« oder »Maiglöckchen« für einen Groschen aus dem U-Bahn-Automaten. Schicksale auf Maß gearbeitet und billige Konfektionsware. Ganz hoch oben auf dem Hoteldach läuft eine Lichtreklame spazieren: »... und abends in die Scala!« – Aber ich kümmere mich nicht darum, sondern laufe meinen Bayernring hinunter, und weil ich plötzlich Hunger verspüre, setze ich mich in das kleine Automatenbüfett und ziehe mir einen Heringssalat. Ein Photomaton haben sie in der Ecke, achtmal für eine Mark, bitte die Dame ... Nein, ich blättere lieber in den Magazinen herum, »Sport« und »Film« und »Mode«, bis auf die Gastwirtsnachrichten, alles hübsch hintereinander, ich habe Zeit. Der Salat könnte schärfer sein. Ich lasse mir noch ein paar Zigaretten kommen, zahle und schiebe mich langsam hinaus.

Feucht glänzen die Trottoirs. Auf kleinen Pfützen schwimmt milchig das Licht der Bogenlampen. Aus einem Parterrefenster quäkt ein erkältetes Grammophon: »Auch du wirst mich einmaal betrügän, auch du, auch duuu …!« So schwer ist die Luft. Vom Park her riecht es ganz sanft nach Linde und etwas Holunder –, aber das kann auch Einbildung sein. Blankgewaschen ist die Straße, von Dachrinnen klatscht ab und zu noch ein Tropfen auf den Asphalt. Ganz unmotiviert kommt ein blasses Viertel Mond aus den Wolken gekrochen und steigt den Häusern aufs Dach.

»Auch du, ta ta tüta tatüta, auch duuuu …«

Ich werde die paar aufgegriffenen Takte nicht los. – Verflixte Melodie!

Ach, gehen wir ins Bett. Drehen uns auf die Schlafseite. Uns kann dieser Tag gestohlen bleiben. Heute ist Regen, und morgen fängt die Woche an.

Ein vertrödelter Sonntag, denke ich so im Eindämmern.

Ein vertrödelter Sonntag …

Die Autoren

EWALD ARENZ, geboren 1965, studierte englische und amerikanische Literatur sowie Geschichte und publiziert seit Beginn der Neunzigerjahre. Für seine Werke wurde er mehrfach ausgezeichnet. Bei <u>dtv</u> erschienen seine Romane ›Der Duft von Schokolade‹ (<u>dtv</u> 13808), ›Der Teezauberer‹ (<u>dtv</u> 13978) und ›Ehrlich & Söhne‹ (<u>dtv</u> 14051). Zuletzt erschien ›Das Diamantmädchen‹ (2011).

    (Abdruck mit freundlicher Genehmigung des Verlags ars vivendi, Cadolzburg. Aus: E. Arenz, Meine kleine Welt. Cadolzburg 2008)

BETTINA BALÀKA, geboren 1966 in Salzburg, lebt als freie Autorin in Wien. Ihre Werke wurden mehrfach ausgezeichnet. Zuletzt erschienen ihr Roman ›Eisflüstern‹ (2006) und der Gedichtband ›Schaumschluchten‹ (2009).

    (Abdruck mit freundlicher Genehmigung des Haymon Verlags, Innsbruck. Aus: B. Balàka, Auf offenem Meer. Innsbruck 2010)

DÖRTHE BINKERT, geboren in Hagen/Westfalen, studierte in Frankfurt Germanistik, Kunstgeschichte und Politik und arbeitete nach ihrer Promotion für große deutsche Publikumsverlage. Seit 2007 ist sie freie Autorin und lebt in Zürich. Bei <u>dtv</u> erschien von ihr:

›Weit übers Meer‹ (2008) und ›Das Bildnis eines Mädchens‹ (2010).

   (Abdruck mit freundlicher Genehmigung der Autorin. © 2012 Dörthe Binkert)

DIETMAR BITTRICH wurde als Kind Hamburger Auswanderer in Triest geboren und lebt heute als freier Autor in Hamburg. 1999 erhielt er den Hamburger Satirepreis.
Mehr über den Autor unter: www.dietmar-bittrich.de.
   (Abdruck mit freundlicher Genehmigung des Hoffmann und Campe Verlags, Hamburg. Aus: D. Bittrich, Urlaubsreif. Hamburg 2006)

T. CORAGHESSAN BOYLE, geboren 1948 in Peekskill/New York im Hudson Valley, entdeckte seine Liebe zum Schreiben während des Geschichtsstudiums. Heute zählt er zu den bekanntesten und produktivsten amerikanischen Autoren. Für seinen Roman ›World's End‹ erhielt er 1987 den PEN/Faulkner-Preis. Er lebt mit seiner Familie in Kalifornien und unterrichtet an der University of Southern California in Los Angeles.
   (Abdruck mit freundlicher Genehmigung des Carl Hanser Verlags, München. Aus: T. C. Boyle, Fleischeslust. Erzählungen. Deutsch von Werner Richter, München 1999)

ALEX CAPUS, geboren 1961 in Frankreich, studierte Geschichte und Philosophie in Basel. Er arbeitete als Journalist bei verschiedenen Schweizer Tageszeitungen und bei der Schweizerischen Depeschenagen-

tur SDA in Bern. Alex Capus lebt heute als freier
Schriftsteller in Olten, Schweiz.

  (Aus: A. Capus, Eigermönchundjungfrau. Deutscher Taschenbuch Verlag GmbH & Co. KG, München 2004. Originalveröffentlichung: Zürich 1998)

OSMAN ENGIN, 1960 in der Türkei geboren, lebt seit
1973 in Deutschland. Der studierte Soziologe schreibt
Satiren für Presse und Rundfunk. 2006 wurde er für
seine Hörfunkbeiträge mit dem ARD-Medienpreis ausgezeichnet. Bei dtv sind seine Romane ›Kanaken-
Gandhi‹ (dtv 20476), ›GötterRatte‹ (dtv 20708) und
›Tote essen keinen Döner‹ (dtv 21054) sowie mehrere
Satiren-Bände erschienen. Zuletzt erschien der Band
›1001 Nachtschichten‹ (dtv 21251).

  (Aus: O. Engin, Don Osman auf Tour. Deutscher
  Taschenbuch Verlag GmbH & Co. KG, München
  2007)

MAX FRISCH, geboren 1911 in Zürich, war Architekt
und Journalist, bevor er sich nach dem Erfolg seines
Romans ›Stiller‹ (1954) gänzlich dem Schreiben zu-
wandte. Es folgten u.a. die großen Romane ›Homo
Faber‹ (1957) und ›Mein Name sei Gantenbein‹ (1964)
und das Theaterstück ›Biedermann und die Brandstif-
ter‹ (1957), womit sich auch sein internationaler Ruf
festigte. Er starb 1991 in Zürich.

  (Abdruck mit freundlicher Genehmigung des
  Suhrkamp Verlags, Berlin. Aus: Volker Hage, Max
  Frisch – sein Leben in Bildern und Texten, Berlin
  2011)

ARNO GEIGER, 1968 in Bregenz geboren, wuchs in Wolfurt/Vorarlberg auf und studierte in Wien und Innsbruck. 1997 veröffentlichte er seinen ersten Roman ›Kleine Schule des Karussellfahrens‹ (<u>dtv</u> 13505). Für ›Es geht uns gut‹ (<u>dtv</u> 13562) erhielt er 2005 den Deutschen Buchpreis. Zuletzt erschien: ›Der alte König in seinem Exil‹ (2011).

   (Abdruck mit freundlicher Genehmigung des Carl Hanser Verlags, München. Aus: A. Geiger, Anna nicht vergessen. München 2007)

DANIEL GLATTAUER, geboren 1960 in Wien, ist Journalist und Autor. Sein 2006 erschienener E-Mail-Roman ›Gut gegen Nordwind‹ wurde ein Bestseller. Seit mehr als zehn Jahren schreibt er für den ›Standard‹ Kolumnen, die sich mit der absurden Vergnüglichkeit unseres Alltags beschäftigen.

   (Abdruck mit freundlicher Genehmigung des Deuticke Verlags im Paul Zsolnay Verlag, Wien. Aus: D. Glattauer, Schauma mal. Kolumnen aus dem Alltag. Wien 2009)

DORA HELDT, 1961 auf Sylt geboren, ist gelernte Buchhändlerin und arbeitet als Verlagsvertreterin. Sie eroberte mit ihren Romanen ›Urlaub mit Papa‹ (2008), ›Tante Inge haut ab‹ (2009), ›Kein Wort zu Papa‹ (2010) und ›Bei Hitze ist es wenigstens nicht kalt‹ (2011) sofort die Bestsellerlisten. Die Autorin lebt in Hamburg. Alle Bücher von Dora Heldt sind beim Deutschen Taschenbuch Verlag erschienen.

   (Abdruck mit freundlicher Genehmigung der Autorin. © Dora Heldt 2011)

PAULUS HOCHGATTERER, 1961 im niederösterreichischen Amstetten geboren, studierte Medizin und Psychologie. Er lebt als Kinderpsychiater und Schriftsteller in Wien. Für seinen Roman ›Die Süße des Lebens‹ (dtv 21094) erhielt er 2007 den Deutschen Krimipreis. Zuletzt erschien ›Das Matratzenhaus‹ (dtv 21335, 2011).

(Abdruck mit freundlicher Genehmigung des Deuticke Verlags im Paul Zsolnay Verlag, Wien. Aus: P. Hochgatterer, Die Nystensche Regel. Erzählungen. Wien 1995)

MASCHA KALÉKO, 1907 als Tochter jüdischer Eltern in Galizien geboren, fand in den Zwanzigerjahren Anschluss an die literarische Szene in Berlin. Mit dem ›Lyrischen Stenogrammheft‹ hatte sie 1933 ihren ersten großen Erfolg. 1938 emigrierte sie in die USA, 1959 siedelte sie nach Israel über. Sie starb 1975 in Zürich.

(Abdruck mit freundlicher Genehmigung des Rowohlt Verlags, Rheinbek. Aus: M. Kaléko, Das lyrische Stenogrammheft. Kleines Lesebuch für Große. Hamburg 1956)

SANDRA LÜPKES, 1971 in Göttingen geboren, lebt in Münster. Sie arbeitet als Autorin und Sängerin. Mit ihren Küstenkrimis um die Ermittlerin Wencke Tydmers hat sie sich eine große Fangemeinde geschaffen. Bei dtv: ›Todesbraut‹ (dtv 21309) und ›Taubenkrieg‹ (dtv 24858). Mehr über die Autorin unter www.sandraluepkes.de.

(Abdruck mit freundlicher Genehmigung der Autorin. © 2011 Sandra Lüpkes)

HARALD MARTENSTEIN, Jahrgang 1953, studierte Romanistik und Geschichte und wurde für seine journalistische Arbeit mehrfach ausgezeichnet. Seit vielen Jahren schreibt er Kolumnen für ›Die Zeit‹, die auch in Buchform erschienen sind: ›Vom Leben gezeichnet‹ (2004), ›Männer sind wie Pfirsiche‹ (2007) und ›Der Titel ist die halbe Miete‹ (2008). 2007 erschien sein erster Roman ›Heimweg‹, für den er den Corine-Debütpreis erhielt.

(Aus: H. Martenstein, Wachsen Ananas auf Bäumen?, Hamburg 2001. Abdruck mit freundlicher Genehmigung des Autors.)

JUDITH MERCHANT, geboren 1976, ist Germanistin und Dozentin für Literatur. Ihre Kurzkrimis wurden mehrfach ausgezeichnet, so auch die hier vorliegende Erzählung mit dem Friedrich-Glauser-Preis 2011. Sie lebt mit ihrer Familie in Königswinter am Rhein.

(Aus: Mörderisches Münsterland. Herausgegeben von Sandra Lüpkes und Jürgen Kehrer, Hillesheim 2010. Abdruck mit freundlicher Genehmigung der Autorin.)

GUÐRÚN EVA MÍNERVUDÓTTIR, geboren 1976, studierte Philosophie und war Journalistin. Seit 1998 schreibt sie Romane und Gedichte. Ihr Roman ›Der Schöpfer‹ erschien 2011 auf Deutsch. Im selben Jahr wurde sie mit dem Isländischen Literaturpreis ausgezeichnet.

(Aus: Niemandstal. Junge Literatur aus Island. Herausgegeben von Ursula Giger und Jürg Glauser. Deutscher Taschenbuch Verlag GmbH & Co. KG,

München 2011. Die Erzählung wurde übersetzt von Bettina Badertscher.)

MILENA MOSER, 1963 in Zürich geboren, machte eine Buchhändlerlehre, arbeitete als Journalistin, schrieb für Zeitungen und Magazine, lebte lange in San Francisco und wurde mit ›Schlampenyoga‹ (2005) zu einer der erfolgreichsten Autorinnen der Schweiz.

(Abdruck mit freundlicher Genehmigung des Verlags Nagel & Kimche im Carl Hanser Verlag, München. Aus: M. Moser, High Noon im Mittelland. Die besten Kolumnen. München 2011)

ANGELA MURMANN, 1956 in München geboren, lebte als selbstständige Immobilienmaklerin und Geschäftsführerin eines Restaurants acht Jahre lang auf Mallorca. Neben ihren Erzählungen hat sie Bücher und Theaterstücke für Kinder geschrieben. Seit 2011 lebt sie wieder in München.

(Aus: A. Murmann, Mallorca, Mallorca. Deutscher Taschenbuch Verlag GmbH & Co. KG, München 2001)

MATTHIAS POLITYCKI, 1955 in Karlsruhe geboren, studierte und promovierte in München. Seit 1990 ist er freier Schriftsteller und gilt als einer der renommiertesten Vertreter der deutschsprachigen Gegenwartsliteratur. Für sein umfangreiches Werk wurde er bereits mehrfach ausgezeichnet. Zuletzt erschien ›London für Helden. The Ale Trail – Expedition ins Bierreich‹ (2011).

(Abdruck mit freundlicher Genehmigung des Hoff-

mann und Campe Verlags, Hamburg. Aus: M. Politycki, Das Schweigen am Ende des Rüssels. Hamburg 2001)

ANNE B. RAGDE, geboren 1957 in Trondheim/Nor-
wegen, studierte Sprachwissenschaften und schrieb
1992 ihren ersten Roman. Ihren großen internationa-
len Erfolg hatte sie mit der Trilogie über die Familie
Neshov (›Das Lügenhaus‹, ›Einsiedlerkrebse‹, ›Hitzewelle‹, 2007). Sie zählt zu den am meisten gelesenen
Autorinnen in den skandinavischen Ländern.

 (Abdruck mit freundlicher Genehmigung der Autorin. Deutsch von Gabriele Haefs. © 2011 Anne
 B. Ragde)

RAFIK SCHAMI, wurde 1946 in Damaskus geboren.
1971 kam er nach Deutschland, studierte Chemie und
schloss das Studium 1979 mit der Promotion ab. Heute lebt er in der Pfalz. Schami zählt zu den bedeutend-
sten Autoren deutscher Sprache. Sein Werk wurde
vielfach ausgezeichnet und in 24 Sprachen übersetzt.

 (Aus: R. Schami, Eine deutsche Leidenschaft na-
 mens Nudelsalat und andere seltsame Geschichten.
 Deutscher Taschenbuch Verlag GmbH & Co. KG,
 München 2011)

ASTA SCHEIB, geboren 1939 in Bergneustadt/Rhein-
land, arbeitete als Redakteurin bei verschiedenen
Zeitschriften. In den Achtzigerjahren veröffentlichte
sie ihre ersten Romane und gehört heute zu den
bekanntesten deutschen Schriftstellerinnen. Sie lebt
mit ihrer Familie in München. Zuletzt erschien ihr
Roman ›Das stille Kind‹ (dtv 24854, 2011).

HANSJÖRG SCHERTENLEIB, 1957 in Zürich geboren,
ist Autor zahlreicher Romane, Erzählungen, Drehbü-
cher und Theaterstücke. Für sein Werk wurde er vielfach ausgezeichnet. Er lebt in Irland.

DANIEL SCHNORBUSCH, 1961 in Bremen geboren,
studierte Germanistik und Philosophie und war
Deutschlehrer und Dozent an der Ludwig-Maximi-
lian-Universität München.

FRANK SCHULZ, geboren 1957, lebt als freier Schriftsteller in Hamburg. Für seine ›Hagener Trilogie‹ wurde er mehrfach ausgezeichnet.

ERNŐ SZÉP, geboren 1884, gehörte mit seinen Gedicht- und Erzählbänden, Theaterstücken und Chansons zu den Prominenten des literarischen Lebens in Budapest. Er gilt als einer der Mitbegründer der ungarischen Moderne.

(Aus: Ich liebte eine schöne Frau. Miniaturen von Gyula Krúdy, Ernő Szép und Antal Szerb. Herausgegeben und übersetzt von Ernő Zeltner. Deutscher Taschenbuch Verlag GmbH & Co. KG, München 2011.)

PETRA TESSENDORF, geboren 1960 in Wuppertal, bereiste nach Schulzeit und Ausbildung die halbe Welt. Sie arbeitet als Journalistin und hat 2010 ihren ersten Roman veröffentlicht: ›Der Wald steht schwarz und schweiget‹ (dtv 21232).

(Abdruck mit freundlicher Genehmigung der Autorin. © 2012 Petra Tessendorf)

MICHAEL VIEWEGH, 1962 in Prag geboren, wurde nach abgebrochenem Wirtschaftsstudium, einem Pädagogikstudium und einem Nachtwächterjob zum tschechischen Bestsellerautor. Zuletzt erschien sein Roman ›Engel des letzten Tages‹ (2010).

(Abdruck mit freundlicher Genehmigung des Deuticke Verlags im Paul Zsolnay Verlag, Wien. Aus: M. Viewegh, Zeitweiliger Orientierungsverlust. Liebesgeschichten. Wien 2011)

RENATE WELSH, geboren 1937 in Wien, studierte Englisch, Spanisch und Staatswissenschaften und schreibt seit 1970 sowohl Kinder- und Jugendbücher als auch

Bücher für Erwachsene. Ihr Werk wurde vielfach ausgezeichnet. Sie lebt in Wien. Der hier vorliegenden
Erzählung liegt Renate Welshs autobiografischer Roman ›Dieda oder Das fremde Kind‹ (<u>dtv</u> 25253) zugrunde.

    (Erstveröffentlichung. Abdruck mit freundlicher
    Genehmigung der Autorin. © 2012 Renate Welsh)

Dora Heldt im <u>dtv</u>

Ausgeliebt
Roman

ISBN 978-3-423-21006-5

Wenn man nach 10 Jahren Ehe mit fast 40 per Telefon verlassen wird, dann ist das ein Schock. Zum Glück ist Frau nicht alleine …

Unzertrennlich
Roman

ISBN 978-3-423-21133-8

Geht's auch ohne beste Freundin? Für Christine ist die Antwort auf diese Frage ein klares Ja. Dabei verpasst sie eine Menge, findet ihre Kollegin Ruth und plant für Christines 44. Geburtstag eine grandiose Überraschung.

Urlaub mit Papa
Roman

ISBN 978-3-423-21143-7
ISBN 978-3-423-25303-1
(<u>dtv</u> großdruck)

Eigentlich wollte Christine einer Freundin helfen, ihre Kneipe auf Norderney zu renovieren. Doch dann wird sie von ihrer Mutter dazu verdonnert, ihren Vater Heinz (73) mitzunehmen. Schon die Anreise gerät zur Nervenprobe …

Tante Inge haut ab
Roman

ISBN 978-3-423-21209-0
ISBN 978-3-423-25308-6
(<u>dtv</u> großdruck)

Urlaub auf Sylt! Freudig begrüßt Christine am Bahnhof ihren Johann, da tippt ihr das Unheil auf die Schulter: Hinter ihr steht Tante Inge (64), Papas jüngere Schwester. Was macht sie allein auf Sylt? Noch dazu mit so vielen Koffern?

Kein Wort zu Papa
Roman

ISBN 978-3-423-21362-2
ISBN 978-3-423-24814-3
(<u>dtv</u> premium)

Christine und Ines müssen für ein paar Tage eine Pension auf Norderney übernehmen – ein Job, von dem die Schwestern keine Ahnung haben!

Bei Hitze ist es wenigstens nicht kalt
Roman · <u>dtv</u> premium

ISBN 978-3-423-24857-0

Gibt es etwas Schlimmeres, als den 50. Geburtstag mit der Familie feiern zu müssen? Doris (49) sucht ihr Heil in der Flucht und fährt mit zwei alten Schulfreundinnen in ein Wellness-Hotel an der Ostsee.

T. C. Boyle im <u>dtv</u>

»Aus dem Leben gegriffen und trotzdem unglaublich.«
Barbara Sichtermann

World's End
Roman
Übers. v. Werner Richter
ISBN 978-3-423-**11666**-4 und
ISBN 978-3-423-**21030**-0

**Greasy Lake und
andere Geschichten**
Übers. v. Ditte und Giovanni
Bandini
ISBN 978-3-423-**11771**-5

Grün ist die Hoffnung
Roman
Übers. v. Werner Richter
ISBN 978-3-423-**11826**-2 und
ISBN 978-3-423-**20774**-4

**Wenn der Fluß voll
Whisky wär**
Erzählungen
Übers. v. Werner Richter
ISBN 978-3-423-**11903**-0

Willkommen in Wellville
Roman
Übers. v. Anette Grube
ISBN 978-3-423-**11998**-6

Der Samurai von Savannah
Roman
Übers. v. Werner Richter
ISBN 978-3-423-**12009**-8

Tod durch Ertrinken
Erzählungen
Übers. v. Anette Grube
ISBN 978-3-423-**12329**-7

América
Roman
Übers. v. Werner Richter
ISBN 978-3-423-**12519**-2 und
ISBN 978-3-423-**20935**-9

Riven Rock
Roman
Übers. v. Werner Richter
ISBN 978-3-423-**12784**-4

Fleischeslust
Erzählungen
Übers. v. Werner Richter
ISBN 978-3-423-**12910**-7

Bitte besuchen Sie uns im Internet: www.dtv.de

T. C. Boyle im <u>dtv</u>

»T. Coraghessan Boyle ist ein großartiger Schriftsteller.«
Die Presse

Ein Freund der Erde
Roman
Übers. v. Werner Richter
ISBN 978-3-423-**13053**-0

Schluß mit cool
Erzählungen
Übers. v. Werner Richter
ISBN 978-3-423-**13158**-2

Drop City
Roman
Übers. v. Werner Richter
ISBN 978-3-423-**13364**-7 und
ISBN 978-3-423-**21113**-0

Die Frauen
Roman
Übers. v. Dirk van Gunsteren
u. Kathrin Razum
ISBN 978-3-423-**13927**-4 und
ISBN 978-3-423-**21384**-4

Das wilde Kind
Erzählung
Übers. v. Dirk van Gunsteren
ISBN 978-3-423-**14065**-2

Dr. Sex
Roman
Übers. v. Dirk van Gunsteren
ISBN 978-3-423-**20981**-6

Talk Talk
Roman
Übers. v. Dirk van Gunsteren
ISBN 978-3-423-**21060**-7

Zähne und Klauen
Erzählungen
ISBN 978-3-423-**21194**-9

Bitte besuchen Sie uns im Internet: www.dtv.de